人生的加味

紐約華文作家協會文集

石文珊、李秀臻 合編

推薦序　樂獻我趣增味人生

趙淑敏

　　早若干年站在原鄉眺望海外，都曾把異域視作華族文化文明的沙漠。幾十年過去情況大有改觀，中華文化的春風已飄飛到世界各個最偏遠的角落。但是就華文文學這一範疇而言，卻仍是處在沙漠之中。但幸好，幸好啊！沙漠中常有撫慰旅者憩心安身的青青綠地，就似美國幅員雖大，還有華府、紐約、洛城、舊金山、休士頓、波士頓等這樣聚人的「綠洲」存在。

　　啊！當全球被籠罩在疫症精神實質圍攻迫壓的氛圍下，一處漠中綠野上，那孤獨的花兒又開了！就在整個社會正困頓於灰暗的心情、擔憂的眼目愁苦無措地疑測著，這讓人不安的病災到底是因這地球上的子民又得罪了哪位神靈肇致，疫禍哪年哪月可了時，紐約華文作家協會的這些成員卻並未懷憂喪志，心存著三分戒懼七分悲憫，在閉關中的這個當兒，悄悄地為讀者朋友們完成了助人家於平淡生活中添加一味的活兒。紐約作協繼前年的《紐約風情》與舊歲的《情與美的絃音》之後，今年又將推出這第三本會員文集《人生的加味》。

　　這不是例行公事的成績展覽，也不是宣示「我們在這兒」的顯擺，而是一些離開故土移居異鄉的文學種子，仍願為為延續華文文學的創作生命又一次貢獻心力的群體參與和自我砥礪。

　　此一無有任何資源的支撐僅由數十「個人」組成的會，與母土的同類團體相比，資歷實在不長，不過二十九年，但大家並未因實質奧援的匱乏而辜負了那點讀書人的使命感與自我的期許，再難我

們也要撐下去，於是咬咬牙也就撐下來了。這群人中有在原鄉筆耕數十載曾獲榮頒各種文學大獎的長青樹，也有在新土長出不久便品嚐各類競獎愉悅的新苗，但他們的心志有一點是相同的，為個人的篤愛書寫創作，也為續我華文寫作的生命而創作，儘管發表路上今日遠非昔比，荊棘遍野，蕪地難拓，但又何妨，僅盼望將來後人細數前人事時，大紐約的那一夥在世界七大洲的同類族中，仍成為必然存在曾努力發耀眼之光的群屬。

　　就是這樣的一本會員的作品。人會為生存的拚搏所奴役，也會因疾病折磨而懈怠，還會因年華積累催逝了奮鬥的能量，更會因心灰意冷而磨喪了對自我的期許與銳志，但這一組合，老幹新枝，前行鼓勵後進，新銳不欺宿舊，大家齊步向前同心合力，今年他們又推出每個人為素淡味單的俗常生活添色加味的招數以饗大眾，除了滿足自己的創作願望，如果還能讓讀者在為生計的拚搏之餘，增添一些輕鬆或一點啟發，那就是這些寫作者的心願達到了。

　　這樣篤誠勤力的獻心書寫，質樸求好的心願善念值得推介給華族同一道上的文字新朋舊友。是為推薦。

主編序　加味的散文，散文的加味

石文珊

　　去年春末，紐約華文作家協會出版了成立近三十年來的第二部會員創作合集——內容豐盛、裝幀典雅的《情與美的絃音》。當時我不過是個半路加入的文編，跟著資深的趙淑敏老師、李秀臻會長一起學編書；她們背後做了大量的功課，發了不少內功，把「架子」搭好（按陳九的說法），然後將一篇篇有血有肉的文章送入最適合的位置，使整本書明麗協調、文采生動。淑敏師尤其嚴格把關文字，每篇文章閱讀多次，有意見必跟作者討論，相信被「點名」的作者都上了一堂扎實的寫作課。因為基礎打得好，後面的作業順水推舟，全無疙瘩，文集圓滿地出版了，並且在台灣的各大書店、網上上架。到了年底，淑敏老師又發話了，要打鐵趁熱，將第三本合集推動起來呀。這次，輪到我和秀臻一起上陣。平時我在學府裡教散文和小說課程，但實際要策劃一本散文專輯時，卻感覺得從零學起！

　　首先訂下一個寬泛的主題，邀請會員們投稿。我們作協的文友，半數已達熟齡，一來人生重擔放下，可以追求性靈相屬的文藝創作，二來人生經驗已頗有積累，議論抒情時更顯豐富的底蘊。其餘文友正值「年富力強」，把寫作當作一種正職之外的精神事業，追求卓越，勤於投稿出版、參加賽事。不管熟齡盛年，大家的共同志向就是用母語寫作；寫故鄉情，寫新鄉事，以文會友，互相鑑賞。筆耕是個人默默努力的成果，常是寂寞的，在英語國度裡以原鄉母語書寫更是移民生涯裡的小眾活動，有時連家人也看不懂。因

此這本集子讓寫手們共襄盛舉，走到群體來，既呈現個人特色，又彼此有互文關聯，展現紐約三州地區華文創作的丰采。

「人生的加味」這個題目的靈感，來自於文藝大師豐子愷在三十年代寫的一篇散文——〈兒女〉。在文中，豐子愷解釋了對孩童的關注和興味，尤其是兒童的「心眼」純真無罣礙，可以直接感受事物的本質，不受常規或俗見的框架限制。他以自己稚齡的幾個孩子為例，生動描述他們在鄉間庭院樹下吃西瓜的樣子，大些的孩子各自以數學計算、詩歌唱和的方式表達這個經驗，但三歲的小兒子卻「搖擺著身子……發出一種像花貓偷食時候的ngam ngam的聲音來」抒發暢快和滿足。在父親眼裡，這是一種先於語言、不拘人為理性形式的「音樂的表現」，帶有天然原始的節奏與旋律，洋溢著生之原力。豐子愷珍惜這種純質，常以童心為寫作和繪畫的對象，並時時意識到世故塵勞、敷衍規矩的成人不復初心，實已「殘廢」。這種時刻以稚兒澄淨心眼直觀生活百態的體會，就是大師的「加味」。

如今華文裡「加味」一詞不太習見，然在日文裡卻常用，是「考慮、衡量」之意。雖然令人納悶這兩個漢字如何引申出此義，但如果結合「添加滋味」與「考慮衡量」兩層意思，則可得出饒有深意的解讀：生命添加了新味，並思量這個加味帶來的滋養和體悟。就像豐子愷在三十年代繁榮的上海，敏銳感受到珍貴的「童心」能帶給凡俗勞頓的都市人原創力的啟發。而我們處於更加複雜忙碌的當代社會，時時直面生活中百味雜陳的「加味」，不妨停下腳步體察一下這個味兒，存之於心，衡其奧義。

初定這個主題時，我們設想「熟齡」會員盡了人生義務後，終於能夠全心專注嗜好才藝，正享受閒情逸致，關注養生健康，在各類新學習中體驗生之趣味。「年富力強」的文友則在職場、教養兒女、運動競技、遠征山水各方面鑽研精進，日新又新。徵稿的結果

卻出乎意料，不拘年齡性別，各有追求：有退休者重新投入社會，推動環保永續、收養流浪動物，活躍於社區；也有少壯者面對病痛、轉換職場跑道、重拾舊藝、駐足觀想人生。原來人生並沒有一定的程序，走到哪裡，都有不同的人生「加味」，隨時駐足體會，付諸文藝，就能留住趣味。

　　本書依題材和風格將文章分成六類──感謝趙淑敏老師的修辭命名，包括：書寫故人緣、親情深的「深情好美」；刻畫文藝創作與欣賞的「浸潤藝文」；描述熱愛的興趣和嗜好的「興好怡懷」；分享烹飪品茗經驗的「樂食樂飲」；徜徉大自然和遊歷心得的「逸遊尋馨」；以及體悟人生幽微況味的「感悟餘甘」。當一篇篇文章歸類入座，剎那間各得其所，彼此呼應，同時又釋放出獨特的文氣和聲腔，將種種人生的「加味」展現得曼妙多姿。

　　華文散文自從五四新文學運動以來，即是一個強打的文類，其影響力和流通量超過其他書寫形式，不但是華語文學，也是當今世界文學中一道獨有的風景。它的篇幅短小精悍，形式不拘，題材有容乃大，幾乎事事都能入題；可議論，可抒情，能載道，亦能言志。非虛構性的本質使它在刻畫時代、社會、個人面貌時，具有高度的真實性。散文在二十、三十年代的中國達到極盛，除了商業印刷媒體大興之外，還因為當時知識份子藉著文學提倡個性解放、社會啟蒙、引進現代性等，提升了它整體的文化地位。學者吳漢汀（Martin Woesler）稱華語散文是「時代思潮的快照」，就是因為它在表現個人感知時，同時反映社會和生活的原質風貌；不像讀小說必須詮釋虛構的角色和情節背後的主題意涵，也不像讀詩歌必須克服音律節奏、晦澀修辭的限制。散文率直自然、真情實感的語言讓讀者直擊作者內心，得到共鳴的愉悅。

　　一篇好散文幾乎無一例外的講究文字，並有自己的風格、聲口。早在民國初年白話散文仍方興未艾時，作家周作人便提倡「美

文」，鼓勵作者學習英國小品文的優美雍容，寫出「藝術性」的語言，表現作者獨有的個性，因為「個性是個人唯一的所有，而又與人類有根本上的共通」。百年之間，散文基本上維持同樣的標竿。文學家季羨林也評說，散文不能「鬆散」，隨筆也不堪「隨便」；必須構思和推敲，苦心經營章法，讓文字飽含真性情，不刻意、不矯飾。作家袁瓊瓊在甄選2015年度台灣最佳散文集時提醒年輕寫手要「講究鍊字」，找到自己的「腔」，因為散文跟個人的文氣和人品都息息相關。她將寫散文與小說對比，強調散文語言反映作者的性情與質地：「小說，就算是第一人稱的小說，作者要置身事外；而散文正相反，就算是敘說別人的故事，在書寫身外之事，身外之物，作者必定在其中。」曾擔任文學副刊編輯的作家南希（也是本書的作者之一）更在〈我認為好散文是這樣的〉精闢指出，優秀的散文家能經營作品形式，懂得剪裁，出挑好細節，並含「感情的純度與濃度」，使文章洋溢著「個人的印記」。

我們這本文集的文章裡多篇可說達到「讀其文如見其人」的親切自然；娓娓道來中流露個人的真性情和生活味，令人如沐春風。廚川白村在《出了象牙之塔》中貼切描述這種合拍的交流，就像「冬天坐在火爐邊的扶手椅上，夏天穿著浴衣啜著茶，那麼自在自由地與好友閒談；如果將這些話語謄寫到紙上，就是一篇好散文了。」這樣的神交，見於幾位已離開本會、仍筆耕不輟的文友，如劉墉、孟絲、陳漱意、章緣、江漢等，繼上一部文集再度慷慨地供稿，讓我們親炙其美好的個性和才情。會員中的多位資深作家，如趙淑俠、趙淑敏、叢甦、王渝、周勻之、陳九、顧月華、梅振才等，也不遺餘力投稿贊助，其圓熟渾厚的筆力蘊含經典性的質感。也要提及多位「少壯派」會員；他們是文學獎的得獎者和投稿人，作品頻繁發表於報章、雜誌、網頁，而且常是左手寫詩歌、報導，右手寫散文、小說的「多棲」作者，如邱辛曄、海雲、應帆、唐

簡、梓櫻、湯蔚、常少宏、霏飛等。期待他們不斷為海外華人創作
給力，增益移民文學多元的樣貌和潛質。

　　從這五十二篇散文的個人敘述裡，「人生加味」的旨意得到了
豐富的開展與充實。有數篇散文道出作家的創作符碼，靈魂依歸。
比如趙淑俠寫她在歐洲的個人書房裡讀書和寫作，度過「與自己相
擁得最緊密的時光，或可說是心靈最得到舒展，解放的時光」，令
人不由得想起伍爾夫（Virginia Woolf）所說的「自己的房間」——
一個女性的書寫空間可以孕育多少優秀的文學作品；從這個書房出
發，趙大姐已出版了超過四十部作品集了！叢甦也回顧自幼在讀寫
之中得到心靈與思想的拓展，終身不輟，儘管對寫作的「追求和痴
戀有單相思的苦痛和孤獨」。旅居上海的章緣從學跳拉丁舞，體會
到肉身演練觸及感性的深層重塑了自我，開啟寫作的新高境界。常
少宏中年重拾書寫，宛若邁向人生新旅程，以《離騷》的「路漫漫
其修遠兮，吾將上下而求索」，抒發無怨無悔之志。

　　在其他寫手們的追求裡也有類似悟道得道的過程，讀來雋永
有趣，滋味醇厚。趙淑敏醉心合唱，從少年時代追述到盛年，在音
樂中習得與人圓融和合、歌詞感性的觸發、寄託故人情誼。顧月華
回顧幾回與文友泡茶品茗，吉光片羽，字字珠璣，讀來有茶的幽香
裊裊騰昇，喚起溫潤的靜好歲月。曾慧燕鍾情於淘寶古董，鍛煉出
「火眼金睛」及好直覺，終究體會能捨能捐、物歸原主的善念。
黎庭月寫做八寶鴨，文字乾淨耐讀，節節推進，刀（筆）功硬是要
得！江漢寫煮飯記念家人，廚藝中蘊含至情至性，動人無比。

　　最後，對人與萬物的終極關懷總能在碌碌人生中帶來深刻的
加味。不管是書寫父女親緣（劉墉）、父子知交（邱辛曄）、母子
貼心扶持（周興立），或是祖輩的孺慕之情（海雲），都帶來一種
集體性的共鳴感，牽動我們心房。筆友的通信也印證了「海內存知
己，天涯若比鄰」的美好傳奇。劉馨蔓描述少年筆友在失聯後，互

相在對方生活的地方發生巨大災難時，竭力探聽彼此安危，中年後再享當年神交時的心靈親密。濮青則寫她與已故作家三毛的奇緣，兩人隔著大洋和沙漠，卻在第一封彼此的信籤裡遇到了精神上的孿生姐妹，如三毛給她的回信所說，「不相信世界上有人能把我讀得透徹如此。也許妳是對的，妳是另一個我，我是另外一個妳。」最後，異文化的相遇也總令人心暖。李玉鳳追憶半個世紀前與一位加拿大老太太在日本的一面之緣，超越文化、語言、年齡差異的友誼，在對方贈與的香水中留下記憶的芬芳。鄭啟恭生動白描個性獨特的老美同事，冷靜旁觀的筆尖中帶著深厚的同情、風趣和悲憫。

其他精彩的散文篇章，還望讀者一一欣賞、體會、鼓勵。感謝趙淑敏老師為本書擔任顧問和導師，她嚴謹認真的態度與豐富的學養是編書論學的傳藝人，也是我們內心裡可以學習做人處事的良師。作協會長李秀臻編輯經驗豐富，並是報導文學的作家，她圓融謙和，英明大度，善於領導團隊，與她一起共事多幸運！黎庭月曾是專業編輯，也是我們的新會員，這次請她充當校對，實為大材小用，希望多讀到她的好作品。

最後，感謝台北的秀威資訊再度為紐約作協量身定制這本文集。在全球蒙受新冠病毒威脅、紐約尤遭重創的殘酷春天，主編杜國維與團隊仍維持進度，推進編務，其專業素質，讓我們深自慶幸它在疫情控制良好的台灣印製出版！

會長序 珍貴禮物

李秀臻

　　《人生的加味》是紐約華文作家協會的第三本會員文集，來自兩岸三地的作家會員們，在創作之路孜孜不倦，結合眾人之力，厚積薄發，2018年首次出版散文集《紐約風情》，2019年繼續推出《情與美的絃音》，今年再接再厲結集本書《人生的加味》。在題材和內容方面，希望帶給讀者們不同視角與多樣化的閱讀領受。

　　漫長的人生之路，一段際遇、某個當下、或曾經興起的情懷、感悟，成了生命裡添滋加味的「珍貴禮物」。霏飛巧心栽培多肉植物，盡享滿庭的燦爛嬌妍；燕姐收集古董，從撿漏中驚奇地發現了「走寶」；陳九老師和飼養魚動了真情；章緣從拉丁舞找到解放身體甚至下筆的自由；趙淑敏、顧月華、石文珊等老師從唱歌、品茗、畫畫中，擴展興趣，提升生活；劉墉老師挽著女兒步入教堂婚禮後寫的一封信、濮青老師和三毛的魚雁結緣、海鷗和昔日戀人的意外重逢……各種人生況味在作家們的生花妙筆下，緩緩釋放，餘味無窮。

　　海外華文文學的發展，在2020年的今天早已銳不可當。研究與評論海外華文文學的學者、專家大有人在。文學著作在許多重要的圖書館也多有收藏。在台灣的大型書店，赫然可見海外華文文學的書籍專區，有亞洲的、歐洲的、美洲的華人作品等等。旅居美國的名作家、曾任北美華文作協網站主編的姚嘉為說過：「海外華文文學在文學上的特質是：充滿思鄉懷舊之感，又充滿進取開拓的勇氣。較於母國文化，更為開放，易吸收國際文化的影響。而這種文

化養分則培養出多姿繽紛、清麗芬芳的海外華文文學。」對於中華文化的延續與發揚,也起了很大的作用。

隨著網路時代的崛起,人們的注意力和時間,被各種自媒體、社交平台、app應用軟體、電子遊戲等等瓜分佔據,它們有著更多聲光色的吸引力、唾手可得的方便性,及更快更新的資訊供應量,人們買書看書的心思被分散、轉移了,有謂三更有夢書當枕、書中自有黃金屋、書卷多情似故人的那種閱讀樂趣與裨益,希望能多找回來,在忙碌、壓力大的生活中別忘了與書多親近,沉澱心靈,充實內在。我想那也是作家們持續努力寫作所希望見到的重要反饋。

紐約華文作家協會的成員中,有許多在華文世界聲名大噪的作家,也有在寫作路上穩定前進、及初露頭角的文友,二十九年來,這個文學家庭始終維持以文會友,相互砥礪的融洽氣氛。多位老師如趙淑俠、趙淑敏、王渝、叢甦、周匀之等,像是我們的大家長給予提攜與指引;九五高齡的散文大師王鼎鈞先生、聖若望大學亞研所李又寧教授更不時關愛和鼓勵。這本文集我們再次獲得昔日會友以文章化為支持的力量,如名作家劉墉、孟絲、陳漱意、章緣、劉馨蔓、名電台主持人江漢等等,在此特別致謝。

本書的主題,來自石文珊教授的靈感。會友們來稿踴躍,匯集成冊。石教授任教於紐約市立大學皇后學院,學有專精,又才情橫溢。幾年前她加入紐約華文作家協會,熱心參與,獻策獻力。誠摯感謝她接下主編重責,在繁忙的教學和備課工作之外,犧牲休息時間嚴謹編審稿件。衷心謝謝趙淑敏教授,她雖年事高身體孱弱,絲毫不減對作協的愛護之心,在我們請託下擔任指導顧問,並為本書作精采的推薦序。這次的校對加入了生力軍黎庭月女士,具有豐富編輯經驗的她,勘誤認真仔細,全書更臻完美多虧有她。感謝台灣的秀威出版社杜國維主編及所有編輯的辛勞,這是本會與秀威的第

二次合作，秀威多年來對海外華文作家的支持，已贏得美譽，在此也致上敬意。

補記：

　　拙序寫就於今年一月，新冠病毒尚未蔓延美國之前，三月起這場無情殘酷的疫災橫掃美國乃至全世界，許多人失去了至親好友，本會也在這個春天痛失三名優秀的會員——曾令寧博士、蔚藍先生、與海鷗女士。曾令寧博士是一位學者、教授，也是財經專家，論述繁多，不幸於四月初因心臟衰竭過世；蔚藍先生加入本會達二十多年，文學素養深厚、散文與詩各有見長，著作數種；海鷗女士亦是資深會員，一生坎坷，但始終熱愛文學創作，完成多本著作；蔚藍先生與海鷗女士皆因新冠肺炎於四、五月間辭世。二位資深會員長期支持本會各項活動，不遺餘力，著述為文，發光發熱，謹以拙序數語以誌本會對他們無盡的懷念。

修改於2020年6月

目次

輯四　樂食樂飲

輯五　逸遊尋馨

輯六　感悟餘甘

深情好美

劉　墉

作者簡介

　　國際知名畫家、作家、演講家。一個很認真生活,總希望超越自己的人。曾任美國丹維爾美術館駐館藝術家、紐約聖若望大學專任駐校藝術家、聖文森學院副教授。出版文學藝術著作一百餘種,被譯為英、韓、越、泰等國文字。在世界各地舉行畫展三十餘次,並在中國大陸捐建希望小學四十所。

爹地不會哭──給新婚女兒的一封信

親愛的女兒，你婚禮預演的時候，牧師教爹地在回答「是的，我們願意。」之後，先在你臉上親一下，再把你的手從自己的臂彎裡抽出來，交到Branden的臂彎裡。當時爹地故意作出哭的樣子，逗得大家都笑了。

但是昨天真到了那一刻，爹地沒有哭、沒有掉眼淚，甚至沒有傷心，相反的，爹地從頭到尾一直笑，笑得很開心。你知道為什麼嗎？因為我看到你臉上的笑、那種無比幸福的笑，你像小鳥 一樣，從爹地的臂彎飛到Branden的懷中。

爹地應該吃醋，但是沒有，因為爹地從來沒見過你那麼快樂的樣子。

這是實話，在爹地面前你總是表現得很酷。記得你小時候去餐館，我總故意當著大家的面，要你跟爹地頂頂鼻子。起先你會立刻跳下椅子跑到爹地面前，狠狠頂一下鼻子，再緊緊抱抱爹地。但是從你上小學就不一樣了，你會先看看四周有沒有跟你一樣大的小孩，如果沒有，才來跟爹地頂頂鼻子，而且只是輕輕碰一下就轉身跑了。

等你上初中就更作怪了！連爹地輕輕拍你一下，你都會像觸電一樣鬼叫：「好疼啊！」

後來你愈長愈高，快比我高了，爹地常故意在你面前蹲下身，裝成比你矮的樣子仰望你，你更會一扭身對媽媽喊：爹地好滑稽好無聊喇！

有一天我們請客，你又在賓客面前跟爹地發小姐脾氣，讓爹地下不來台，但是回程我們坐在車子最後一排，車裡很黑，你好像睡著了，把頭慢慢靠在爹地肩上，又把手輕輕放在爹地的手上，爹地

知道，那才是真正的你，爹地的小天使！你平時作怪，是因為你愛
爹地，愛會造成不捨，但是有一天你又不能不捨，這當中的矛盾，
使你有奇怪的表現，也可以說為了不捨，你反而像遠行的孩子，不
敢回頭。

　　婚禮之後，很多人都問爹地有沒有像以前文章裡寫的：

> 「在新婚歡樂的最高潮，音樂聲起，賓客一起鼓掌歡呼。新
> 娘走到中央和老父擁抱、起舞。大家一起唱《爹地的小女
> 兒》（Daddy's Little Girl）：
> 你是我的彩虹
> 我的金杯
> 你是爸爸的小小可愛的女兒。
> 擁有你，摟著你
> 我無比珍貴的寶石！
> 你是我聖誕樹上的星星
> 你是復活節可愛的小白兔
> 你是蜜糖、你是香精
> 你是一切的美好
> 而且，最重要的
> 你是爹地永遠的小小女兒……
> 我知道，當音樂聲起，女兒握住我的手，我的老淚，會像斷
> 線珠子般滾下。」

　　說實話，爹地起先確實有些緊張，怕跟你跳舞的時候忍不住老
淚縱橫。幸虧你早看穿我的心，沒安排這段舞，說你爸爸剛動完腰
椎手術，不能跳舞。然後，在你那群好朋友的簇擁下跟Branden走
到舞臺中間，在震耳的音樂中舉起雙臂，盡情地旋轉、蹦跳。

左　在教堂婚禮中，劉墉挽著女兒步上紅毯。（劉墉提供）
右　新人在親友祝福下，開心甜蜜共舞。（劉墉提供）

　　你從教堂到晚宴，都穿著同一件白色的婚紗，曳地的長裙經過特別設計，可以掛在你的腰間。上樓梯的時候爹地曾幫你牽過長裙，發現好重啊！而你居然能整晚穿著蹦蹦蹦、跳跳跳、笑笑笑。

　　爹地真的一輩子不曾見過你如此燦爛的笑容。從你揮著手、一搖一擺，像跳著華爾滋舞步走出教堂，就掛著那燦爛的笑。爹地偷偷問你媽咪，有沒有見過女兒這麼開心的樣子，媽咪也搖頭。

　　爹地知道了！這是人生的必然。每個人從出生的那一刻，就得一步步離開父母，走向外面的世界，你要出去找尋自己的愛侶、組織自己的家。今天你能找到，如此依附、如此滿足、如此交托，爹地怎能不高興？又怎會掉眼淚呢？

　　哪個父母不希望孩子有美好的未來？孩子嫁娶，不是娶了誰進來，或嫁了誰出去，也不是家裡多個人或少個人。孩子本來就是獨立的個體，他們嫁娶了，是父母完成了任務，把快樂的小鳥放飛啊！

　　記得爹地以前看到蒲公英的白絮，隨著晚風被吹向遠方，曾經寫過一首詩：「蒲公英媽媽在晚風裡祈禱，祝願孩子有個平安的旅程。」

　　爹地也在這兒默默祈禱，祝你有另一段美好的人生旅程。

　　那天晚上，當大家還在跳舞的時候，爹地媽咪、哥哥嫂嫂，以及你的公公婆婆，就低著頭彎著腰溜了出去。

　　你沒有離開我們，是我們離開了你。也只有你找到自己的最愛，有一天我們離開這個世界，你才不會受到太大的打擊。

　　車子逐漸駛離曼哈頓，雖然已經是深夜，長島公路卻有點堵車，爸爸跟媽媽並排坐著，夜幕低垂，燈火迷離，忙了好幾天的媽媽累了，把頭靠在爹地肩上，爹地直直地坐著，呆呆地看著遠方，突然想起你靠在爹地肩頭的那一夜，不知為什麼，爹地的淚水，竟然止不住地滾落……

王 渝

作者簡介

　　曾任《美洲華僑日報》副刊主編以及《今天》文學刊物編輯室主任。曾為香港《三聯書店》，《上海文藝出版社》編輯詩選、微型小說以及留學生小說的選集。作品有詩集《我愛紐約》和《王渝的詩》，隨筆集《碰上的緣分》。譯作有《古希臘神話英雄傳》。2018年編輯出版了在美華人現代詩選集《三重奏》，四川民族出版社發行。

圓光

1988年回到故鄉南京探親，和我時時懷念的二哥久別重逢，在傷感與欣喜的絮語之後，眼淚之後，二哥問我的第一個問題是：「那年你真的從圓光裡看到我往那裡走？」那年是民國三十七年，亦即西元1948年。

二哥是我的二堂哥，父親三兄弟的子女大排行中名列第二。二哥生性活潑，調皮搗蛋，當時正讀高中，是大人眼中的麻煩，但是在我們這些弟弟妹妹心目中卻是個英雄。特別是我和英姐——一個三年級、一個四年級的小女生——對二哥那是崇拜到了家。而二哥對我們可也真是呵護備至。我有一次跟男生打架，臉被抓破，哭著向二哥告狀。二哥領了我去找到那個男生，當著我的面把他狠狠訓斥一頓。二哥還警告那個男生，以後他再敢欺負女生，就要不客氣地飽以老拳。這種事如果碰上是非不明的爸爸媽媽，遭到訓斥的肯定是我。

二哥除了講義氣常為我們打抱不平，也最願意讓我們到處跟著他當跟屁蟲。逛中央商場，看電影，到玄武湖划船，他都會帶上我們。錢到了二哥手裡，總能變著花樣花，多出好些樂趣。他帶我和英姐去看電影，會叫我們兩個身體蹲低點進場，而且叫一個先跟著前面正在進場的某個大人走，假裝是跟那個人一道的，而他則領著另一個在後頭跟著。這樣混進電影院，英姐和我的半票錢都省下了，於是看電影時便有鴨肫肝什麼的零嘴可吃。眼睛享受，嘴巴也不閒，樂壞我們兩個小鬼頭。有一次二哥還邀了一位朋友，到了電影院，二哥讓他朋友如法炮製帶英姐和我進場，宣稱他自己則另有妙法免費入場。二哥的妙法是在出口處，乘大批前場觀眾散場出來

之際，他倒退著逆流而進，以期混將進去，結果被工作人員扭了出來。最後也就只好灰溜溜地買張票了事。二哥帶我去游泳，常常請上他的好朋友滾筒子。到了游泳池二哥買兩張票，讓滾筒子一個人先進去，他帶著我到圍牆的一邊等著，聽到滾筒子叫「大頭」，他就讓我爬上他的肩頭，就勢我便能爬到牆頭，牆那邊滾筒子便把我接過去。

　　我那時小小年紀也能看出二哥和滾筒子的交情不同尋常。他們兩個到了一起有說不完的話，而且說的不是什麼電影，球賽之類。從零零碎碎聽到的一言半語，我拼湊出一幅模模糊糊的景觀，有那麼個地方他們倆都想去。不過他們都說是要「投奔」。起先我聽不懂，多聽了後才明白，他們嘴裡的「投奔」就是「去」的意思。而且我想多半是跑著去，因為有個「奔」字嘛。只是他們說起「投奔」有一副很了不起的樣子。我跟二哥說我也要和他一起「投奔」，二哥說現在不行，等我長大了才可以。他一再囑咐我不要跟任何人提「投奔」的事。我問二哥他為甚麼和滾筒子說話特別多，他說滾筒子有思想，其他那些同學都是糊塗蟲。他向我解釋，滾筒子所以有思想，是因為他有一個思想有深度的哥哥。他說的「深度」讓我糊塗了好久，隱隱約約覺得與「投奔」有關。我沒好意思追問，怕他說我是糊塗蟲。我猜想大概滾筒子的哥哥很會跳水，跳得很深吧。真是那樣的話，我是很佩服的。那一陣我正熱衷地跟著滾筒子學跳水。

　　好不容易放了寒假，我等不及要二哥帶我和英姐去玩，而二哥卻不見了。家裡當天晚上便急忙報了警。夜裡我夢見二哥去「投奔」，從很高的地方跳水，好嚇人，我嚇醒了。二哥的寡母──大伯母──心焦得不得了，第二天聽傭人李媽說有個圓光的人很靈。據李媽說，有一回她的嫂子的姐姐，掉了手鐲，請了這個人來圓光，弄一盆水搖晃搖晃，水裡就現顯出人形，竟是住在隔壁的人，

就這樣抓到了小偷。李媽說的那麼靈，大伯母很相信，立即讓她去請那個人來家裡圓光。媽媽聽了直說：「胡鬧。」但是說歸說，媽媽卻急急地跑去了大伯母那裡。等我和英姐走了兩條街，轉了一條巷子，到大伯母家時，只見一大堆人圍著一張桌子，一個陌生男人站在桌子前面，閉著眼口中念念有詞。他不時地問：「看到了嗎？看到水裡有什麼？沒看到？我再把水搖搖。這回你們看到人了吧？看到了房子？」我擠在圍著桌子的人後面，踮起腳，伸長脖子，比他們更急想看出二哥去了那裡。

圓光完了後大家七嘴八舌。大伯母說：「好像水裡晃著兩個淡淡的影子。」李媽說：「恐怕是躲在電影院裡。我看到一個房子，像是『首都戲院』。」不知誰說看到了一座大山，和許多的樹。有人咕嚕了一句什麼「落草為寇」。大伯母哇地哭了出來。我媽媽笑罵道：「全在亂講！不就一盆水而已，哪有什麼東西！我什麼也沒看見。」我卻肯定地說：「二哥在揚州。」大伯母停了哭，問我怎麼知道是揚州。我說：「我認得瘦西湖。」我的外婆住在揚州，媽媽常帶我去那裡看望她。每次去了揚州，都會去瘦西湖，我當然認得瘦西湖。李媽說：「小孩子的眼睛最靈光，那一定是在揚州。」大伯母問我二哥怎樣了。我說：「他好好的嘛。」大伯母說：「好好的，跑去揚州幹什麼呢？」我說：「他去學跳水，跳水跳到很深很深的地方。」大伯母又哭了起來。我媽媽叫道：「這個小鬼的話聽不得。全是胡說八道。這麼冷的天怎麼跳水？」然後媽媽拽了我就走，一路罵我，訴說我不該撒謊，說我亂講話讓她丟人現眼。我一路哭哭啼啼，一路不改口地咬定：「二哥在揚州。」

隔天傍晚二哥就被送了回來。送他回來的是滾筒子和滾筒子的爸爸。二哥去了揚州要找滾筒子那個有深度的哥哥，到了揚州卻找不到。滾筒子的哥哥在揚州教小學，放寒假外出玩去了。二哥撲了

個空，趕緊回南京，卻不敢回家，就去了滾筒子那裡。滾筒子爸爸弄清楚原委，連忙帶了滾筒子送二哥回來。大伯母見了二哥，先是喜得哭，接著就是罵，後來聲稱心口疼，讓李媽來把爸爸叫去，要爸爸好好管教二哥。爸爸回來樂滋滋地對媽媽說：「小二這孩子不錯，有出息。」家裡的大人都把二哥叫小二。爸爸又笑著說：「他聽說同學的哥哥有學問，是去要向人家請教讀書的事。」媽媽不以為然，反駁道：「聽他鬼扯！你大嫂每次叫他讀書就像求什麼似的。他的屁股就像是尖的，書桌前坐不了三分鐘。這樣一個渾蟲會去向人請教讀書？他這麼一聲不響就跑個沒影子，像什麼樣子？都是被你大嫂慣壞的。」她又接著說：「這圓光還真怪。我們家這個小丫頭真看出是揚州呢。」爸爸笑著說：「那是胡說。 派胡說。正好讓她碰上了。」媽媽說：「就有那麼巧？」然後她疑疑惑惑地瞟了我一眼。

李媽逢人就說我有陰陽眼，聽到有人家裡請圓光，她就跑來要帶我去看，惹得挨了媽媽一頓好罵。媽媽告訴她：「隔壁張家說這個圓光的是個騙子。張媽媽說真正圓光的人都是用一張紙，紙上顯出的東西清楚的跟照片一樣。」媽媽還警告李媽不許再提什麼圓光和陰陽眼的事。

二哥悄悄地問了我好幾次，到底怎麼回事。他說：「我連滾筒子都沒告訴，你怎麼會猜到呢？」顯然他不相信我在圓光時從一盆水裡看到了什麼。我說：「我就是知道。」我確實知道，因為他和滾筒子一談到「投奔」，一談到滾筒子哥哥的「深度」就把我摟在一邊。我卻從來在旁邊豎著耳朵聽他們說，一個字都捨不得漏掉。他們常常談到滾筒子在揚州的哥哥，還說總有一天要去揚州找他。二哥不解地說：「我媽好發愁，怕我大冬天去學跳水。」他好奇地問道：「你為什麼說我要去學跳水呢？」我想了想到底沒跟他提關於「深度」的事。

直到四十年後我終於向二哥揭開了這個謎底。

寫於紐約，2010年

邱辛曄

作者簡介

　　字冰寒，八十年代畢業於復旦大學中文系。留學美國，獲得碩士學位，涉及東亞研究、世界現代史、圖書館與信息等專業。擔任法拉盛圖書館副館長十五年，曾獲得美國國會、紐約市議會、紐約市主計長嘉獎。是法拉盛詩歌節執行委員、紐約海外華文作家筆會副會長。撰寫、合寫、主編各類著作包括《顧雅明傳》、《法拉盛傳》、《法拉盛故事》、《詩夜星遊集》、《解語落花》、《深洞》、《紐約不眨眼睛》等。散文獲二十六屆漢新文學獎散文組第一名。

追憶和父親一起的日子

　　說來慚愧，四月五日這天，我是看著日曆，而非由著氣氛，來體會清明的。那天，瞻仰牆上三位先人，曾祖父、祖父、和父親的合影，苦澀多於悲傷。我的父親，去世三十多年了，並沒有留下什麼，既無文字，也無筆墨，甚至沒有遺留任何對家族的回憶。當年我剛開始讀研究所，但無心了，除了必到的課程，大部分時間是陪身患絕症的父親，去公園晨練氣功，浴室洗澡，訪求名中醫，也有什麼也不做，相對沉默的時候。父親自覺有所好轉，不相信來日無多，我們就順著他，不忍也不敢面對醫藥的無奈。開口說留下些文字，於心何忍；多照些相片、留下錄像錄音之類的話，更是不敢。

　　終於，有一天，父親還是走了，抱著不信如此一生結局的疑惑和不甘。回頭想來，遺憾太多了。比如，想父親面貌，得閉上眼，幾經凝思，他才漸漸浮現，而聲音動作，越來越聚攏不起；我的兒子也不再有機會看到他祖父活生生的音容笑貌，除了幾張平面相片。那是無以彌補的。

　　沒有了一個長者，缺少了父親，家史就中斷了，斷到了他那一代。我父尊諱本勇，字祖德，三歲親娘去世，十多歲的時候，日本人進了無錫的村中，殺害了許多村中男丁，其中有他的祖父和父親。那天他走親戚去了青陽，幸免於難。祖父是村中長者，父親是村學的校長，家道雖算不上十分殷實，還算平順。遭此大難後，家中除了後娘，還有甫及兩歲的同父異母弟弟。此後的日子，有多少艱辛，父親心靈的創傷，有多麼深，可想而知。我翻拍的牆上的那張照片，是父輩於三十年代後期的一張合影。從照片上看，當時父親約莫十歲（他是生於1928年，屬龍的），他的祖父坐在太師椅

上，身著舊式禮服，頭戴瓜皮帽，唇上留著濃厚的鬍鬚，手扶龍頭拐杖；他父親才三十多歲，看上去十分文雅，站在老人邊上，身體稍稍前傾，身穿長衫，手持禮帽，神態恭敬而微露自信；而我的父親站開些距離，但表情怡然。

父親在世的時候，我並未見過這張照片，是父親去世後，在老家的角落找出來的。據說，父親的後娘當時迫於時艱，不得不再嫁，當時父親已經在上海做學徒，因為他長子的身分，後娘徵得了他同意的。但先人的遺物和照片，就逐漸散失了不少。文革一起，所剩無幾的「四舊」更遭了殃。如這張照片，就是非常「封建」和「反動」的，而且可被當作令人恐懼的證據。

父親除了同父異母的弟弟外，因此還有五個並無血緣關係的弟妹。父親長他弟弟大約六七歲，比起其他的弟妹更是年長。按照舊時的習慣，我的父親雖然離開了家鄉，後娘也招婿改嫁了，但他的身分、輩份仍在。事實上，後來在我母親的支持下，他從未放棄養親的責任，每年要寄錢回老家。而他也深得所有弟妹的敬重。這種敬重不是現在的人能夠理解的：他們稱呼我父親為「大大」，即大哥，見面時略為戒懼，不敢大聲說話。除了年序的關係，也由於父親是家中唯一的知識分子和城裡的幹部。

家庭驟然遭遇巨變，年歲稍長，父親就到上海印刷廠做學徒、工人，後來以自己的努力，二十四歲那年，考入復旦大學歷史系（我保留了父親當年的記分冊，上有周谷城、蔡尚思諸位教授的打分和簽名章）。1958年畢業後，父親做了師範學校教師，「四清」、「五七幹校」等，一樣不拉下；迫於形勢，在十年動亂中參加了「無派」，無產階級革命派，因為他不僅是區教育局（後來改稱教衛組）工人出身的大學生和幹部，由於父母早亡，並無財產，是個根正苗紅的窮人出身。正當壯年，於政治運動中翻來覆去，父親一事無成。我還記得我小時候，父親整天開會，涼台外的壁櫥

——僅有簡易隔板而無門扇，堆放了許多「工作手冊」，記的全是會議內容。到了七十年代後期，父親去中學做了黨支部副書記，後來兼任了校長。八十年代，父親大概有意撿回一點光陰，還是回到課堂執教為好，除了能稍微做些「學問」，也藉此離開多年積累的複雜人事關係和糾葛，於是離開了工作大半輩子的中學和教育局。父親幼年受過一點國學教育，又是科班出身，雖然多年在政治運動中荒廢，但功底仍在。於是在大學謀得一個教職。父親以癌症去世時，正任教於華東化工學院，年僅五十六歲。

稱不上桃李滿天下，但當年全區沒有一個中小學沒有父親的學生，八十年代工宣隊撤離、恢復校長制度後，區內各中小學校長中，父親的學生一時間數不過來，父親自己做了中學校長，和他的學生們成了同事。多年來，即使在文革中，學生們和父親保持往來，他們結婚時，請父親吃飯。我個子矮小，每次都跟著父親去，「蹭」車、「蹭」食，因而也認識了許多老師。《西遊記》和《水滸》的新版本由上海人民出版社內部出版發行，父親一個學生的「愛人」在社裡工作，送了父親一套。我的國文教育就是從這兩部書開始的，不僅認識了繁體字，而且書讀了不知幾遍。不久，我哥哥不知從哪裡弄到一套線裝泛黃的插圖本《三國演義》，字體極小，像是真正的「黃色小說」，我也讀了下來。從此走上了人文學科的不歸之路。後來，那位「愛人」又拿來了《紅樓夢》，父親怕我中其「色情」之毒，放到了櫥櫃頂上。因此，這部書，到了我進大學讀中文系，才讀完一遍。

我和父親在一起，最值得緬懷的日子，除了1985年後兩年間，在家陪他度過病重的日子，得數讀大學的最初一兩年（1980初），中國風氣大開，除了讀書外，思想解放運動令我們面對一個開放的世界，不知疲倦地吸取新的知識。每個週末回到家中，我不免意氣風發，和父親討論、進而辯論。父親受的是老派的教育，多年來也

已經習慣於聽黨的話，照老路子思考。於是和我的新思想、新見解常常衝突。我們的辯論有時弄得彼此不太愉快，我有點目中無人的味道，不自覺地把他當成了課堂上的可以辯論的老師，而不是父親的角色了。不過，漸漸地我們都發現，還是新的思想有意思，談在一起的時間多了。這種父子對談、辯論，有逐漸相同的感覺，真好。回想起來，父親的心情因此而好多了，因昔日政治運動糾纏而產生的沉悶心情，有開通的感覺。那是我們的好日子。

父親對我寄予希望，因為我不僅僅是他的兒子，而且讀同一個大學，算是繼承了他的衣缽，好像把被日本人活生生掐斷的文脈繼續下去了。父親手術後躺在床上，得知我考取了研究生，欣慰的表情我終身難忘，而其實我一點也不想走那一步。但一如我答應父親去應考那樣，我在父親的病床前和他一起高興。這也是一個好日子。

算起來，我作為一個兒子的孝心和孝行，也就是這三件了。至於所稱不孝者，就太多了。我曾和父親拍過桌子，賭氣住在學校宿舍幾個月不回家；畢業後，我最終還是沒有選擇做學問的道路。那時父親已經離世了，否則，為了滿足父親的心願，恐怕只得聽從。這都是假設了，我的父親沒有再能管我，就在對醫藥之無能的困惑和對生命完結之極不情願中，走了！而我，也越飄越遠，飄到了美國。二三十年後的今天，像跑萬米賽跑，甚至馬拉松一樣，走過某一個標誌的時候，回想父親是別有意味的。父祖一輩的家史能否在我這個漂流海外的兒子的身上接下來，如何在父親唯一的孫子身上傳下去？思之不免惴惴。

清明過了，痕跡淺淺。我決意明天要領著兒子，到祖先的像前，默默追思。五代人，從無錫的鄉村，經上海，再到紐約，跨越了至少一百三、四十年。這是不容易的。儘管父親沒有留下什麼，離開多年了，但我的所思所行，都受到他影響。我時時想到的是，

我自己，竟然過了父親去世的年齡，自覺猶在壯年，但父親離世前，無論是他自己、還是子女，學生、友人，看他，都是個近於老年的人了。那個年頭，人的生命是何其之輕微而單薄，又是何等匆忽地在浪費中走向衰老！為此，我無比心痛。

周興立

作者簡介

　　紐約哥倫比亞大學雙碩士及教育博士，台灣「校園民歌」創作先鋒，多首傳世，經典名曲〈盼〉：「我把想你的心，托給飄過的雲；願那讚美的風，帶來喜悦的信」，膾炙人口。創辦紐約歷史悠久的才藝學校「立人學苑」；曾任紐約富頓大學教授，南威中文學校校長，現任教紐約市立大學及法拉盛市政廳文藝協會亞洲藝術指導兼顧問。經歷廣被推崇，包括教育諮詢、亞裔移民、中華文史、漢語教學。著有《巨星的代價》、《民歌有情》、《民歌有愛》、《唱歌學華語》、《我會寫一首詩》、個人校園民歌CD《望》、及製作大提琴協奏CD《Merry Cello Christmas》等。

只為快樂才流淚——日記一則

「思爾為雛日，高飛背母時；當時父母念，今日爾應知。」
　　——節錄 唐・白居易 詩〈燕詩示劉叟〉

　　今晨媽媽的坐骨神經發作，痛得她都坐不起來，我自己也有過相同的體驗，知道那種椎心刺骨的無力感，真不是外人所能了解的。看著她軟弱地躺在床上，我束手無策，若是要她吃一顆止痛藥，根本是提都別提。我只能使點兒勁為她按摩，按到她說對的部分，我就多捏幾下，但是……我知道，那是很痛的。

　　母親是很能忍的，如此窩在被舖上，躺著也會痛，遲早也還是得下床，我就輕聲地鼓勵媽媽：「我們到客廳去坐坐吧？稍微運動運動，也許會好一點？」她不置可否，所以我就當機立斷，一分一寸地……把她攙著坐好，然後要她手環著我的頸部，我用雙腳輕踏著她足前的部分，再用兩手托起她的兩股，緩緩地撐起了母親。

　　好不容易站穩了兩腳，下一步路，根本是無從著「腳」，若要把她置放到輪椅上，一定又會是一陣折騰，而且那也不是我的本意；但是要真的移動，也是寸步難行，問題就出在那個「忍」，母親就算痛到骨子裡去，也難得聽她哼一聲，我也只能努力去揣摩，猜測她到底「痛」在哪裡？「痛」到什麼程度？

　　只能試試幾個角度，就在原地進行了實驗，再細看她的反應，終於理出了一個姿勢，就是我面對著媽媽，上身彼此貼在胸部，她的頭放在我的右肩，我的兩手則護在她身後腰部上下，如此一來，我們舉腳抬足試著看看，她居然說可以了，就這樣……母親臉朝著前進方向，我用兩手環繞著媽媽的身體，自己背對著前方往前

走，我們兩位一體，同心協力，碎步碎步地，開始踏上那漫長的旅途……

從臥室到客廳，差不多有二十五英尺，兩人不敢鬆懈，小心翼翼。媽媽並非嬌小的體型，我費盡全身力量去環抱支持，早已汗流浹背；一方面，我雙手的著力點，得注意護著她的身軀，同時，我口上得呼喊著一二一二，來配合我們的腳步，步伐還不能太大，動作要輕柔，這段短短的路程，我經歷了一場無依無助的震撼，天地之間，就只有我娘與我，兩人四腳的足跡，不是踮在地板上，而是蹬在心坎裡。我知道這樣的行動，她也是會痛的，但是我對於她的疼痛，卻完全無法去分擔分辨，還有我那不爭氣且無法忍住的淚水，一直滴落在媽媽的背上，也分不出是淚是汗？

事實上……我的感覺也是非常幸福的。自己年齡也六十好幾，還有媽媽可以這麼親密地抱抱，那真是上天給我的恩典。但是，母親年老，如此的肉體折磨，我是呼天不應，迷失在何去何從？就怪自己徒有學位與人生歷練，可是在這種情況下，卻是無從下手。

環抱著母親，慢慢地轉移陣地，一個腳印一行淚，分秒維艱，步步驚心，怕的是自己萬一站不穩？或是一溜手，掌握不住？……卻又無法也不願意半途而廢，腦中千頭萬緒，惶恐不安，怨老天為何不把媽媽的疼痛，轉至我的身上？恨自己從前怎麼不去學醫，現在才會如此地一籌莫展。

母親曾經也是鄉里知名優雅漂亮的姑娘，婚後更是人人稱讚的賢內助，她一直是愛美的高尚女士，現在卻要面對寸步難移的窘境，每日還要極力地去適應這樣的身段，真是難為她了；看著她默默地忍著，努力地加油，可是我的心在淌血，百感交集，縱然有千言萬語，嘴上卻不知道如何去安慰，只能故作英勇的抱住她，一面搓著她的背，講些好聽的話，尤其談談她那些乖孫子孫女，用來轉移她的注意力，從她的配合程度看來，還真是有點效果。還好媽媽

的行動雖然不便,精神仍然敏銳,對周遭的點點滴滴,仍舊清楚;她常常提說她的人生很滿足,也知道子孫孝順,卻又句句難掩她的歉意,不要增加我們太大的麻煩,我只能一再地對她哄著強調:孝順不是義務,我們都在「享受」孝順的權利。

　　一路走來,停停頓頓,步步為營,逐漸也規律了腳程,母親大都是沉默地聽著我的言論,只是偶而提醒前面的障礙物,雖然兩人都是急出一身汗,卻也難掩母子貼心的溫暖。我聞著母親的髮香,把自己當成是個撒嬌的孩子,想像著是母親背著我走路?還是我背著母親散步?另外……又奢侈地期待,最好不要停止進行式,我就可以這樣一直抱著她,一步一步地……走下去……

　　當安穩地到達了客廳,才鬆了一口氣,又費了一把勁,才把母親安置在座椅上,接著擦乾她額頭及脖子上的汗,看她坐著也舒坦,臉上掛著滿意的微笑,我終於可以放下心中的大石,這樣一個看起來簡單,卻是越過千山萬水的旅程,還好有驚無險,總算安抵目的地。我強作鎮定,握著母親柔軟的手,她如常眼睛散出一抹慈暉,不捨地望著我的汗臉,一切盡在不言中,我真是滿心歉疚,回想剛才的經歷,雖然淚水在眼眶中打轉,心情卻是非常快樂的……

海 雲

作者簡介

　　本名戴寧，江蘇南京人。1987年留學美國。內華達大學酒店管理學士，加州州立大學企業金融管理碩士。現為海外文軒作家協會主席，是海外文軒文學組織的創建人。曾任職旅遊業、酒店管理。自1991年定居加州矽谷，轉職於矽谷高科技公司，在矽谷跨國企業中任金融財務管理人員。2010年搬至美國東部的新澤西州居住。其文學作品多次獲國內外獎項，多篇散文、隨筆、詩歌和小說在中國《讀者》、《家庭》、《小說選刊》、《臺港文學》、《長篇小說》、《長江文藝》和美國《世界日報》、《僑報》、《國際日報》、《漢新文學》、《人民日報》海外版等海內外報刊上發表。

折

　　坐在父親四樓的書房裡看向窗外，冬日裡，越過光禿的梧桐樹樹尖，可以清楚地看到遠處紫金山頂的天文台。初夏的六月，窗外的梧桐樹枝茂葉盛，擋住了可以遠眺的爽心悅目，正如此刻的思緒不能再前行。思緒停在了1937年，越不過的那座坎兒：是什麼原因，那一年外婆答應嫁給了外公？

　　從異鄉回到家鄉是想拉近那種距離感，寫我的「金陵三部曲」中的一部，這部是有關親愛的外婆，那個在我缺爹少娘的童年，用她的愛為我築起一個小小樂園的人。

　　窗外的知了唱響了夏天的序曲，江南的梅雨季還沒到，知了卻開唱了。我喜歡知了的叫聲，高高低低長長短短，喚起多年前的夏日在腦中電影般的重放，那時沒有空調，也沒有這樣窗明几淨的公寓，外婆工作的郊區醫院的宿舍是一排青磚黑瓦的平房，房間裡很暗，帶著江南水鄉的潮濕，外婆的小木床的四角用四根細竹竿撐起白紗蚊帳，午飯後，她會哄我在裡面睡午覺，一隻手搧著圓圓的蒲扇，另一隻手輕輕地拍著我的脊背，知了在外面齊聲合唱，像催眠曲，我就在陣陣涼風中進入了夢鄉……

　　那時我四歲，父母離婚了，並不懂離婚的意思，只記得聽到這兩字的那天，外婆把我緊緊摟在懷裡，親吻著我的臉頰，說：「毛毛不怕，有婆婆呢。」

　　白天外婆帶著那個不知道憂愁的孩子坐在醫院的掛號室裡，病人來看病掛號，她收錢開票；沒有病人時，就教小毛毛認字。有時忽然的，有醫院工作人員急急忙忙地衝進來，拉著她的胳膊說：「快，快，貢醫生，難產！」她原是基督教的馬琳醫院培養出來的

中國第一批助產士和護士，她曾經跟隨她的軍醫丈夫一路從南京撤退到長沙，再去了在大後方的貴陽，救治了八年的抗日傷兵員……

　　這所醫院是她丈夫一手建立的，許是因為捨不得這份產業，她和丈夫49年留在了大陸。成為掛號室醫院留用人員，在文革時已是對她額外開恩了，她的丈夫被遣送到鄉下接受勞動改教。

　　送國民黨軍醫下鄉前是有儀式的，準確的說是一場批鬥會，反動軍醫被反剪著雙手坐「飛機」，他脖子上掛著打著黑叉叉的大牌子，從批鬥台上下來來到醫院的門診部，從這裡要遊街一圈。小毛毛聽到喧嘩，好奇地跑來看熱鬧，正好撞見外公被押著躬著身體向前走，顧不上自己被打被砸的反動軍醫，挺起腰桿，大喝一聲：「把毛毛抱走！」人群後面的外婆擠進去抱走了小女孩……

　　淚水模糊了梧桐樹的綠葉，我的眼光從窗外移向室內，電腦屏幕上的魚兒游了好　會兒了，唉！牠們始終游不出這個四方形的屏幕。

　　上個世紀六十年代的疼痛還依稀記得，上個世紀三十年代的巨痛，但凡金陵人都絕不會忘掉！外公外婆卻是那一年結的婚，是日軍進城大屠殺前夕吧。1937年的六月初，南京是什麼樣的？梧桐樹也撐著傘一樣的枝葉？那年的夏天還能聽到知了的叫聲嗎？

　　在檔案館裡查到當年的報紙，上面的圖片怵目驚心，日軍的飛機三番五次來轟炸，殘簷斷壁、哀鴻遍地，那樣的驚心動魄、生死難測的時刻，外公外婆卻冒著炮火成了親。

　　和外婆相伴沒幾年，可那幾年得到的愛卻是我人生愛的源泉。人到中年時，曾經在經過一個人生沙漠時迷茫的找不到出口，金頭髮的美國心理諮詢師問當時自稱不大會表達情感的女子，是如何學會那麼自然地擁抱她的孩子並告訴他們媽媽愛他們的？心理學分析出離異家庭的孩子情感上的缺失，心理諮詢師的疑問在被問者娓娓述說起童年外婆的擁抱和親吻時，煙消雲散。

　　寫外婆和外公的故事,成了我走出「沙漠」後最強烈的願望之一。可是我了解外婆嗎?

　　母親說:「你外公外婆是姑表親,一輩子恩愛。」表舅說:「你外公是個情種,當年為了追你外婆,割腕啊!」表姨說:「人家都說你外公娶到你外婆,那是癩蛤蟆吃了天鵝肉!」舅媽告訴我:「你外公外婆最後兩年是互相不說話的。」大舅給我一本泛黃的外公的雜記本,封面上是他老人家親筆寫的「Dr. Chen」。

　　這些各說一詞的陳述攪混了我的思緒,既是姑表親的青梅竹馬,為何又要割腕般壯烈地求婚?一輩子恩愛的夫妻,為何離世前兩年卻到了互不理睬的地步?一個一米八高大英俊的醫學院畢業的國民黨軍醫校官,如何就成了癩蛤蟆了?民國元年出生的外公,37年娶妻結婚,已是二十七歲的大男人,他倆這場戀愛據說談了至少八年,從割腕事件來看,是外婆一直不願嫁,難道她不愛他?但他們還是結婚了,是戰火的逼近,導致外婆撤去了防線?有資料顯示那一年南京城裡很多青年男女急著辦婚事,「主要是因為許多家長都給已訂了婚或成了年的女兒提早婚期,讓他們安安全全地完婚,以免日軍來了發生意外。」但我相信我的外婆外公的結合不是這個大眾的原因。

　　他們結婚前,外婆就從馬琳醫院出來了,參加了部隊的中央醫院。八月,火爐般酷熱的南京遭受著前所沒有過的日軍密集的飛機投彈轟炸,南京城內接連不斷的空襲警報聲和飛機重型炸彈淒烈的爆炸聲,此伏彼起,甚至外公外婆工作的中央醫院也被炸出了一個巨大的彈坑。

　　長達四個月的空襲,國民政府遷都了,機關公務人員撤退了,日軍向南京快速推進,外婆外公隨著中央醫院在十一月撤離了首都南京去了長沙,一個月後,慘絕人寰的南京大屠殺發生了。一年後,長沙也被攻陷,他們又隨著中央醫院的一支撤到了貴陽,在那

裡到45年日本人投降，才回到南京。在這一路屈辱的撤退和忘我的投入救治傷兵中，母親和大姨誕生了，母親對這一段歷史唯一的記憶便是她被外婆放在獨輪車上推著往前走……

母親和大姨對這段隨軍歲月都幾乎沒有什麼記憶，或許她們年齡太小，或許太強烈的刺激也會令人記憶斷層。翻閱這段歷史，怵目驚心四個字不足以表達我的感受：1937年十二月南京大屠殺，三十萬人慘遭殺戮；1938年長沙大火，一座城市成為一片焦土；貴陽的日子也是在斷肢血人的救治中度過的吧？大姨說了她貴州唯一的記憶：她剛學會走路沒多久，一腳踩進了消毒手術器械的滾水鍋裡，她只記得一隻腳的皮像一個襪子一般的被剝了下來……

母親兄妹幾個都常會感嘆：如果49年爸媽去了台灣，就不會受那麼多的罪了！也許，我可以想像外公外婆在台灣島的某一處開一間診所，也會生好幾個孩了，過著夫唱婦和的快樂日子。但生活本就沒有如果一說。

經歷過戰火洗禮和顛沛流離的生活，打走了鬼子，他們只想過自己的平安日子。抗戰勝利回到南京不久，外公就從部隊醫院退了出來，一家四口來到妻子的家鄉開了一個小診所，作為醫生和護士，他們盡到了保家衛國的責任，現在只想治病救人、安度流年。

從一個小診所變成一個初具規模的醫院，外公是成功的，上個世紀四、五十年代，雖說醫院屬於了國家，外公有了三個女兒兩個兒子，他依然可以做他引以為傲的Dr. Chen。文革開始他就慘了，先被從手術台趕下來，最終還是被趕出了醫院，即便被罰到農村住茅草屋，他還是有機會就為農民看病，他的醫術救了農民，也救了他自己沒被餓死在那裡。那本泛黃的雜記本上，記著都是日常的賬目：某年某月間誰借了一塊錢和五斤米，某年某月，全部還清……一個堂堂的醫官，過的是如此屈辱貧乏的生活，可是那封面蒼勁有力的Dr. Chen，還是透著一個男人和知識分子的傲骨和驕榮。

　　借來的米延續了外公的生命，借來的錢全部化為劣等的酒精進了外公的血液。也許正是這種苦悶的發洩方式讓外婆失望，等到雲開日出平反昭雪的一天，七十多歲的陳醫生終於再次回到南京城裡，老兩口卻已經不說話了。外婆避到了女兒家，老先生一個人住在祖宅裡，他們是在那個宅子結的婚，結婚不久就跟著軍醫院撤離了南京。回府時，抗戰勝利了，他們有了兩個可愛的女兒，原以為太平日子終於來了，沒想到一年比一年不安生，如今垂垂老矣的他再次回府，父母都不在了，五個孩子中三個女兒都不在身邊，最愛的那個幼子死在鄉間的河水裡，想起來就痛徹心肺，老伴更是與自己話不投機半句多，老先生一個人喝著悶酒，一塊食物堵在喉嚨口，他就那麼仰著頭坐在飯桌前僵硬了身體……

　　父親的書房我坐不住了，太多的疑問和難受，我想問外婆她到底愛不愛外公？為什麼讓外公死得那麼孤獨？而兩年後外婆也跟著離開了人世，她的癌症是不是悲傷和哀鬱的惡果？

　　騎著自行車穿行在紫金山公園的綠道上，琵琶湖微波蕩漾，幾句詩句在腦中顯現：

> 他們的言語
> 不過是你們折疊的曾經
> 每個人都有自己的那一面
> 空洞的說辭
> 我不想聽……

　　一首詩沒吟完，「啪」的一聲，我已摔在地上爬不起來。急送到最近的東部戰區醫院，那正是外公當年服務的中央醫院！掛號拍片，聽面前的年輕醫生給我下診斷：「你骨折了！」男醫生的臉變幻成另一張英氣青春的臉，那個校官軍醫，我年輕的外公……

　　「你為什麼割腕？」我真的想知道。「你說什麼？誰割腕了？」年輕的醫生莫名其妙。「哦，我外公，他……他曾經為我外婆割腕！」我解釋。「哦，那他一定非常愛你的外婆。」年輕的醫生有些羨慕道：「那個年代，時間很慢，慢到一生只夠愛一個人。哪個詩人寫的？」

　　走出醫院，一輪火紅的夕陽，看著看著夕陽變黑，依稀彷彿聽到軍機的轟鳴聲，一枚枚惡魔般的炸彈無聲電影般地投下，其中一顆就在我立身的不遠處開花，煙塵瀰漫中，一個年輕的軍醫抱住一個年輕的護士，蹲在角落……

　　煙霧散去，只有橙紅色的陽光從西邊過來把我全身裹住，夕陽中我完成了那首詩：

　　　　我想打開來細細查看
　　　　看懂你們折疊的愛情
　　　　我想找到一些
　　　　被無意折進裂縫裡的真心

劉馨蔓

作者簡介

　　台灣淡江大學英文系學士，紐約理工學院傳播藝術系碩士。曾任職專業公關、廣播電台中英雙語主持、世界日報記者。獲得過新聞報導獎、洛城文學獎、芝加哥文學獎、馬祖文學獎等。寫作擅長視覺風格，被定位為魔幻寫實小說家，著有《紐約的13種可能》、《遊紐約學生活》、《把世界收進行李箱》、《和平進行曲》、《傳奇再續》等。其獲獎小說《藍色燐火》曾改編為英文電影《Blue Fire》，入選第二十四屆亞美電影節。現定居紐約，任職美國體育娛樂World Wrestling Entertainment電視製作人。

那一年我們十三歲

　　無論我們身在何方,生於哪個時代,處於何種環境下,每一個人的少年時期都是神聖而獨特的。稱它神聖,是因為它純且真,沒有虛偽造作;說它獨特,因為那是專屬於每個人無可取代的經驗和記憶。

　　我出生於台灣外海西北隅一個小島,因為大時代的浪濤,這個小島幾乎與世隔絕。然而十三歲那年,一封陌生人的來信,為我的少女時代,以及往後的數十年,烙印了一段永不抹滅的人生回憶。

　　小學六年級的某一天,我收到一封收件人為「中正國小六年級10號同學收」的信,寄件人是台灣南投縣魚池鄉新城國小。這封陌生的來信,對從未離開小島的十三歲女孩,簡直是外太空飛來的信一樣不可思議。馬祖列島因為政治因素在閩江口外海凍結了半世紀,在小島出生的我,眼界所及,除了海便是山,除了綠色軍服,便是農婦漁夫,對島外的世界幾乎一無所知。

　　我打開信,先被工整強韌的字跡吸引,鉛筆刻印在中式信紙的字痕,彷彿要穿透信紙,筆尖透著剛毅與自信,信尾的署名寫著「沈靜微」。我沒想到這麼剛強的字跡卻是來自一個小六的女生。

　　至於為什麼會寫信給我?對方在信中說,有一天學校老師告訴班上學生,南投新城國小和馬祖中正國小締結了姐妹校,老師鼓勵班上的小朋友,給這所偏遠的馬祖外島同年級學生寫信。於是他們就以自己的座位號碼,給未知的小朋友寫信,然後期待能夠等來回信。對方寄出給十號同學的信時,並不知道台灣海峽這一邊同年級同座位號碼的我,是女生還是男生。

左　過去傳遞信件的大型補給艦已不復見，只餘荒置沙灘的小艦艇。（劉馨蔓攝）
右　以當時元首的字號「中正」二字命名的中正國小與中正國中。（劉馨蔓攝）

　　在百無聊賴的小島，放學後的生活是下田、抓青蛙、爬樹、偷溜到軍事禁區的海岸洞內去挖蚵和海螺、與鄰村孩童打架，要不就是一個人躲到防空洞內做白日夢，這封信等於給我開了一扇窗。我立即回了信，於是天各一方的兩個小女孩開始當起筆友，勤快的寫信。

　　那個年代，馬祖是隔絕的前線戰區，除了被發配到外島服役的軍人外，台灣本島的居民禁止前往馬祖；而馬祖居民必須申請一本類似護照的出入境證才能去台灣。往返馬祖和基隆間的交通船，每月只有兩班航次，主要是以運補給民生和軍用物資，以及載運服役和退役的軍人，小老百姓實際上是擠在軍人中在充滿汽油味不透風的船艙裡，搖晃十多個小時才抵達基隆港，和難民沒兩樣。

　　由於是敏感的前線，小島的商業發展受到限制，比同時期的台灣落後二十年，島上沒有超過三層樓的建築，只有磚瓦、土牆、藏身在山中樹叢和坑道內的軍事碉堡。居民生計依靠數萬駐守的軍人消費維生，小學生在路上見到身穿有官階軍服的「長官」或軍車，得立正站好行童軍禮。

　　此外，全島籠罩著保密防諜的白色恐怖，對外通訊都經過保防人員祕密監控，一個無心的文字和生活照，隨時可能被扣上洩漏軍機或通匪的罪名，哪怕寫信的是一個十三歲的小學生。我唯一能看見世界的是華視電視台，還得看天公的臉色，氣候不佳時，任憑父兄們在天線上左轉右繞，電視屏幕還是一大片橫線；有時不小心被對岸的電視台「滲透」，村民們會驚恐的立即關閉大門，以免被貪婪的鄰居檢舉，輕則反省檢討，重則成了通匪。

　　儘管在那樣的大時代下，我和台灣海峽另一頭的沈靜微寫信，憑著每月兩次往返馬的補給軍艦，傳遞著我的小島人生、她的台灣生活、學校的功課、青春少女的心事、各自暗戀的男同學、以及長大後的夢想。我一方面也從她的來信中，想像著台灣高聳的大樓、熱鬧的百貨公司、甚至我嚮往的兒童樂園和動物園。

　　十五歲，我們國中畢業了，我的心早已經飛到船程時十多小時外的台灣。我放棄了馬祖唯一高中的錄取資格，離開兒時玩伴和家人，登上每月為我們傳遞信件的補給軍艦到了台灣。我們相互約定，等我到了台灣，要給彼此一通電話。

　　我考入了公立的基隆女中，以升大學為目標；她則進入高中職校廣告設計班。我們終於在電話中第一次聽到了彼此的聲音，有趣的是，兩個從未交談過，已經傳遞了三年多書信的少女，在電話中卻像兩個互相傾慕的小戀人一般羞怯靦腆。

　　儘管那通電話已經過了三十多年，但是那天我和她講電話的影像，那個微顫的聲音，卻一直在我的腦海裡，成為了生命的記憶圖像。

　　歲月在我們的字裡行間繼續穿梭，編織著兩樣人生，一個看似平淡卻滿足；另一個看似多彩，卻充滿驚濤駭浪。然而，我從未想過，那一封信展開了兩個女人，從年少、青春、到如今步入中年，從未曾謀面的情誼。

　　後來，我們交換了長大成為青春少女的照片，她有一張清秀，柔中帶剛的臉；我則長成了陽光女孩。她高中畢業後提早進入社會，沒有找到理想的廣告設計工作，後考入台中的師範學院幼教班，畢業後在南投家鄉擔任代課老師，經過正式教師資格考後，人生路上沒有轉彎，一直在小學任教。

　　與此同時，我開始了豐富的大學生活，加入籃球和桌球隊，熱愛登山，當系刊編輯，在校刊投稿當文青，甚至仿傚熱血青年，無知的發起地下社團，吵著要把教官趕出校園。她那方風平浪靜，我則像一隻飛出籠的小鳥，在淡水的山中自由翱翔，但是我們的信件逐漸減少，都忘了何時起斷了線。

　　1998年，我跨過更廣闊的北太平洋，到紐約去尋夢。換了時空，忙著半工半讀，當時網際網路剛起步，社群媒體只是科幻小說的奇想，因此與台灣以及家鄉馬祖的一切斷了聯繫。

　　就在千禧年到來前，台灣傳來九二一大地震的災難，震央就在南投，魚池鄉也遭難。我突然想起在南投魚池鄉的她，斷了聯繫之後，也不知道她是否已經成家生子，仍在家鄉或已經搬遷？當時紐約《世界日報》整個版面轉載了罹難者名單，我憂心的細看一個個名字，牽掛著一位遠在千里外素未謀面的筆友是否安然無恙？直到視線掃完最後一個名字，淚水止不住的流了下來，報紙上沒有她的名字！

　　命運就是如此巧合，兩年後的2001年，我經歷了紐約的九一一恐攻事件。剛到紐約求學時，我就在世貿中心附近的廣播電台打全職工，剛巧在恐攻事件發生的半年前，我辭去了工作，躲過了那次浩劫。

　　歲月繼續在兩個時空穿梭，我們繼續成長，慢慢變老，卻一直沒見過面。然而，我生命記憶庫的一個角落，一直裝載著和她的回憶。

　　去年回台灣，我返回馬祖老家，家人告訴我，有一位來自南投的沈靜微輾轉透過在馬祖任教的老師打聽我的消息。馬祖早在十多年前已解除戰地政務，駐軍人數僅餘數千，除了昔日留在水泥牆上的「同島一命」等精神標語之外，島上幾乎看不到戰區的影子了。然而小島人口簡單，她依著三十多年前的學校名字，終於找到了我的下落。

　　我感動之餘，更多是驚喜。我們聯繫上了，在社交媒體上交換目前的照片，儘管昔日少女丰采可循，我們如今已經是中年婦女了。

　　她說自從斷了聯繫後，她試著找過我，因為不知道我身在何方，只能寄信到我的老家，卻始終沒有得到回音。台灣九二一大地震時，她家房屋全毀，她和丈夫孩子只好先棲身在臨時搭建的鐵皮屋，後來搬到南投的埔里種起茶葉。

　　「我這樣庸庸碌碌的過了大半輩子，沒有什麼大的作為，不像妳才華洋溢，生活多彩多姿，令人羨慕。」她這樣寫著。而她不知道的是，我跨過了兩個海洋，最後決定落腳紐約，看似多彩多姿，卻經歷了不少驚濤駭浪，窮困潦倒的留學生活，疾病纏身，經歷了三次腦瘤手術。

　　兩人再度連繫上，我感覺像做了一場夢。閉上眼回憶時，一樣的藍天，一樣的海，一幕幕彷彿就在昨日；然青春已逝，人生路已走了一半，這一過就是三十多年，遙想閱讀彼此信件的那些日子，不就是在述說那個時代的美麗與哀愁麼？

　　「我們過去其實也可以很美麗，只怪我們當時珍惜不夠。」她繼續寫著。過去我們所交換的信件和照片都散失了，儘管歲月在我們臉上刻下滄桑，但若說人生中有甚麼感動，應該就是那段時期的純與真，那段只屬於我們的神聖的年少往事吧。

李玉鳳

作者簡介

　　台灣新北市樹林區人。台藝大畢業。曾任職：光啓社電視節目導播、企劃、編審。台灣電視公司基本編劇。著作：台北市社教影片及電視單元劇、連續劇等數十部。散文：刊登於各報副刊以及《文訊雜誌》、《彼岸雜誌》、《采薇叢書》、《我們的同溫層》、《西風回聲》、《紐約風情》、《情與美的絃音》、《世界周刊》等。現定居紐約。

鮑朗特夫人的禮物

　　上世紀七十年初夏，我到東京放送TBS電視公司研習節目製作。出國前，我的上司光啟社總幹事鮑立德神父交給我畢索納特神父的地址電話，他說畢神父是他的舅舅，在東京服務神職五十年之久，早已融入日本社會，如果有需要幫忙的地方，可以去請教他。

　　到了東京放送，每天例行開會、彩排、出外景、錄影等等忙得不可開交。一個月之後我才得空前往多明尼哥學園拜訪畢神父。這位年近七十體型瘦小的加拿大神父，溫文儒雅，滿口流利的日本話，確實已經是典型的「日本歐吉桑」。

　　畢神父興奮地告訴我，再過幾天他的姊姊鮑朗特夫人要從加拿大來，她準備到台灣探望兒子鮑立德神父，還要到大阪參觀世界博覽會，在東京只停留幾天。從小到大都是姊姊照顧他，也是他唯一的親人。畢神父搬出兩大本家族照，裡面還有鮑立德神父小時候的照片，他特別強調姊姊是一位了不起的女性，一定要安排機會讓我們認識。

　　原來鮑朗特夫人育有四男五女九個孩子（鮑立德神父排行第四，上有兩個姊姊一個哥哥，還有兩個弟弟三個妹妹），夫妻倆分別經營兩家公司，二十幾年前正當事業飛黃騰達時，丈夫心臟病驟然離世。當時大兒子、大女兒還在讀大學，最小的女兒還沒到就學年齡，所有重擔全落在鮑朗特夫人一個人身上，她必須掌管兩家公司還要照顧九個孩子，這是多麼不可思議的繁重工作啊！

　　鮑朗特夫人由十六歲的外孫女瑪莉陪同，從蒙特婁搭機飛抵東京，我們約好到她住宿的帝國飯店會面。即將拜見上司的母親，一份小禮物總是要的。我找到一家珍珠專賣店選了一支山茶花小別

針，花瓣是白色貝殼做成，白銀鑲邊，三顆潔白的珍珠代替花蕊，手工精巧，高雅不俗。

我準時到達帝國飯店大廳，畢神父和她姊姊早已坐在大沙發上等我，一看到我立刻笑著迎了過來。鮑朗特夫人滿面笑容伸出雙手和我擁抱、貼臉，一陣幽香撲鼻而來，喔！好香。第一次和陌生的外國人擁抱貼臉。第一次接觸熱情的打招呼方式。第一次聞到這種特別的香水味。我愣了半晌不知所措。

她身著黑白小格子連身洋裝，白色小領，胸前到腰際是一排白色蕾絲滾邊，白色皮鞋。褐色短髮、金邊眼鏡、淡淡的腮紅、唇膏，沒有誇張的眼影眼線。瘦小的身材，動作俐落，笑容可掬，看不出長途飛行的疲累。簡短寒暄之後，拉著我的手走向電梯。

我們來到十樓她住宿的房間，「瑪莉和朋友出去玩了，年輕真好，不管到哪裡，很快就可以交到新朋友！」畢神父把他姊姊的話翻成日語，又把我的話轉成法語。她從行李箱拿出字典大小的禮物給我，說是自己喜歡這個牌子，希望我也會喜歡。

初見面又是遠道帶來的禮物，這是未料所及的，真是意外的驚喜。還好，我也有所準備，否則多麼尷尬啊。我從手提包裡拿出山茶花來。

她興奮地叫著：Merci, Madame! 並伸出雙手，又是擁抱、貼臉，那不知名的淡雅香氣又一次鑽進我的鼻孔，這是甚麼牌子香水啊？

她興奮地拆開包裝紙，山茶花在深藍色絲絨小盒子的襯托下，更顯得潔白圓潤。姊弟倆對著手中藝術品讚歎不已，畢神父指著絨布上的店名說，這是東京著名的珍珠專賣店，保證是「本珍珠」喔。我幫她把山茶花別在胸前，她對著鏡子高興的模樣，我也感到臉上有光。

鮑朗特夫人送的禮物就在我的手提袋裡，我很好奇想知道究竟是甚麼禮物，從小被教導不能當著送禮者面前打開禮物的，我猶豫

了一下還是忍了下來。

　　看到鮑朗特夫人就像是看到鮑立德神父。母子的長相、神情、說話語氣實在太相像了。畢神父說他們不但外表神似，性格也像，都是很有內涵的人。他佩服姊姊的辦事能力和精力，不但事業成功，教導孩子也有一套。九個孩子都很優秀，有高學歷，又各自擁有很好的工作和美滿家庭。

　　談到她的孩子們，鮑夫人很得意。她說：就以鮑立德神父來說，從小有主見、有理想，十幾歲時立志加入耶穌會，大學剛畢業就到台灣服務神職。起初兄弟姊妹都不捨讓他一個人跑到又遠又陌生的國家。語言不通，他要學中文、還要學台語，每天一定忙碌不堪。可是，不管有多忙，鮑立德神父每星期一定寫信回家，十幾年來從不間斷，這是很不容易的事。

1970年作者（前右）與鮑朗特夫人、畢神父攝於東京帝國飯店。（李玉鳳提供）

　　鮑神父確實很忙。他接任光啟社總幹事不久，我有幸加入光啟團隊，跟他共事多年。當時，光啟社製作台視的國語、閩南語電視劇、錄製歌唱節目、培訓節目工作人員等等，兩個攝影棚幾乎天天

燈火通明，上百員工，日夜忙進忙出。節目錄製繁忙時期，總幹事也要下海導戲，而且是閩南語電視劇，我還當過他的助理導播。同事之間，都知道鮑神父待人溫和誠懇，低調謙虛，平易近人。做起事來卻細心認真，辦公桌上永遠是堆積如山的資料和文件，不管白天黑夜，他總是埋頭在書桌上，平時言語不多，也從未提起他的家庭背景。

九個孩子的單親媽媽，如何家庭與事業兼顧？鮑朗特夫人說：孩子們像樓梯一樣，一個接一個往下排列，只好訓練大的照顧小的，一階梯、一階梯分層負責。大女兒幫很多忙，充當總指揮，弟弟妹妹都要聽她的。他們從小就很自立、懂事，彼此關愛，互相照顧，兄弟姊妹感情深厚，相處融洽和諧。

每個人都來自不同的生活環境，也有似曾相識的家庭背景。

我也是出生在大家庭裡，母親生育十三個子女，我排行老么，出生時母親四十三歲。我五歲父親病逝，幾年之後，才五十六歲的母親也因肺癆無藥而撒手人寰。當時我十三歲，懵懂的歲月裡，喪母之痛，倍感傷心絕望。印象中，我的母親就像是七、八十歲的老婦人。她也是身材瘦小，灰白斜襟唐衫，過膝寬腳黑褲，花白的頭髮往後梳成杯口大小的髮髻，像是塗抹一層黑糖年糕的臉上有著挺直鼻樑和一雙溫柔慈愛的大眼睛……。每當遇到年邁婦人時，我會忍不住多看幾眼，總想從她們身上捕捉逝去多年的母親身影。

我們一會兒法語，一會兒日語，很快度過了難忘的下午。臨別時，我不由自主上前伸出雙手擁抱這位了不起的母親，她身上的香水味深深地竄入我的腦海裡。

傍晚，回到寄宿的家。我拿出禮物，淺黃色紙盒上印著金色英文字母和兩隻交頭接耳甜蜜的小白鴿，紙盒裡面是個扁圓形厚實玻璃瓶，瓶子裡金黃液體晶瑩透光，我小心翼翼扭開金色小瓶蓋，散發出來鮑朗特夫人身上的香水味。太美妙了！我不禁想大聲呼叫。

那年代，講究的是自然美，哪有美容、美妝的！至於美不美，也只能順其自然，見仁見智。我們只知道「明星花露水」，婚宴喜慶女賓們常使用的香味，也許太濃、太通俗了，對我來講，是可有可無的奢侈品，後來才知道還有其他意想不到的用途。

自從有了鮑朗特夫人送的香水之後，我改變初衷，也對那兩隻小白鴿愛不釋手。三不五時會在我的衣服上點上兩滴，它的芬芳讓我精神十足，信心大增，生活更加多彩。為了怕它用完而無處購買，曾經視為珍品而不捨得用它。後來出國了，發現國外名牌香水不計其數，但是，我還是獨鍾於這兩隻小白鴿。二、三十年來，我又買過幾次，每個專櫃不一定貨品齊全，瓶子造型不同，外觀還是那一對甜蜜的小白鴿。

鮑朗特夫人回加拿大之後，我們常書信往來問安。第一年的聖誕節，她寄來一枚精巧菱形戒面的14k戒指，內附設計師保證書，標榜獨一無二，純手工創意作品，我很喜歡，也一直隨身保留到現在。每年來自鮑朗特夫人的禮物已經不計其數，簡短的祝福帶來多少的感動和驚喜啊。我們的友誼一直保留到1993年老人家九十三歲辭世為止（鮑立德神父也於2010年2月3日安息主懷）。雖然故人已逝，友情依然縈繞我心，也帶給我人生豐富的加味。東京帝國飯店第一次見面也是唯一的一次，我們一見如故，而且僅只一次的見面就永遠留在心裡。

如今，那兩隻小白鴿Nina Ricci依然站在五斗櫥櫃的角落上，我擰緊瓶蓋，就怕晶瑩透亮的黃金液體蒸發散盡。我把芳香鎖在心裡。

原載於《世界日報》副刊2019年12月9日

鄭啟恭

作者簡介

　　中學時曾任校刊總編輯,並獲多家報社聘任為「學府風光」寫稿。中國文化大學新聞系就讀期間,曾在光啓社實習,為力行報記者。職場生涯轉換頻繁且多元,最終在紐約市政府環保局畫下句點。業餘曾任海外中文學校教師;《美中時報》及社團刊物總編輯;《僑心月刊》專欄作家;創立「無境廬」主持藝文沙龍等。著有散文集《遊塵》,現為紐約華文作家協會副會長。

史黛拉最後的生日午餐

　　聽見史黛拉對著電話筒大聲地說：「……哈囉，這是環保局。我能幫你什麼？哈—囉——你是由中國打來的嗎？聲音可真遙遠？哈囉，你是在說日本話吧？……我一句都沒聽懂……」一旁的同事們早笑歪了。年紀一大把的史黛拉，是辦公室裡的活寶。她口沒遮攔，常讓人跌破眼鏡。

　　這波蘭裔老太太雖然年長，但並未受到特別敬老尊賢的待遇。西方文化好像不講求這一套，尤其在職場上。基於勞工法的規範，工作場所不得有種族、國籍、性別、宗教、年齡的歧視；故已年過八十的史黛拉仍可繼續在機關內任職。

　　史黛拉在櫃台服務，因此進進出出的局內或局外人，都認識她。她個性開朗、有耐心、又幽默；她還特愛吃帥哥、猛男的豆腐。有一回，史黛拉招喚一位正在等待取件的年輕小夥子，近到櫃台前，她盯著他，卻沒話找話地說：「你的牙齒長得可真美，又白又整齊，總不會是假牙吧？」

　　十分愛美的史黛拉，每天上班總是全套行頭，耳環、項鍊、手鐲、指環等一樣不缺。她說，少了任何這些飾物，就有裸體的感覺。別以為她講究飾物配件，是個物質追求者；恰恰相反，她十分的節儉。人家是寧缺毋濫，她卻是寧濫不缺，只要顏色上可以搭配，廉價品她照用不誤。「再老，也要漂亮」是她的人生哲學。

　　老實說，自史黛拉守寡以來，除了先生的退休金、社會安全福利金還有人壽保險金，根本不需工作就能衣食無虞。但她卻擔心待在家中，會悶出憂鬱症來。因此要持續的工作，是為了活動腦力、筋骨，並藉著與眾人接觸互動，避免老年癡呆。

　　史黛拉沒有自己的孩子；她的親人，除了遠在西岸的姊姊，就只有住在新澤西州的外甥女與她最為親近。逢年過節休長假，史黛拉就會乘火車去外甥女家度假。我問史黛拉，何不搬去與外甥女同住，好歹也有個照應。她說不想麻煩人，外甥女還有三個孩子要養，蠻辛苦的；她還透露她接濟外甥女一家的事，我這才知道她雖節儉，卻不吝於助人。

　　而史黛拉的同事們，常對她的省吃儉用，苛待自己，十分不理解。史黛拉卻認為生活上夠用就好，年紀大了，又沒什麼社交應酬；她所需不多，也不講究，該有的她都有了，很知足。史黛拉說她胸無大志，不求功名利祿，只想安分守己地過日子，享受生命中每一天的生活樂趣。

　　我雖然與史黛拉在不同的部門工作，但因史黛拉的崗位處於交通要衝，每天總會見面好幾回。偶而經過她的部門，見她總是忙個不停。櫃台外沒有民眾可服務時，她會去整理檔案。檔案櫃比她高，她得站上踏椅，才能將文件歸入上層檔案夾內。有時她還得跪在地上，處置最底層抽屜的文件。她精力充沛、工作努力認真，勤快的程度沒一個年輕的工讀生能比得上。

　　史黛拉八十歲時，同仁們曾特別為她在會議室中舉辦了一場盛大的慶生會，大概是她這一輩子、除婚禮以外最風光的時刻。

　　後來，史黛拉知道我的生日與她的很接近。我說，當年為入學，生日被改早；她也說，在移民入關時，她的生日登記錯誤，少算了幾天。經她一番推敲，覺得我們可能是同日生，才會如此投緣。「那咱們往後就一起慶生吧。」史黛拉如此建議。

　　對於過生日，我原不很在乎，但自從讓史黛拉給拴在一起後，她總會提醒我。到了那一天，我負責買蛋糕，而她就負責吃蛋糕。我說不愛甜食，就請她全權代理了。其實我知道史黛拉是愛吃蛋糕的，尤其是美麗動人的小蛋糕，但對她而言卻是奢侈品。

　　平時，史黛拉總是第一個抵達辦公室的員工。因她早睡早起，也就早早出門，又可避開尖峰時刻的交通擁擠。這天，大家陸續走進辦公室，卻不見史黛拉歡樂地在櫃台後向眾人道早安。她的主管丹尼斯說，史黛拉並未來電說不來上班，或許是地鐵有狀況吧，於是有人打開收音機聽交通電台。

　　一個多小時後，仍無史黛拉的消息，這現象太不尋常，大家議論紛紛。丹尼斯向人事處取得史黛拉閨密貝蒂的電話。貝蒂說，上周五她們還見過面，並無任何異狀啊。但是史黛拉家的電話始終無人接聽。快中午時，丹尼斯派了潘妮開公務車，去史黛拉位在布魯克林的家探究竟。

　　不久，潘妮傳回噩耗，史黛拉已經走了。整個辦公室裡頓時引起一陣騷動，大家不停地談論著有關史黛拉的話題。

　　下午，潘妮返回辦公室。她說，到了史黛拉的家，按鈴、敲門都無人應門。不得已只好向其鄰居打聽、求助，並借了梯子，攀爬上史黛拉家的窗沿，赫然見到史黛拉倒在廚房的地上。

　　潘妮撥打911報案，救護車、警車都來了。幾名員警幫著撬開大門，躺在地上的史黛拉已無任何生命跡象，醫護人員估計，她的死亡，至少已超過兩日了。

　　我從未料到史黛拉會是這樣的離開人世。我翻開腦中的回憶簿，曾有如下記載：

　　年初的一場大雪過後，寒冽的低溫，將一地的雪都凍成了冰。許多同事都乘機藉故請假。誰知，史黛拉卻在這種惡劣的天氣仍出門上班。

　　史黛拉走出地鐵後，還得穿過一個相當大的的停車場，然後再越過兩條街才能抵達辦公大樓。這天，她難得遲到了幾乎半小時。她正為遲到感到內疚，上司丹尼斯卻怪她：「妳真不該來上班，妳知道在這種天氣出門有多危險嗎？」

　　史黛拉這才說明她遲到的原因。她在鋪滿冰雪的停車場上摔了一跤，花了好大的勁才爬起來。大家一聽，都說要叫救護車，讓她去醫院檢查，照X光片。她卻堅持不肯，還說自己沒事。但丹尼斯仍派人開車送她回去，還強迫她整個星期在家休息，不許進辦公室。

　　再見到史黛拉時，她氣色不太好，雖然仍舊擦脂抹粉，卻掩不住憔悴。史黛拉挽起袖子，讓我瞧她紅腫的右手腕，她竟然未曾去看診驗傷。她說自己有敷藥，也服止痛藥；但她是絕不會當凱子去給醫生送錢。史黛拉自我安慰，大概再過幾天就會完全消腫了。

　　起初大家都勸史黛拉去就醫，她大概聽煩了，以後乾脆絕口不再提自己的傷勢，也不太與人說話。因此，逐漸地也就沒人知道她的健康狀況了。

　　一向注重打扮的史黛拉開始邋遢起來。有一天，見到她的上衣竟漏扣了兩個扣子，我消遣她：「妳是在賣弄風騷嗎？」見她面露尷尬，我就隨手幫她扣上了。

　　又一回，在洗手間裡，史黛拉翻起上衣，讓我看她別上別針的寬鬆裙腰。我知道史黛拉在乎體重，向來歧視肥胖族，認為他們不控制飲食，蹧蹋健康，又讓自己難看，簡直不可原諒。當我看到她明顯縮小的腰圍，還調侃她：「妳已夠苗條，可以停止減肥啦。」而我並沒想到，那時她的身體其實已經出現問題。

　　史黛拉部門的同事，曾見她以幾片餅乾充饑當午餐，都搖頭嘆息，背地裡批評，她若不是在刻意減肥就是為了省錢。辛苦地賺錢，難道不該慰勞、犒賞自己嗎？她怎麼老想不開呢。

　　那一日，我見史黛拉衣裝有異，仔細一瞧：「史黛拉，妳的毛衣穿反了耶！」她竟然怒起臉對我說：「我是故意的！」

　　我讓她的反應給怔住了。這麼多年來，總共只有那麼一次，為了路易士，史黛拉曾同我翻過臉。

　　那名叫路易士的資深老同事，後來被調差到樓上另一部門。偶見他來打招呼，我就會對史黛拉說：「妳的男朋友又來看妳啦。」史黛拉會神氣地回道：「誰稀罕這老頭兒！」其實路易士比史黛拉年輕，只是樣子顯老罷了。

　　某日，我正要外出去買午餐，在電梯裡遇見路易士。他說也想吃中國菜，但擔心太油、太鹹還有味精。我打包票幫他點餐，告訴餐館，這老外有病，需特別調理。

　　下午路易士特地來謝我，說那份午餐正合他的口味，好吃極了。史黛拉誤以為我與路易士共進午餐，氣得整個星期不同我說話。

　　史黛拉一向好脾氣的，怎麼突然變了樣？大概是她心情不好，才說氣話吧。我想讓史黛拉開心，便問她：「今年想怎麼慶祝我們的生日？」她卻將話題又丟回來給我。於是我提出主意：「我們上餐館去打牙祭。」史黛拉似乎很興奮，開始數算日子，逢人便說她八十五歲生日就快到了。

　　終於到了我與史黛拉生日的那天，她一大早就出現在我的部門：「我們何時去午餐？」我告訴她十二點鐘會去找她。

　　十點多些，她又來找我：「我們是十二點才去，是嗎？」其實我的午餐時間原是一點鐘，為遷就史黛拉才暫時調整。

　　不久，史黛拉的同事跑來告訴我：「聽史黛拉說，妳要請她吃午餐，她今天連早餐都沒吃。」我一驚，她八成是餓壞了，才三番兩次來暗示。我趕緊找出餐館的菜單，拿去給史黛拉，謊稱臨時有工作要趕，恐怕到時走不開，請她任點愛吃的菜，我要餐館早些送過來。

　　十二點剛到，史黛拉的部門就已香味四溢。有人尋著香味，看到史黛拉正在狼吞虎嚥。大家都驚訝不已，一向省吃儉用的史黛拉，竟然獨自在享用美味大餐？

　　聽說這是我送的生日禮物，有人開始懊悔沒參與幫她慶生。其實史黛拉已叨唸了不止一兩個月，只是大家都當耳邊風。

　　史黛拉在冰天雪地中摔倒，是她健康每況愈下的主因。我想，史黛拉的傷勢肯定不輕，手腕雖消了腫卻有後遺症，已對她的生活造成嚴重影響，她沒有精神、體力為自己烹調，她的身體也因營養、飲食不足，而逐步虛弱。

　　據潘妮說，在史黛拉廚房的地上，還有一瓶尚未開啟的食物，就躺在史黛拉不遠處。可以想像，已餓得有氣無力的史黛拉，連扣衣扣都有困難，那要使出多大的勁兒，才能旋開那緊封的瓶裝食品啊？她必是用力過猛才讓自己又摔倒在地。

　　還記得曾問過史黛拉：「活得那麼久了，這一生可有遺憾？」她連想也不想：「會有什麼遺憾呢？活的時候快樂地活，該走的時候就走嘛！」我想，史黛拉應該不會介意自己這麼匆匆地告別人間。

　　史黛拉雖是一個平凡的小人物。但她的結局，其實與一個非凡的大人物也沒什麼兩樣。該走的時候就走了嘛！

　　至今，每逢生日，總不禁會想起我的生日友──史黛拉，享受著她人生最後的生日午餐時，那心滿意足的模樣。

原載於《世界日報・副刊》2011年3月23-24日，
散文集《遊塵》（台北：文史哲，2017）；2019年修改

海 鷗

作者簡介

　　1936年出生於廣東省。香港香島小學求學。1950年加入中國人民解放軍公政文工團舞蹈隊任演員。1951年加入中國人民志願軍防空部隊文工團任演員。復員後在廣州市小學任音樂教師、廣州市少年宮文藝幹部、小海鷗藝術團創立人之一。文革期間被監督勞動種田、養豬。1983年移民美國定居紐約，在丈夫主持的中餐館當雜工。紐約華文作家協會會員、紐約詩詞協會會員。出版有回憶錄、詩集各一，散文集二；長篇小說《藍星夢》於2017年問世。2020年5月2日因感染新冠病毒在紐約過世。

重逢

我回鄉探親。我乘上了開往番禺的長途公共汽車。

車上座位幾乎滿了，沿途差不多每站都有人下車，但同時也有人上車，始終都給人擁擠的感覺。車上有半數以上是煙民，他們在吞雲吐霧中打發著旅途上的時光，卻苦了我這個嗅不得煙味的人，只好用濕紙巾抵抗著前後左右的夾攻。

我感到越來越悶熱，並開始後悔自己的選擇。我真羨慕座位靠近車門的乘客，車子每到一站，我都眼巴巴地望著他們下車去透新鮮空氣，哪怕只有幾分鐘。

突然，我看見了林國安！那是在中途上車的一個中等身材的男子。他往一個剛剛空出來的位子坐上去，由於座位狹窄，他側著身子，在我的斜前方，距離我只有幾英尺。他沒有發現我，我卻認出了他。

二十多年了！他仍是那麼漂亮。神情仍是好像永遠在沈思，卻增加了幾分憂鬱；動作仍是那麼優美瀟灑，只是沒有了以前的剛勁；眼角上出現了兩條細紋，鼻子底下也多了一道淡淡的鬍子，然而這卻使他更增添了一種深沈的魅力。他為什麼不去拍電影？

他的衣著還算整齊，他一副風塵僕僕的樣子。他現在怎麼樣了？他還在經營著政治嗎？他還和當年機關文革領導小組組長的大女兒「發麵包」在一起嗎？

我努力在他的半邊臉上尋找答案，卻怎麼也找不出來。他凝視的目光始終望著窗外，像是一座沒有呼吸的雕塑。

真的是他嗎？

我故意提高音量與鄰座搭訕：「哦，您也是去番禺嗎？」

鄰座點點頭：「是啊。」

我把聲調轉輕：「天氣有點兒涼。」

鄰座笑了起來：「不對，今天很熱哩。」

對自己的語無倫次，引出了鄰座什麼表情，我無心理會，我只注視著林國安。只見他的眉毛跳動了一下，接著便扭轉頭來，他的臉向著我，他的目光和我的相遇了！

哦，果然是他！

但他立刻又把頭轉了回去，並調整了坐姿，把整個背脊向著我。

他把額頭埋在了掌心裡，身子彎得低低的。過了好一會兒，他點燃了香煙（他什麼時候學會了抽煙？），默默地猛抽起來⋯⋯，直至扔掉第二個煙頭。然後，他又裝作漫不經心地扭轉頭向我望來，但當第二次與我相視時，他又趕快把視線移開了。

我窮追不捨，一直緊盯著他。

他似乎感到了我的目光刺痛了他的背脊，他總是無緣無故地蠕動著身子。我知道，他希望我不再注視他，他希望我不是我！

他點燃了第三支煙，又猛抽起來。不，他根本不是在抽煙！他只是藉這種動作去掩飾他內心的不安罷了，他是在受著良心的譴責麼？林國安呀林國安，你為什麼不肯與我相認？哪怕是聽到你一句認錯的話，我過去的一切怨恨，都會煙消雲散，你是知道的。你是不敢面對我麼？但你這樣硬撐下去，是多麼的痛苦！我是知道的。

我的緊盯隨著內心的隱痛，變成了盼望的注視，我的眼睛一直沒有離開他。

終於，他挺不住了，他第三次回過頭來，用他會說話的目光接住了我的直視。

在這冗長的幾秒鐘裡，我知道他從我臉上，眼睛裡看到了我的責問和傷痛，他半截香煙在手指間顫抖。

忽然，往昔的一樁樁甜與酸，在煙霧中重現⋯⋯那時，我倆總

是在公園的湖畔約會，每個晚上都充滿了濃濃的愛。常常，只要我輕輕地說一聲：「天氣有點兒涼。」很快，便有一件列寧裝披在我的肩上，再加上一句和諧的男中音：「這樣行麼？」

那天，他拿著一紙公函飛奔到我面前：「瑩，咱們的結婚申請，組織上已經批下來了！」他的臉被幸福激動得通紅，也不管旁邊有沒有人，一下子把我摟住。

十載大悲劇釀出的烈焰燃燒著每一寸土地。有一次政治報告大會之後，我由導演的女兒變成了黑七類子女。

那天，他忽然變成了另外一個人，他不再是他！約會的地點不是在公園湖畔，而是在文革小組辦公室，他扔給我一疊白紙，加上一句如雷轟頂的吼聲：「寫坦白交待！」

我感到被人狠狠地捅了一刀，痛得說不出話來。

直至聽說他入了黨，並看見他和「發麵包」談戀愛了，我才在絕望中清醒過來。

由於「沒有同走資派父親劃清界線」，我被投進了「牛棚」，押解我的是林國安。後來有消息傳進了「牛棚」裡：林國安和「發麵包」結婚了（他終於當上了駙馬）。不久，他被任命為機關文革領導小組副組長。

在他飛黃騰達的日子裡，我隨著一大批黑七類子女，被送到山區接受貧下中農「再教育」。以後，就一直再也沒有見到過他。……

忽然，一聲大喊把我拉回長途公共汽車：「司機，有人下車！」我循聲望去，原來，是他在大喊下車。這不是多餘的了麼？車子每站必停，難道他不知道？

車子停了一個站牌下，他站起來略停了一下，拿起跑外勤的人所常用的帆布挎包，扭轉身向他後面的那位乘客大聲地說：「再見了！」便擠向車門口。——這又是一句廢話，他根本不認識那人，道什麼再見？

他是低著頭下車的，好像尋找丟失的東西。車子開動了，我看他垂著手挽著那個挎包，在路邊呆立著，好像在等下一輛車。顯然，這個站不是他的目的地。

我突然產生一種衝動，想立即下車，寬容地對他說：過去的一切就讓它過去吧！我知道你剛才是向我道別。你下車時雖然低著頭，但你是知道我一直在目送你的。

可是，車速把我和他隔得越來越遠了。我應該在下一個站下車嗎？他會在那個站等我往回走嗎？但，有必要這樣做嗎？

過去，我和他常常心靈相通。他注視著我，我便知道他要說什麼；我長久撫弄髮梢，他便知道我在想什麼。現在，這種感覺彷彿又回到了我和他之間。啊，林國安，我知道你已經為過去譴責了自己。那麼，你一定也知道我此刻已經原諒了你！胸前的千手觀音涼涼的，拂去了我剛才的隱痛。一聲呼喚由遠而近：「對過去不要執著！」我的精神為之一振。

「是啊，我們曾經相遇，分開了。今日又重逢，這是緣，緣給了我們這個機會解結。我們戲劇性的重逢，又匆匆地分別。雖短暫，但在相視的幾秒鐘裡，把二十多年前的恩怨化解了。雖無一言一語，但我們之間互相理解，勝過千言萬語。我的目的地還沒到達，就讓我隨著車子繼續往前去吧。讓我們從今以後，都不再執著於過去，好好地把握現在，迎接未來。

我把我的話用心拋向車外，讓它隨風飄往剛才那個車站，我相信林國安會收到的。

寫於1995年5月27日

潤沁藝文

輯二

趙淑俠

作者簡介

　　生於北平。1949年隨父母到台灣，1960年赴歐洲，原任美術設計師，1970年代開始專業寫作。著長短篇小說和散文作品四十種，計五百萬字。其中長篇小說《賽金花》及《落第》拍成電視連續劇。1980年獲台灣中國文藝協會小說創作獎，1991年獲中山文藝小說創作獎。2008年獲世界華文作家協會終身成就獎。1991年在法國巴黎創辦「歐洲華文作家協會」。2002到2006年成為「海外華文女作家協會」副會長、會長。目前為世界華文作家協會榮譽副會長。出版三本德語著作。中國大陸於1983年開始出版趙淑俠作品，受到好評。並受聘為人民大學、浙江大學、華中師範大學、南昌大學、黑龍江大學、鄭州大學等院校的客座教授。

我的閣樓書房

　　歐洲一般民房的特色是高高長長窄窄的一小幢，上面一個尖尖的頂，遠看宛如小教堂，不像美國的平民住宅，多半往寬處發展，看上去是平平的一片。

　　我家的這一幢，一共不算大的五間房，分布在三層樓內，再加上地下室和車房，就得算四層，其「修長」的程度可想而知。第三層除了貯藏庫，只有一間面積廣闊的閣樓屋。初搬來時一共兩口人，用不了許多地方，就把它空著，後來孩子出生，人口增多，才漸漸派上用場。先是置放閒雜東西，再做燙衣室，最後終於沾上文化氣息，升級為書房。原來的書房在二樓，玻璃門外的陽台對著斜斜的小山崗，視野美好，光線充足，強似冬冷夏熱的屋頂間。書房由二層升到三層，套句官場的術語說，是明升暗降。閣樓間的牆壁是斜的，為了利用地形，特製了高矮不同的幾個書架，畫冊放這邊，小說放那邊，古文類放上邊，某類又放下邊，最初頗是有條不紊，每本書各居其位，往後越買越多，看過書又懶得歸還原處，就弄成了密度太稠擁擠不堪的混亂局面。如今是地上、椅子上、書架書桌上，無處不是東一堆西一堆，儼然七八座大山。

　　搬到樓上有些年了，最初卻得不到我的認同，寫稿情願在別處。每天早上諸事既畢，就坐在飯廳裡放縫衣機的小茶几上寫起來，很多文章便是那麼出產的。直到有一晚去關閣樓間那兩扇不算大的窗子，忽見一輪淡淡的素月高懸於漫著薄霧的天空，茫茫靜夜像是深不見底的海洋，透著極度的陰霾和沉鬱。對面山頭上的兩盞信號燈，有如洪荒時代太古獸的眼珠子，火似的從無邊的蒼灰裡閃出兩點殷紅，詭秘得叫人的思想追不上。

　　我被這份動人心弦的淒美所震懾，初次發現這個高踞閣樓之上的簡單書房有其特殊的一面。於是捨飯廳而登三樓，回歸書房。回到書房，才愈體會到書房的可愛，愈體會到她的可愛，就愈是離不開她，迎接在晨靄中升起的旭日，東邊天上一片紅雲，滾圓的大太陽正冉冉地往上爬，春天有鳥語，夏天有蟲鳴，秋季多風，吹得樹上的枝葉也會唱歌，冬天的太陽跟人一樣怕冷，懶洋洋地不肯出山，要磨蹭到很晚才露面。

　　早上打開窗子，看到的總是那盞尚未熄滅的路燈。燈光自然不能跟陽光比，但比黑暗著人喜歡。一年四季三百六十天，出去旅行的日子不算，每天的生活總是從推開書房的窗戶開始。左側依窗的寫字台，比放縫紉機的小桌大了八倍，笨重得彷彿十個壯漢也休想動它一動。這是一家奧國朋友移居英國時送給我的，據說是在他們家傳了三代的古董，已近百年歷史。每天早晨像做功課一樣，把大人孩子打發走了，我便坐在這張老舊的寫字台前，或讀或寫，享受孤獨的時光。

　　孤獨的時光，也就是與自我相擁得最緊密的時光，或可說是心靈最得到舒展，解放的時光。心靈解放原是現代人吵得最響亮的口號之一，然而要真做到卻很難，那麼多的衝擊、得失、物欲、外在的引誘和內裡的掙扎盤踞在心頭，揮之不去，移之不動，時代的本身就阻擋著現代人心靈的發揮。心靈之被禁錮是現代人普遍的感覺。

　　要解放心靈先得淨化心靈，淨化心靈的最好方法是吸取智慧，吸取智慧的最好方法是閱讀，書中自有好風光，讀破萬卷書的人，心中不會存著一池濁水。理的啟迪、情的薰冶，足以孕育出一片碧綠如茵的大草原，供思想的神駒在上逍遙馳騁，供靈性的牧人牧放他的羊群。那境界雖不見得已達到心靈解放的程度，離那距離多少是近了些。

　　我不是讀破萬卷書的人，也不太去想心靈解放不解放的問題，連書中是否真有黃金屋和顏如玉也沒深去研究。但我喜歡書、喜歡閱讀，則是真的。所以書房對我絕不是附庸風雅的裝飾品，而是一個內涵豐富、有趣、迷人、屬於我個人的大天地。為什麼人家都說「小天地」我要說「大天地」呢？因為我的閱讀趣味廣，讀得又快，需要的書量甚多，結果是越讀得多越感到自己知道得少，越悟出知識是越吸取越覺得不夠的東西。書本裡的奧妙大，大得裝得下宇宙。書房裡有那麼多書，天地怎會小？

　　我愛書不自今日始。童年時代在四川，正是抗日戰爭打得最艱苦的年月，工廠造軍火和民生用品還來不及，哪還有空閒給小孩子造玩具？沒東西可玩，書就成了最有趣的玩具。簡陋的小鎮上一共就一條大街，書店倒有三四家，只要能溜上街，我便這家串到那家，那家又串到這家，仔細得賽過偵探，一本也不漏地察看哪家又擺出了新書，新書好比新大陸，吸引得我去發掘，去探求，要是有幸「搶」到了某本我想要的，就能在書店的水泥地上一蹲老半天，悶著頭讀得不見天日。

　　可能劇本的對話生活化，悲喜情緒表現得明顯，故事情節易於了解，所以最初我是劇本迷。待劇本讀得差不多了，又發現了小說的神奇，於是又迷上了小說。有時就會讀著讀著，從蹲著的泥地上抬起眼光，望著架上的書發生奇想：「假如那些劇本和小說都屬於我該有多好！」在當時那只能說是天方夜譚式的美夢。今天我已擁有不少那時所希望有的劇本和小說，它們卻又不是最得寵的了。

　　人的閱讀興趣隨著年齡走，少年人愛讀小說、青年人愛讀詩、中年人愛讀散文和哲學，人到老年就進入了宗教的境界，佛學禪學又該是最具磁力的了。

　　近年來喜歡歷史，而且不限範圍，各處的版本都讀。心得是：越讀越發覺史書之不可全信。同樣的一個事件，或一個人物，由於

作者的立足點不同,寫出來的史料便距離遙遠、正負相背,看得讀者疑雲重重,不知何者可信?何者不可信?不過這也無可厚非,寫史也罷,寫傳也罷,要求作者完全客觀原不可能,主觀評斷和感情作用總是免不了的,何況往往還有其他的利害關係。

要知道某段歷史的真相,只靠史書是不夠的,必得連帶著讀在那段歷史的時空中的其他作品。任何文學作品中都有當時社會的影子,旁敲側引,交互印證,大體上總能看出個究竟,強似信一家言。問題是這樣一來,書就越弄越多。最近為了要明白「九一八事件」前東北人民生活的真正情形,四處收集跟那個時代有關的各種出版物,又是書又是雜誌,把個原已到飽和狀態的書房又堆出了兩座大山。

隨著科技的發展,資訊的便利,使得在地球上不同角落的民族、人種,得以互通聲息,彼此效仿,生活方式日趨接近。已經有西方的哲學家預言:未來的世界可能會產生一個由各種相異的文化混合凝固而成的文化結晶體。如是論調,對於東是東、西是西、民族思想忒重的人聽來,確是不易接受的。解除疑慮的最有效方法是查詢學理的根據,因此中西的新舊哲學書籍又成了我的新寵。

中國的儒家思想與西方的基督教精神,在某些方面十分相近,如追求自身的完美、強調仁愛寬恕、憐貧濟困、同情弱小、不取非分、勤勞敬業、重視倫理等等的道德觀念,對鑄造慈祥互愛的社會的理想,可說依稀相似。至於老子的學說,簡直就成了鼓動西方最新思潮的原始力量。在哲學的領域裡,老子是最出風頭的東方人。德國悲觀主義哲學大師叔本華的許多看法:如快樂是消極性的;要擺脫痛苦,就得否定自我的意志,放棄爭鬥,要甘於「寂滅」等等,與老子的「弱道哲學」非常相近。

在叔本華的時代(1788-1860)還沒有老子哲學的翻譯本,他的思想絕不是從老子來的。兩位中西大哲學家的看法的巧合之處,

只能說是英雄所見略同。我非「古已有之」或「中已有之」的「沙文主義者」，但若仔細比較，便不難發現，盛行於西方的存在主義和虛無主義學說，深受老子學說的影響。老子天人對立，自然無限，人生有限，人定不能勝天的覺悟，是現代西方最新思潮中的基本依據。老子輕視物質，愛大自然，提倡回歸自然。享受一切尖端物質文明的現代人，不也正在吵著要抵抗環境污染，保護生態，年輕人正揚言要回到自然去！禮教、文明、物欲，把人性束縛得太久了，走在時代前端的新式人物，不住大樓，不穿西裝不打領帶也不進大餐館，一意地追求心靈與形體的解放，好像很能領略「五色令人目盲，五音令人耳聾，五味令人口爽」的真義。原以為這只是我個人的見解，誰知有次和兩位瑞士作家談起，他們完全贊同，承認老子的哲學很多處與西方思想不謀而合，而現代西方哲學，以至西方的抽象畫派，都受到老子思想的啟示。嗚呼，來到二十世紀的八十年代，老子的信徒已達到滿天下的程度。

書中日月長。愛在書裡找新世界的人，見著好書就慾望上升，想買來據為己有。報上的新書廣告對我會發揮最大的作用。我買書，不管它出自哪個地區、哪個出版社，凡合意，也不覺太貴的，就要買。每郵寄到一批書，都會擾得我幾天不能安心工作，情不自禁地埋首在那些書裡。

愛書的人有個共同的毛病，就是特別重視書，很怕人借書。朋友借我的貂皮大衣去赴宴我毫不心疼，若是開口借書，我可就渾然不覺地小氣相畢露。倒不是我吝嗇得連幾本書也當成珍品，實在是被經驗弄怕了。

我曾有些市面上不易買到的書，自覺非常寶貴，有人要借，就借出去傳著看了。結果往往是有去無回，不知流落何方？在這夷人不識漢字的歐洲，又沒處去尋找同樣的一本。不愛書的人不覺得這是回事，愛書的人丟了心愛的書，縱使不像丟了孩子那麼嚴重，至

少也像與老友失去聯絡一樣遺憾。如果能有勇氣說「不」字倒也好辦，又抹不下那個臉來，因此我怕誰來開口借書。書房遷上閣樓，頗有被置於冷宮或避世的情調，沉寂孤絕，人跡不至，應付借書的煩惱也跟著自然消失。

不愛書的人認為我的書太多，愛書的人又認為我的書太少，書房不夠規模。有次來個頗有名氣的大「讀家」，特帶他看看我的書房。他竟認為我應把書房擴大規模，甚至搬到一幢較現代化的房子，弄間大屋做書房，讓書們都舒舒服服地各得其位，不要重重疊疊地擠在一起。這類想法我不是沒有過。偶爾在電視上看到某洋作家在書房接受記者訪問的節目。人家那書房，又寬又大，陽光普照，滿牆都是書架，壁上有名畫，地上有沙發，多有氣派。跟我這窗小牆斜的閣樓書房一比，搬家的念頭怎不油然而生？但是轉念一想，新式房子全在郊外，對我這不肯學開車的人太不方便，而更大的原因是我怕搬家。別的不提，就這滿滿的一房子書，叫我如何打發？我是個怕麻煩的人，覺得那句：「你要恨誰，就勸他搬家」的話，並非全無道理。因此早有決定，只要在瑞士住一天，就守住我的閣樓書房，絕不轉移陣地。

事實上，最大的書房，哪怕是個圖書館，容積也是有限的，也是被堅固的高牆和結實的磚瓦局限著的。書房的內容豐富與否？待在裡面心情如何？跟她的大小與豪華程度未見得成正比。關於此點，唐朝的大文學家劉禹錫早有佳句：「山不在高，有仙則名；水不在深，有龍則靈。斯是陋室，惟吾德馨。」寥寥二十幾個字，有點石成金的魔力。自古以來，讀書人住高樓大廈的就不多，小房子被說得如此光芒萬丈，對注重精神生活的文人是一大安慰。

我的書房無仙無龍，也不敢跟「南陽諸葛廬」和「西蜀子雲亭」去相提並論。但我愛我的書房。上下古今，東方西方，知識的探求永無止境。文學、藝術、哲理，感人的力量足以衝破牆壁與屋

瓦。何況還有風光不俗的後窗，白日有連綿的青山，山前一片紅磚尖頂小屋，教堂白色的鐘樓細長一條，直挺挺地翹立在半空中，坐在書桌前回頭望去，正好看到那上面走得一分不差的大電鐘。

　　入夜後的窗外景色最是不凡。黃昏乍起，青山綠樹便漸漸隱去，代替的是一彎由燈光串成的，五彩燦爛的光環。有月亮的晚上，打開小樓的窗，朗朗的月光就毫不猶疑地流瀉進來，灑在金黃色的中國地毯上，那上面東一堆西一堆的書，在幽婉的光線裡，影影綽綽，像極了小山丘上的石塊。月光似水，勾起人無限鄉愁，從童年的嘉陵江，想到青少年的淡水河。眼眸轉動間，倏地驀然清醒，驚覺到這是遙遙的天邊，遠遠的異國。晚間閱讀另有一番情趣。一盞燈、一本書，夜靜如夢，書房像是深山裡的宙宇，人在其中，心清如深井，偶爾傳來幾響教堂鐘鳴，彷彿在提醒著：一天又過去了。當夜盡晝來，推窗外望，又是一片光明。喜、怒、哀、樂、獲取與探求、希望與失望、孤獨與充實，在這個屬於我的天地裡，我可以有千百種不同的感受，可以有我要的自由。閣樓之上別有洞天，把書房裡的世界與外面的世界相連，我看到一片廣闊無垠的天地。

原載於《僑報》副刊（2019）

叢 甦

作者簡介

　　台灣大學畢業，西雅圖華盛頓大學英國文學碩士，紐約哥倫比亞大學圖書館學碩士。青年在學期間曾為台北《文學雜誌》、《現代文學》、《自由中國》等雜誌撰寫。自七十年代末至2006年曾為港、台、東南亞及北美華文報章撰寫或主寫專欄。已出版有小說、散文、雜文多種；英文論文收集於主題選集中。上世紀八、九十年代至本世紀曾與同仁創立主辦海外華文作家筆會、中國近代口述史學會。自1995年起為國際筆會赴會UN年度「婦女地位委員會CSW」的NGO代表之一。2018年出版寓言小說《猢猻國》及雜文集《女人·女人》。

「我長大了以後……」
——一個偶爾塗鴉生涯的啟步

　　我生長的年代是一個動亂的年代，蘆溝橋事變以後一般人關注是逃難活命。被人摸頭問「長大了以後做甚麼」和洋娃娃一樣，是我童年裡不敢夢想的奢侈品，因為能不能長大都是一個疑問。至於自己甚麼時候開始想到寫作，我不記得，大概也總得在入學以後，不過，記得在七、八歲的時候，自己（沒有人問）有一天竟異想天開地向家人宣佈：只要有以下三件東西：一支鋼筆，一件毛衣，一個圖章，我就可以到「四海闖天下」。這個宣佈有點唬人，絕對荒謬，但是就這三個要求上，現在看來倒不算奢侈，鋼筆當然是為了寫，毛衣可以禦寒，至於圖章，簡直就荒誕不經（那年頭不時興簽名）。可能，對一個七八歲的人來講，成年世界裡的複雜，深邃和糾紛，似乎都可以被那滑石雕琢的圖章和鮮紅的印泥，一按一捏迎刃而解了。

　　想寫的慾望究竟是怎麼一回事，當然仁者見仁，智者見智。佛洛伊德認為一切創造性的藝術都是人的低卑慾望的昇華。愛默生卻說：「寫作是由於神之恩賜」，而羅馬第一、二世紀的譏諷詩人朱文諾（Juvenal）認為寫作是一種不可救藥的「癢」，不少人都身受其害。這種說法是屬於空靈派、玄虛派的。既為一種情不自禁的癢，何來何歸，皆不可知。一旦上身，非搔不可，否則就坐立不安，苦不可耐——這是靈感（有如惡魔）附身的說法。當然也有人寫作是為了責任，為了交房租與買菜錢。英國十八世紀的文學泰斗山姆・強生（Samuel Johnson）說得更直截了當：「只有笨蛋才會不為錢而寫作。」這是極端功利派的說法。當然，除此以外，還有

要「為生民立命，為往聖繼絕學，為萬世開太平」的頂天立地派，但丁的《神曲》，歌德的《浮士德》，司馬遷的《史記》，吉朋的《羅馬衰亡史》等都在此例；也更有消磨時間，自娛娛他者，如一般的言情的蝴蝶鴛鴦派和逃避文學者流。

　　至於自己究竟甚麼時候開始「發癢」，如今回想起來也是一片迷糊。就自己的發癢或起步的過程來講，大體可以說是由於兩個因素：外在的與內含的。外在的是自從有記憶起，或有作文課起，自己塗鴉的結果總由老師在講台前向同學們唸，邊唸邊評：「嗯，這段，情感豐富……造句好……」一般小孩子都有討好老師的傾向；老師對於一個七、八歲的人來說就是「家外的父母」。所以這當眾受襃揚倒沒有給自己帶來甚麼天大的驕傲，而只是彷彿自己做了一件好事，而被父母誇了一句「好孩子」一樣的心眼兒裡的舒服。而以後在一女中李曰剛老師的作文課上，這當眾被點名的「榮譽」竟常惹禍上身：在短短幾十分鐘的作文課裡要數起為人捉刀。

　　當然，內在的因素就是我前面提起的情感激發與感受的問題。我生長在一個有八個孩子的大家庭裡，自己是父母的「老來女」——么兒，生時父母都已屆中年，身上的姐姐和自己在年紀上雖然相差無幾，然而小時候成長時，總有一種奇怪得似乎近於「不知好歹」的孤獨感和落寞感。這種感覺一直跟到中學裡。

　　在一女中的六年裡，雖然表面上忙得煞有介事：辦壁報、作文比賽、演講比賽、辯論、演話劇，甚至於說相聲。但是實際上，在這極端外向的表皮裡蘊藏著一個極度內向極度羞澀極度悲觀的小女孩子。這種本質上的落寞和孤獨感也許就是華爾波（H. Walpole）所謂的感性的性格：生命對感性的人是悲劇。當然這種直覺性的悲觀不一定有甚麼龐大的哲學基礎；而有這種人生觀的人倒也不一定是飽經人生大苦大難大憂患的七老八十的人。對於一個十歲左右的人，生命中的悲苦只是離亂生活中的淒涼與飄零。在動亂中離開青

島——而在青島的三年是我當時短短的生命裡唯一享有的四壁齊全的生涯——也離開了舒適與安定。來台後在南昌街一條窄巷裡的蝸居可以說是戲劇裡的「反高潮」（Anti-climax）。這對一個甫離小學（女師附小）剛跨入中學的人來說不啻是當頭棒喝。於是由沉悶而苦思，由苦思而更沉悶，於是，設法逃避！逃到書裡，逃到窄巷外大街上的麻雀雖小的書店裡，逃到傅東華翻譯的世界名著裡，逃到水滸、三國、西遊、紅樓的現實外的真實裡。文學世界裡的好人好報，壞人惡報不啻是現實生活裡「怎麼該我倒楣」的制衡，也就是「詩意的因果報應」（Poetic Justice）；而文學裡的「好人惡報，小人得意」所引起的激憤和大觀園裡外的生離死別、滄海桑田雖使讀者泣不成聲，眼賽胡桃；但這悲劇情愫的激發也就是亞里斯多德所謂的洗滌作用（淨化作用：Catharsis）；抑鬱之氣，一洩而清。

　　自己最早的名字見報卻是在十歲左右時向《新生報‧兒童園地》投稿的嘗試裡。而後中學的六年可以說是冬眠時期，只有在高中最後一年，有一次見報載救國團有全國女青年徵文比賽，於是，心血來潮，躲在當時校園裡尚未蓋好的一座大樓的頂層，在洋灰包與紅磚塊的雜亂裡，在課餘工散的極端寂靜裡，寫了一篇論文，貿然寄去。居然，出乎意料地，在五百多位應徵的大、中學及業餘的青年裡，得了頭獎。由於這樣，也被邀參加「婦女寫作協會」。記得當時會員的年齡要求是十八歲起，但是在「受寵若驚」之餘，只得紅著臉，虛報一歲。

　　由中學到大學是個重要的「跳欄」，而且是「跳高欄」。人在心理上、生理上都由準成人跳進成人世界的複雜，興奮與憂患裡。當時台大外文系的圖書館，藏書雖然不多，但是有心人，尚能掘金挖寶。也就是在那兒我發現了也喜愛了易卜生和尤金‧奧尼爾的全集，和主要的英美十八、九世紀作家。而同時自己自大二起也開始為《文學雜誌》、《中華副刊》、《新生副刊》偶寫小說，而剛進

西雅圖的華大研究院時，又為《現代文學》和《自由中國》雜誌寫
了幾篇小說和散文。

　　也許是由於自己的個性驅使，和十八、九歲時誤讀叔本華不
求甚解的後遺症的結果，在以後十幾年內，我一直對「形上」派的
作家偏愛，而唾棄「形下」的。在華大的研究院裡，雖然由於課程
的需要，對十七世紀起的英國作家都要涉獵，但是對於一般人喜愛
的奧斯丁、麥瑞底斯、艾略特、狄更斯和詹姆士等始終等閒視之，
而對杜斯托也夫斯基、卡夫卡、卡繆和沙特卻視若珍寶。這不僅只
是年輕時的一種偏激，而是自始至終，自一開始寫作起，我就認為
「內在人」比「外在人」更重要，「人在宇宙中所扮演的角色」比
「人在社會中所扮演的角色」更重要，人心理的描述比人的外型與
對話的描述更重要。如果將人比為冰山，我注意的不是那水上的
部分，而是那蘊藏在海水底層的。這種執著的偏愛在我為《文學雜
誌》寫的幾篇小說裡也稍露痕跡；對內在人的塑雕與探討，他的困
惑，恐懼和渴望，偏向心理的描寫而少用對話；用瑣碎飄忽的思想
片斷來襯托出他內心的掙扎與踟躕。（後來在深讀喬艾斯以後才知
道這種技巧稱為「意識流」Stream of Consciousness）。

　　當然，作為一個近代英美文學的學生，喬艾斯、勞倫斯、海明
威、福克納、斯坦貝克、吳爾芙，以至於後期的貝婁（S. Bellow）
和契佛（John Cheever）是少不了要讀而再讀的。但是如果有人
問我：你受誰的影響最大？我會瞠目以對。作為一個寫作人，他
（她）所受的影響應該是多方面的。每一個好的作品讀後都可能
引起或深或淺的情感的衝擊和共鳴。而且人的喜好和生命觀也會隨
著年齡和環境的變遷而更改。我在大學和研究院以後對「形上」作
家的偏好也許會繼續下去，如果幾年前不被吉拉斯的《新階級》和
索忍尼辛的《古拉格群島》當頭棒喝的話。自那以後，深深覺得，
人如果連活命都成問題的話，那麼他在生命裡對「形上」問題的焦

灼與探討也就等而次之了。而且，如果我不能關懷這形下人，也就
無權無資格去關懷這形上人。在這個人要吃人，要奴役人，鞭打
人，戮殺人，活埋，砍頭，揪鬥人的年代，也許，我們最迫切最終
的關懷是那些在自封為神的「活鬼」的統治下的活生生的人。這也
可以說是我自己在最近幾年來的一個小小的精神蛻變。你可以說我
多變，這種「多變」——讀者喜好的變遷——可能是每個寫作人命
運裡逃不了的風險：熱門一陣，冷落一陣，昇一陣，沈一陣。五個
月，五年，五十年以後還有人讀的話已經是吉星高照，祖上積陰；
五百年以後還有人愛的話，那更是鳳毛麟角，文曲星再世。

　　所以，不可避免地，我對「作家」這一名詞也有著特別容易
臉紅的敏感。「既作且能成家」，豈是易事？自成一派，自成體
系（思想、哲學、生命觀等）的作家古今中外怕只能數在兩隻手
上。因此，每當有人介紹自己是「XX作家」的時候，總也免不了
有如坐針氈之感，而也總忙著下註釋（並挾帶歉然的乾笑一聲）：
「咳，偶爾塗鴉而已！」但是也總不免想起伏婁貝爾的話（給路易
斯考萊的信，1845年）：

　　　　我對我自己的寫作很厭惡；我好像是一個耳聰但手不從心的
　　　　小提琴家……

　　悲劇！手不從心！心不從腦！心裡所想的，腦袋裡所描畫的美
妙詩篇變成黑字在白紙上，卻全然不是那麼一回兒事！這是將「理
想」拖入「現實」過程上的挫敗。伏翁的感嘆與我心有戚戚焉！當
然，更悲觀，更消極，更賴皮一點的話，可以根本不寫，而擲筆興
嘆：「明知其不可，何必為之呢？我腦袋裡的構思是最美的，誰要
看好文章，把我腦袋打開來看吧！」當然，在現實裡，這種無賴作
風是行不通的。因此，偶爾，當「癢發」之時，也只有鍥而不捨，

繼續捕捉那虛無縹緲的柏拉圖和黑格爾的意念裡的「圓全」。這種追求和痴戀有單相思的苦痛和孤獨。

為寫作而像打擺子一樣地「消化不良」還說得過去，但如果因此而惹上殺身（遭槍斃）之禍，則似嫌過份。當然也不是說歷史上無文人遭活埋遭閹割的前例。總之，寫作似乎是相當嚴重的勾當，而這勾當似乎自從我七、八歲那年，自認為鋼筆是人生三要件之一開始就與我結了個不大不小的緣份。也許不該叫緣，緣而未圓，何緣之有？充其量只為「孽」而已。而「啟步」後，也未日異千里，只蹣跚摸索而已。

當然，自己個性之懶散，精神不集中，興趣太雜更於事不濟。近幾年來除了文哲史藝音樂外，更想對星象學、地質學、科學小說「染指」。這種見異思遷，貪婪無饜的惡習的後遺症是「樣樣通，樣樣鬆！」

所以，每當朋友問兒子：「你長大了要做甚麼」的時候，我也總不禁苦笑搖頭，想說：「別問了，你就饒了他這一遭吧！」世事本如此，拂逆多，稱心事少。小時起誓賭咒立下的鴻圖大志，到頭來也都可能為江上縷煙，枝頭晨露，轉眼間難免不有「乍回首已百年身」的憂鬱與寂寞。苦笑歸苦笑，但總也說不出口。自己的犬儒譏諷總也不能向孩子無辜的希望上潑水。於是，總也無奈地，再一次，看兒子，皺眉、蹙額、鼓腮、瞪眼、深沉地：「……等我長大了，我要……做科學家……不，還是功夫明星……嗯，也許，冒險家，去爬喜馬拉雅山……」

喔！生命！美得近於荒謬！荒謬得近於慘酷！

原文作於1980年9月，收錄在作者的散文集《君王與跳蚤》
（台北：洪範，1981）；此篇為刪節版

梅振才

作者簡介

　　廣東台山人，畢業於北京大學外語系。1981年移居美國。業餘筆耕，以散文、詩詞為主。出版有《百年情景詩詞選析》、《文革詩詞鉤沉》、《文革詩詞評註》、《詩詞格律讀本》等著作。現任中國中華詩詞學會顧問，全球漢詩總會名譽會長，紐約詩詞學會、紐約詩畫琴棋會會長，東南大學、海南大學客座教授。

詩味人生路

　　我是一個詩詞愛好者！詩詞，陪伴我走過人生的各個階段，從童年一直到晚年。此生最享受的，就是詩詞的滋味！詩味，使我的人生路顯得有情，有趣，有樂！

少年初嚐詩滋味

　　我的父親是一個中學國文教師。我讀小學時，他就教我念「床前明月光，疑是地上霜」等詩句。至上初中時，也就是父親任教的台山一中，與父親同住一個房間，幾乎每天晚上都教我讀《唐詩三百首》，還教我一些詩詞格律知識。我感到很有味道，於是便開始學寫詩了。

　　初中二年級暑假，第一次去省城廣州旅遊，參觀了六榕寺。門口橫匾「六榕」二字乃蘇軾所題，兩邊有一副楹聯，「一塔有碑留博士，六榕無樹記東坡」，說的是王勃和蘇軾與六榕寺的因緣故事。心有所感，寫了一首七律：

　　　蘇匾王碑歷幾朝？我來古木半枯焦。
　　　心隨清磬參三味，意逐香煙探九霄。
　　　舉目衣冠皆璀璨，低眉襤褸獨蕭條。
　　　殿前信步徐翹首，花塔雲頭掠大鵰。

　　回家後，給父親看了這首《遊廣州六榕寺》，他顯得很高興，說了一句：「孺子可教！」正是他這句話，使我畢生走上詩詞學習

和創作的不歸路！

　　莫說「少年不識愁滋味」！生活的味道有甜酸苦辣，我第一次嚐到了人生的苦味。

　　1961年高考入學試，意外落第。後來才得知，北大物理系正要給我發錄取通知書之際，忽接台城一治保主任之黑函，誣告我「反黨」，沒有一間大學肯收我。那是我此生最失望、頹喪的日子。

　　也許是天意，也許是運氣，我偶然讀到俄國詩人普希金的一首小詩：

　　　　假如生活欺騙了你，
　　　　不要憂鬱，也不要憤慨。
　　　　不順心的時候暫且容忍，
　　　　相信吧，那快樂的日子就會到來！

　　　　我們的心永遠向前憧憬，
　　　　儘管活在陰沈的現在。
　　　　一切都是暫時的，轉瞬即逝，
　　　　而那逝去的將變為可愛！

　　這首詩，教我學會了「暫且容忍」、「向前憧憬」。我振作起來，刻苦攻讀，終於在第二年考上了北大，但我棄物理系，改選俄語系，原因之一，就是普希金這首詩，原文是俄文！

　　這就是詩歌的力量！

　　「收拾行囊辭父母，長風送我上京華。」這是我告別故鄉時的詩句。

青年同窗多詩友

來到心中嚮往的北大，燕園的秀麗風景、良好學風，令我情不
自禁寫下兩首

《憶江南·燕園朝夕兩景》：

燕園好，
晨讀誦聲高。
外語樓檐驚雀鳥，
未名湖水動波濤。
朝露濕衣袍。

燕園好，
入夜寂無聲。
宿舍自修人未睡，
大樓攻讀火猶明。
書嶺苦攀登。

幸運的是，我班有好幾位同學，也是詩詞愛好者。大家互相唱
酬，令課餘生活增添了樂趣。

1966年夏天，爆發了史無前例的「文革」，更興起「大串
連」。「吾輩書生，囿於寒窗樊籠久矣，得駕長車以遊四
海，披風塵而歷千山，覽物之情，得無寄乎？於是乘興揮
毫，隨心潑墨，九州風雨，輒入激揚之句；四時休戚，每付
酬唱之篇，詩端興而不復廢矣！」（摘自《同舟集》序）

　　北大學生是最早外出「大串連」的首都學生。「勇赴戰場」、「敬朝聖地」和「樂遊山水」，是「大串連」的三大項目。最危險是身經武鬥之處，幾歷九死一生。我們寫了不少詩篇。我寫的《串連詠》，就是其中的三首：

勇赴戰場（之一）

書生躍馬鬥玄黃，九域同袍總未忘。
粵海旗紅鮮血染，湘江獄暗戰歌昂。
槍林蜀地鷹尤猛，彈雨春城花尚芳。
歷劫歸來留一命，丹心不悔少年狂。

敬朝聖地（之二）

誰畏艱難尋聖地？冰霜歷盡拂東風。
韶山修竹迎朝日，岳麓長亭賞晚楓。
萬仞羅霄松柏翠，千秋陵墓雨花紅。
欣看絡繹霞旗處，塔映延河氣勢雄。

樂遊山水（之三）

此生何事夢魂牽？閱盡天涯景萬千。
東岳晨窗含海日，西樵暮枕入雲泉。
春風絕塞花連陌，秋月平湖香滿船。
偏愛桂林簪帶碧，憑欄俯仰樂如仙。

　　1968年我們畢業後，被送往渤海之濱的軍墾農場接受「再教育」兩年。前後同窗八載，分別之時，選取各人詩詞，編成一冊《同舟集》和一冊《孤芳集》作為紀念。

　　「文革」，令人刻骨銘心。在紀念「文革」爆發四十周年時，我編寫了一本《文革詩詞鉤沉》（香港明鏡出版社），用詩詞來記錄那段難忘的歷史。著名學者余英時先生為此書寫了一篇長序，序言題目是《為中國詩史別開生面》。後來，又與北大校友李樹喜合編了一本《文革詩詞評註》（香港自由出版社）。

　　能用詩詞紀錄「文革」這段歷史，此生無憾矣！

中年業餘寄詩趣

　　經歷「文革」，目睹很多我崇拜的名教授被打成「牛鬼蛇神」，青年時代的夢想徹底破滅，於是打起背包，申請回故鄉台山工作。

　　雖然遠隔天涯，但我和燕園同窗仍不時有唱酬。如我有首《鷓鴣天‧讀雲帆新詞，懷「山鷹」舊友》：

　　　　攜手多年肝膽披，燕園最憶荷戈時。
　　　　百篇珠玉「同舟」集，一卷「孤芳」絕妙詩。

　　　　思往事，賞新詞；山鷹處處展英姿。
　　　　欣逢盛世宜珍重，海闊天空任鳥飛！
　　　　（「山鷹」是我們戰鬥隊的名字）

　　調回台山，竟是專業不對口的化工廠，有感而賦詩一首：

　　　　專業俄文搞化工，特殊年代不由衷。
　　　　陌生知識從頭學，抖擻精神強挽弓。

　　我這個化工的門外漢，經刻苦鑽研，卻探索出生產硫代硫酸銨的新工藝，填補了國內空白，獲得了地區科技成果獎，此論文發表在《廣東化工》專業雜誌上。有詩記之：

　　　數載探求終出頭，科研成果大豐收。
　　　補填國內新工藝，為廠爭光願已酬。

　　回到台山，欣慰能朝夕陪伴父母，並戀愛結婚和生兒育女。洞房花燭之夜，喜賦小詩兩首：

　　　飄零江海已經年，千里姻緣一線牽。
　　　今日欣成鸞鳳侶，雙飛比翼騁雲天。

　　　有緣好事不須磨，一見鍾情浴愛河。
　　　難得人生逢淑女，良辰喜遂小登科。

　　在台山工作幾年後，落實「專業對口」政策，我調入廣州科技情報研究所，妻子調入廣州微生物研究所。時來運轉，喜極而賦：

　　　正是迎來轉運時，花城召我舉家移。
　　　白雲珠海千重景，雅韻寬懷好寫詩。

　　　越秀山邊市府中，窗前草木映花紅，
　　　書叢報海多消息，沙礫淘金且用功。

　　1981年，我乘開放改革之風，飄洋過海來到紐約，從此放下了以前所背負沈重的「海外關係」政治包袱。去國前夕，留下小詩

一首：

> 欣逢改革國門開，習習西風撲面來。
> 我亦隨潮洋插隊，先僑背影後人追。

晚年異國結詩緣

初到紐約，第一首詩道出當時的心境：

> 大廈連雲車馬稠，我來歡喜夾憂愁。
> 一貧如洗飄流客，何日花旗可出頭？

慢慢適應了異鄉的出活，工作也趨於穩定。餘閒之時，寫些散文，發表在《明報》、《僑報》、《羊城晚報》和《潮流》雜誌上。也沒有放下詩筆，但寫的詩是留給自己看的。

直到2001年9月11日，目睹了震驚世界的「姐妹雙子樓」被炸倒下的慘景，翌日便寫下一首《水調歌頭‧中秋雙星恨》，發表在紐約的報刊上：

> 回首平生事，悲喜話中秋。
> 堪驚今夕何夕？盛世降魔頭。
> 疑似螢屏幻影，轉瞬灰飛煙滅，慘景撼環球。
> 惆悵月依舊，不見兩瓊樓。
>
> 星旗海，銀燭淚，恨難休。
> 人間正氣凝聚，慷慨赴同仇。
> 跨越千山萬水，織就天羅地網，矢志縛兇酋。

　　浴火重生日，紐約展新猷。

　　不久，又寫了一組《臨江仙》、《「九一一」華裔悲壯曲》，在中美合辦的詩歌比賽中獲大獎。從此，我的詩詞才為紐約詩壇所知悉和重視，並結交了很多詩人。

　　2003年，我被選為紐約詩詞學會、紐約詩畫琴棋會會長，和詩會全人肩負起在海外弘揚中華傳統文化的重任。十年前，我們又辦了一個「詩詞講座」，每週一堂課，風雨不改，為詩詞欣賞和創作提供一個平台。很幸運，我們的努力得到眾多詩家和社團的支持，詩詞創作不斷推向高潮。如今，紐約已成為海外詩詞創作的重鎮。

　　我們還走出去進行詩詞文化交流，成為我們會的優良傳統。我們去過波士頓、休士頓、三藩市，去過北京、西安、廣州，紹興，去過南美洲等地。在交流過程中，我們的詩藝也得到了提高。

　　而我自己，近年來被邀請到各地講學，如南開大學、武漢大學、東南大學、山東大學、中山大學、廣州大學、海南大學等。還被東南大學、海南大學聘為客座教授。

　　我講學其中一個題目是「詩不孤」。確實如此，我每到一個城市，幾乎都有詩詞同好，大家互相交流和酬唱，人生一樂也。

　　我有自知之明，充其量只是一個詩詞愛好者，但有幸能得到社會的認可，如被聘為中國中華詩詞學會顧問和全球漢詩總會榮譽會長（曾任會長），令我無比欣慰！

感恩

　　此生最感激的，是我的父親，是他把我引進詩詞殿堂，還留下一本《梅均普詩存》。1995年父親病危，我從紐約趕回台山，見到了最後一面。靈堂前，含淚獻詩一首，現引錄於此，為此文作結：

生平難忘卻，處處見仁慈。
細雨淋桃李，和顏待故知。
無驚風暴夕，有樂月明時。
予我長思念，溫情一卷詩。

孟　絲

作者簡介

　　原名薛興霞。作品散見海內外報章雜誌，如當年極暢銷的《中央日報》海外版，現代極暢銷的《世界日報》、《僑報》、《明報》、《福報》、《中華日報》以及各種雜誌如《彼岸》、《漢新月刊》等等。曾任《漢新月刊》文學獎評審多年。創辦「新澤西書友會」；任孟郡圖書總館資深管理層多年。著有小說《生日宴》、《白亭巷》、《吳淞夜渡》、《楓林坡》、《情與緣》、《五月花夫人》等，遊記《漫遊滄桑》、《海天漫遊》等。另有多篇散文及小說入選不同文集。現為海外華文女作家協會秘書長，世界華文作家協會會員、北美中文作家協會永久會員。創辦晚晴藝文社並任會長。現居拉斯維加斯郊區。

和風細雨書飄香

　　新澤西是一個人文匯集的寶地，在文化潮流的演變與散播上有著特異貢獻。這兒有世界聞名的常春藤大學，公共圖書館更是遍佈各大小城鎮，但九十年代初期，渴望讀中文報章雜誌及中文書籍的朋友，卻感到貧困與窒息，因為這兒堪稱是一片中文文化沙漠，幾乎是中國文化寸草不生的黑暗荒原。

　　我所工作的郡立公共圖書館共有十二個分館。這是一個十分富裕的郡，沿著海邊朝內概括了眾多市鎮。這兒有許多鄉紳，世代居住在此，擁有眾多土地，生活悠閒闊綽。這兒有許多高爾夫球場、果園、養馬場及賽馬場，沿岸更有奢華的遊艇俱樂部。他們其中不少人世代掌握當地政權，對於文化事業並不熱衷，對於圖書館只視為文化裝飾品，對於購買書籍預算十分吝嗇，至於外文書籍，尤其中文書籍的購買更是聞所未聞，預算是零。

　　然而，這兒也有世界聞名的大型企業，不少國際性跨國公司。許多頂尖科學研究部門擁有高等學位專業人才以及家庭成員，他們來自世界各地，其中包括許多來自港臺及中國大陸。為第二代的文化傳承，他們成立了一所又一所中文學校。至此，大家對於中文書籍的索求越來越迫切。作為圖書館一員，非常了解這樣的情況。但圖書館沒有購買中文書籍的預算，對於要求借閱中文書籍讀者們的期望與失望，感到十分無奈。

　　一日，在《圖書館月刊》（*Library Journal*）讀到一則消息：美國聯邦政府教育部門設有「外國語文基金」，公共圖書館可以申請。但基金有限，所謂僧多粥少，競爭激烈。收到厚達數頁的申請表格，果然要求相當繁瑣。除點點滴滴外，需以數據說明所在地中

文讀者和英文讀者的比例，需提供中文書籍的必要理由，並另寫專文，陳述獲取基金後的遠程及近程目標，對讀者所能獲取的具體利益為何等等等等。終於戰戰兢兢把申請書寄出，苦苦等候結果。誰知最後卻沒有得到預期的結果。第二年再接再厲，竟然爭取到了三萬五千元基金，全部用來購買中文書籍！

這真是天大的喜訊。那天我的電話鈴響個不停，不僅本館同業們為我高興，社區裡許多中文讀者們也都興奮不已！這意味著，我們將有大批中文書籍供應喜愛中文的讀書人。二十多年前，這筆基金用來購買中文書籍，真是一筆龐大的數字。邀請專家組成團隊，分門別類，研討決定購買書單，政府規定一年內基金必須花完。美國國內華文書籍供應有限，於是決自費往大陸跑一趟，一則旅遊，一則買書。那是第一次去大陸，主要城市是北京和西安。

高人指點，大陸的購書方式是先付錢後才能拿到書。於是找到一位在大陸有銀行帳戶的朋友，先以私人支票付給朋友，到大陸後再以朋友帳戶支付給書籍供應商。記得那時找到的是一位「中國文聯」的負責人之一，她帶我們去書庫看書。突然看到那分門別類、堆積如山、林林總總的書籍，真是一次文化大震撼！那時還沒有「北京書城」之類的商業書店，「新華書店」的書籍大都鎖在玻璃櫃裡，售貨員多是吃大鍋飯的心態，對顧客態度冷漠官僚，愛理不埋。而書庫這兒卻是任由我們指指點點，要買的書真是太多了。我們連去了三天：《諸子百家》、《東周列傳》、《魯迅全集》、老舍、錢鍾書、茅盾、沈從文、巴金、各種世界經典名著翻譯本、參考書、百科全書、醫藥綱要、字典……。太多太廣太珍貴了。總之，那真是一次終身難忘的寶貴經驗，帶給買書人無限驚喜！藏書既豐富，標價更公道，加上運費，依然比在美國購買同樣書籍划算數十倍。

回到美國以後，大約兩個月左右，大批書籍運到。我們把所有

平裝書交由書籍裝訂公司，改成精裝本。這些新書果然亭亭玉立，器宇非凡，讓愛書的朋友們驚嘆不已。我們從台灣購買文圖並茂的兒童讀物，有一家出版社出版了全套中英對照的童話故事書，文字淺顯易讀，圖片精美，如：《白蛇傳》、《嫦娥奔月》、《愚公移山》、《女媧補天》等等整整一百套，很受歡迎。下課後，媽媽們帶著孩子來尋找喜愛的中文書，眼見大人孩子滿足的笑容，自己從中獲得的樂趣，真是難以言喻。

　　社區裡有不少全職媽媽們，每週定時來圖書館做義工。1990年代初，中文軟件還在摸索發展階段，先試用了叫做「下里巴人」軟件，後用「雙橋」，再用「中文之星」，編目就在這種情況下進行著。義工們來圖書館選書、編書、包書、借書、還書……看著一車車新書上架、一袋袋中文書借出去、還回來……眼見書籍出借流量成幾何數上升，真感到非常高興。

　　圖書館為此召開特別會議，邀請主持郡政策的首腦們出席，以數據資料及圖片向他們說明，圖書館自從添加了中文圖書之後，圖書出借流量是在如何提升之中，而流通量正是圖書館是否受讀者歡迎的重要指標之一。中文圖書的到來，明顯提升了這個數據。這些政客明白「關鍵少數」選民的支持，對競選政客們有多麼重要。因此，從此以後，每年都會撥款並增加中文購書預算。有了專門購買中文書籍的預算，書架上的中文書果然充實豐富而且源源不斷。作為圖書館的一員，這樣的成果所獲得的是無以言喻的樂趣和滿足。

　　卡耐基（Andrew Carnegie）是美國二十世紀初的鋼鐵大王，富甲天下，六十五歲退休，出售鋼鐵廠及其他營業，手中握有大批財富，決定把所獲財富回饋社會。他認為自己的財富主要受益於圖書館。年輕時作為來自蘇格蘭的貧困移民，在電報局做小職員，局裡的安德森上校，開放家裡的私人圖書館，那些書籍使他發現了知識

的無窮魔力，他把這些知識應用到事業的經營及管理上，以致發家致富。

　　他前後為美國大小城鎮建造了二千六百多個圖書館，完全免費。為英國、蘇格蘭、新西蘭等英語國家建造了六百多個免費圖書館。多年來這些圖書館不知為公共大眾提供了多麼豐富的精神糧食，冥冥中不知潛移默化了多少人，培育了多少有用的人才。相信這才是他一生所做的最快樂的賞心悅事。而今，能在溫馨寧靜的圖書館中讓歲月流淌，怎能不為擁有這樣美好的工作感到慶幸？

　　　　孟絲。於拉斯維加斯郊區，重新改寫，2019年11月19日定稿
　　　　　　　　此稿原載《世界日報》副刊2012年秋。
　　　　　　　　　　「好讀網」轉載2015年元月13日

濮　青

作者簡介

　　畢業於台大國貿系，獲美國明大數理統計碩士。旅美數學教授／詩人作家／五洲民族舞者。曾任教新澤西蒙郡大學數學系近卅年。退休後為救助病患孤貧災難者，義演舞蹈籌款。四行英文詩句〈女兒行〉，熔刻於曼哈頓賓州火車站大理石壁，自2002年起作永久展示。著有英文詩集East Wind, West Rain（1997），今有葡、法、德語翻譯版本。2018年出版漢語詩集《東風西雨》。2019濮青之英譯漢代蔡文姬〈悲憤詩〉及〈胡笳十八拍〉入冊《古今世界女作家論戰爭文集》（紐約大學出版社）。曾獲第一屆中國世界華文文學散文大賽決賽獎、及多項全球中文散文比賽獎項。曾任漢新文學獎詩歌評審十屆。

浪漫的回響

　　最浪漫的事，莫過於，人不自知——身在浪漫中。再回頭已是百年身。

　　我記得，第一次提筆寫信給一位陌生人。信封上寫著：敬請皇冠雜誌社轉交作家三毛。但是粗心大意的我，當時竟忘了寫上自己的地址。信件一丟進郵筒就算完成了。

　　這環節是後來才知道的。那封信當然應該是石沈大海，永無回音的！

　　但神奇的因緣卻像是天定，當日無心埋下的無花果種子，卻在生命河川的波瀾中生長。未料陳平／二毛在《世界日報》上載登一則小小尋人啟事，如同大海撈針似的尋找濮青！孰知幾經周折，居然聯絡上了。以後我們譜出芝蘭的友誼，以文字互相傳薪，成了心靈關懷的閨蜜。這是我一生中所做的唯一浪漫的事。卻也不是事，而是情份，綿綿不斷的情誼，關懷著彼此。始終未曾會面，但赤心相待，百合花友誼在天地中瀰漫飄蕩，竟是刻骨銘心。

　　我以為不平凡的開端，會有平凡的結果。

　　但非如此！事實是當輝煌的浪漫飄過，移動了刻板的大陸板塊！

　　更有值得一筆帶過的回響——在我往後的生命中，它曾掀起了黃河改道的運動。也點燃我生命的火花，認證了自我，終於擁抱起彩霞漫天的熱忱人生。

　　這樣的事在陳平往生二十年之後，我倆的心神好似仍有靈犀，再次一點通。

　　此次更加神奇！如同她於冥冥之中（總是在中秋日），牽引我，安排我與她生前最後的摯友——眭澔平先生相見於台北。那時

已是我出國到海外經過了四十六年，第一次回到我成長的故鄉——台灣。以及後發生的巧遇，使我再面對一次驗證三毛的誕生與消逝，更增加了我對她的真實了解。三毛式的浪漫，以及濮青式的古板，竟然還有中生代的衝擊與融合！

　　那麼，就讓我從頭來起，打開第一封我寫給三毛／Echo的長信吧！細述當年我不自覺的走在古板的路上，卻對浪漫的真實有所渴望！回想當年她登報尋我的啟事、我急速回覆她的電報、和我在此文下頁展出的——她回應我的第一封信。點點滴滴都是浪漫！但是當時的我們都是那樣年輕！那樣的天真，那樣的嚴肅，兢兢業業地去應對人生的責任和挑戰，猶如身穿盔甲似地打拚著。對浪漫的福份來了，卻看不到，聽不見，怕也感覺不到。書中的三毛是勇敢於瀟灑、浪漫的，但生活中的陳平自己呢？她只豁出去一半，另一半仍不斷地與不浪漫的理念，及肉身的極限在搏鬥掙扎著，駝負著過重的罪惡感與羞愧心直到她生命最後一日。暴雨將來，不一定就風滿樓，連雷聲也是極遙遠的……再不然，先讓我來重溫當年應有的醒覺與激情，讓我們一同分享一縷浪漫的溫馨吧！

濮青給三毛的第一封信（節錄）
【寄自新澤西州，1977年6月1日】

親愛的三毛：

　　我剛剛自學校返家，匆匆地趕去照顧小孩的人家接回我的兩個小兒子。安頓好小孩，送二毛上床午睡，放大毛在後院樹林子裡玩耍。好一個金碧輝煌的下午！陽光自林尖瀉下，翠綠的林園瀰漫著金塵，清泉在石溪中輕快地奔跑。看著大毛將小石子一個個地丟進溪水中，對著濺起的水花喝采，孩子的黑髮在和煦的陽光下烏亮得像緞子一樣。此刻

暮春的溫柔無限地舒展著。早晨外出的浮動，及一生怲怲惶惶的奔忙，漸漸如抽絲般緩緩離去。安靜下來，泫然欲哭的情操瞬即擴散開來。但這是一種快活的，真正甦醒的強烈感受。冥冥中對三毛的思念如波浪湧來，不能自已。心中盪漾著激情，霧氣潤濕了眼睛。拿出紙筆，開始著手寫我今世第一封致陌生人的書信。

　　水仙自憐是天真的，是自然的。但愛戀旁人的才情如此激動，真連我自己也覺得十分感動及可愛了。自從我讀過你的文章後，夜間常想到你。白天則太煩太忙，沒法思想。家、孩子和我在附近一家大學教書的責任，使我日常不知自己生命的真諦。當然，自幼我們就被耳提面命地背誦著生命的真諦就是「成為有用之器，可以造福人群」。但是當我告訴你，我在美國大學數學系執教時，心中不但沒有一種自珍自豪、春風化雨的滿意，反而有著層層的矛盾，及一種靦腆的不自在，一同漂浮在空虛與悲哀裡。

　　畢竟那種成就是父母長輩所珍視的，士大夫觀念是以前社會集體教育所堆砌成的，也是當代同僚盲從競爭的結果，卻不是自己一生在心靈深度夢寐以求的理想實現，也不是一種天賦的自信與認同。當然我也不會愚昧到訕笑輕視這種成果，畢竟這也算一種成就，是多少年來父母心血糅和著師長的教誨做動力，再加上自己推動著刑罰的輪磨，一寸寸壓榨出來的成就。要是如偽君子一般地去掩藏它，不去心疼它，當然也是不真實地矯情做作。只是，不知哪兒隨時跑出來的那一縷委屈了的感覺，飄飄浮浮地在那兒。驅之不散，揮之不走。直到一天，偶然讀到一本《沙漠中的故事》，和倒敘的《雨季不再來》，我噓了一口長氣，眼中浸著淚水，對自己說，「就是這麼回事了！」

　　大家讀三毛文章，焦點多集中在喜愛三毛在沙漠中的瀟灑的風情，你以悲天憫人的胸懷敘述異地風光，繼之大家也被《雨季不再來》中當年三毛的抑鬱才華所震撼著，深深地感受到天才難產的苦難。以及往後，讀者、作者們一同為三毛獨特的靈性脫穎而出而發出歡呼，一如衝擊的浪花，也如節日煙火的燦爛。如此一片共鳴，我認為不只是讀者對三毛文學才情的確認，而是有更嚴肅的潛在心理為出發點，反映出現代人對傳統制度與成規發出挑戰的辯證！以及青年人對集體化教育及對父母用鉛版模型鑄造子女成龍成鳳期望的一種消極反抗。大眾對三毛的才華及經歷，越大加欣賞，也越是眾人私下為本身的灰暗而哭泣……

　　……少年時代的你，不理會這世界向你伸出索取的手，不肯乖乖地被陷在千百條軌道中爬完你的人生。你先在雨中哭喊奔跑，用你自己的腳印踏出弧線，後來到沙漠披著牧人的寬袍，飄飄曳曳的踏出自己曲曲折折的人生途徑。你先用反抗作漂白劑漂洗人生，歸真返璞如一張純白的紙（那種反抗大約也如撕裂一般痛苦和暢快吧？）然後你動情地畫，同情熱心地用著彩色金黃的，艷紅的，晶藍的，橘子色，沙色的，香檳色的。一筆一抹都是你的創造。你的人生是一幅你自己的寫意的畫，你畫得高興，旁人也看得為你敲鑼打鼓、喝采。今後再沒有人會將你的畫布上下左右都打滿了格子，又亂潑一大桶莫名其妙的顏色在上面了！……

　　乍看你我兩人的履歷足印，正可譜成一個陰陽八卦圖。

　　我自幼是父母懷中的乖女兒，叫師長點頭的好學生，是「逆子」及「問題少年」的反面鏡子。我小學是校際作文比賽演講比賽的當然代表；中學上最好的女子學校六年如一日搭清晨六時零一分的火車進城上學，一天就考考念念，直到

總統府前燈火輝煌了，才蹣跚踏上歸程，摸黑穿過稻田，越過石橋，到了家，再伏案三四小時；大學「金榜題名」，不只是「三考出身」，簡直是「百戰榮歸」。狂喜之餘，也不敢去碧潭划小船，為的是不叫父母擔心而多添華髮。台大之門非易跨越，但是入門以後，賺到方帽子又太簡便了些，K書四年黃金時光即成咯！出了國拼學位，想得臉孔蒼白，哈腰駝背，說不能叫身為教育家的父母失望，可也不能讓幾位博士家姐們瞧扁了。其後結婚，生子，教書持家，一直默默地爬著人生的梯子。如今一日復一日地嘩啦啦地洗著家人的碗，悶悶地改著學生的卷子。我一直深信，人生對我優厚有加，該給的都給了我了，走在兩點之間的直線軌道中間還算撿了便宜呢！對教我走捷徑的父母，學校，社會我還是心存感激之情的。

那麼，還執著奢望什麼呢？我從不有意面對這個問題。只是，午夜夢迴時分，那一瞬間，我並不感覺到我是人家兒女，也不是人家的妻子，也不是人家的母親，也不是人家的教師，我就是我（用英文重複I am me！Myself！）在那一瞬間，我發現現在的我，是個兩臂抱著空虛的陌生人。這個陌生人一輩子辛苦耕耘，所得到的卻全不是她所要的。除了兩個孩子和半個先生——先生有他自己的理想與人生，其餘的全是一片空白。再算算人生在世的限期，又驚出一身冷汗。奇怪的是這個熟悉的陌生人，卻一向熟知別人需要什麼，以及自己可以供給人家甚麼……

自從讀了一些先知先覺人寫的書籍，再讀三毛的文章以後，似乎在水晶球中看見自己光明的身影。一陣似曾相識的情操襲來，一如三毛看見大沙漠圖片時湧起的「鄉愁」，我居然還看見那個小小的女孩，捧著一本心愛的作文本坐在角

落裡嘆氣吧！多年前的舊夢，仍然捕捉得回來嗎？燃盡的火種如今點燃起來，可仍有當年的炙熱光亮呢？三毛！請告訴我，請告訴我「永不太晚」。

三毛給濮青的第一封信（節錄）
【寄自 Las Palmas, Canaria，1977年8月29日】

濮青，

　　……你第一次的來信嚇著了我，這是一篇對我前半生的心理分析，比我自己清楚，也比我自己更肯定。這一個月來，你的信一直放在枕邊，有閒時，就拿出來看。不相信世界上有人能把我讀得透徹如此。也許妳是對的，妳是另一個我，我是另外一個妳。世上還有許許多多我們，只是或多或少被自己的現實生活所蒙蔽了起來，認不清自己了……

　　妳的照片，來信，文筆都是第一流的人物，看了喜歡得很，很喜歡跟妳做朋友。其實朋友不朋友，並不在於見面，像在這兒，我天天見面的鄰居大有人在，卻始終無話可說。寫書的事，實在是偶然的，我這人最不耐寫自己的文章，平時看閒書是一本又一本，寫文就似難產，不是報社來追，就硬是不肯寫，我的生活，在沙漠之後，又有了很大的轉變，現在住在 Canary Island，是在北非，卻是西班牙海外的一省。三年的婚姻，現實的生活，已經使荷西與我多多少少在觀念上有了改變。Jose 是潛水工程師，打撈沈船專家，沙漠時因為磷礦出口用的是浮台，所以他在那兒上班，管船的進出，裝砂。現在在 Nigeria 建港口，開水道（中國人大概叫他是潛水夫），大學念的是機械，結果還是做了他喜歡的

工作。去年Jose失業了一年多，兩人緊張得幾乎天天吵架，結果去了Nigeria，又是長久不能回來。總之工作亦不算太順利，今年二月走，八月才回家來住了三星期，昨天又走了，要十二月才能回來。感情好不好，我想是好的，只是他是個簡單明淨的人，很少胡思亂想。在個性上缺少我所要求的敏感，在愛情的方式上，很少行動上的體貼，亦很少口頭上的安慰。總之，我們是在大原則下相同的人，在細節上卻是完完全全不同，他不會中文，不看我寫的東西，亦很少過問。 在心靈的深度上來說，我深，我多慮，他淺，他明朗，我緊張，他從容。這都是個性，不是修養所能改變的。這個婚姻，常常給我十分孤寂的遺憾，人生一剎的喜怒，如果丈夫不能分享，是很可嘆的，偏偏我極喜追究這些在他看來無可無不可的事情。三年的婚姻，兩人都看清楚了，離開是不會，因為婚姻除了這些我覺不足的東西之外，還有柴米油鹽，電視，報紙，花園，物質的追求（如買一幢古堡）可以連著兩個並不相同的人，以後的路如何，實在是不知道了……

　　……小孩子我至今不知有何價值，別人小孩來玩，我看了是好，叫我帶，我就沒耐心。三年了，Jose不要小孩，我亦不要，兩人就這麼混下去。（還是要房子比較好，房子不會哭，不必換尿布）。也許將來會改。我是一九四五年生。（因應聘出國，改大兩年）不過年齡是不重要的，我很少去想一年又一年的老了。

本文轉載自北美華文作家協會文學網站；
讀者可以在這個頁面讀到濮青與三毛完整的兩封信
http://chinesewritersna.com/review/?page_id=17121

應　帆

作者簡介

　　江蘇淮安人，1998年中國科大自動化系研究生畢業，同年赴美，2000年獲康奈爾大學機械和航天工程專業碩士學位。現為金融行業IT人士。2003年出版長篇小說《有女知秋》，近年來散文則常見於《人民日報》海外版、北美《世界日報》、美國《僑報》、北美《漢新月刊》和《新語絲》等報刊雜誌。

偶爾京劇

　　中國國家京劇團來紐約演出，托朋友的福，得了兩張位置頗好且免費的票。我先遊說了太座半日，說動她願意同行；然後又懇求了岳母大人週末像平常一樣代看孩子，再安慰了喋喋不休要和我們同行的兩個小子，我們才得以打破三娃父母的生活常態，偷得一晚閒情，迎著滿城風雨，去曼哈頓的林肯爵士樂中心看一場京劇。

　　這一晚，國家京劇團三團演出的是全本《楊門女將》。大幕拉開，最先注意到的是舞台一側坐著的樂隊和樂隊成員們的樂器，有捧著二胡的，有托著揚琴的，有敲鑼的，有打鼓的，也有吹喇叭的……一開場，他們由靜而動，純粹的中國樂器，發出純粹的中國聲響，倒真是「先聲奪人」，把人一下子拉進了中國和京劇的氛圍。

　　第一齣戲，舞台中央是標準的戲台子道具，紅花花的桌布和椅面，椅子仄高，不像給人坐的。四個男僕、四個傭婦喜滋滋地魚貫而過，往桌上放了壽桃。穆桂英出場，一樣喜滋滋的，因為天波府要慶祝楊宗保的五十歲生日。她回憶起自己是「女漢子」的辰光，感嘆現在自己安於鋪桌排席的主婦狀態。她優雅不失風趣地唱道：「可笑我彎弓盤馬巾幗將，傳盃擺盞內外忙。想當年結良緣穆柯寨上，數十載如一日情義深長。」然後孟懷遠、焦廷貴來了，報告了楊宗保命喪疆場的消息……

　　許是人到中年，這樣的戲劇開場，竟讓我險些落淚。寫小說、也曾寫劇本的我，倏忽之間，又彷彿有所悟：這樣的主角，這樣的心理活動，這樣的喜和悲，這樣的戲劇張力，在短暫的時空裡呈現在觀眾眼前，又何嘗不是其他藝術形式和各類作品孜孜以求的效果呢？

　　由此入戲。我發現自己竟也能根據臉譜和唱詞粗略地區分生旦淨末丑各種角色，注意到女角們的頭飾和服裝，看見男角們可以有黑色、白色、紅色、灰色之類或長或短的鬍子，欣賞各式各樣的唱念打做，為種種耍幽默和抖包袱而融入哄堂之笑，為旦角細碎的步子行成雲流成水而嘖嘖稱奇，為武生們馬前鞍後舞槍弄刀和連翻跟頭的絕技而掩口驚呼，也似看懂旦角抖抖的水袖裡暗隱的心思，明白老生顫顫的鬍子傳達的情緒……

　　我更喜歡琢磨的是唱詞和對白，而最大的感慨或許是「唱的比說的好聽」，不僅因為這些唱詞講述故事表達情愫，也因為它們有韻有律，或者鏗鏘，或者朗朗，讓我們這些中國製造的耳膜和耳鼓倍感愉悅。

　　也有時候，惹我定定看著的，竟然只是一個字，一個大大的漢字。比如前面幾齣戲，舞台幕牆上或者旌旗上都寫著字，先是「壽」字，再是「奠」字，最後是「楊」字。就這麼一顆漢字，描摹的氛圍，表達的情緒，傳遞的歷史，那麼清晰，又那麼純粹的中國。

　　這齣戲前半場是文戲，是感情戲，人物故事多在天波府的庭院之中。後半程卻是武戲為主，背景幕布換成群山起伏、峻嶺連綿的塞外，風景不同，場面迥異，不僅避免了可能的沈悶、冗長和單調，也滿足了不同觀眾和不同口味的需要。

　　那武生一出場，連翻四五個跟頭，從舞台左後方翻到右前方。他身形站定之時，立刻獲得滿堂喝彩。武戲裡面，各位將軍頭上插兩根雉翎，肩上插一排小旌旗，也是傳統和特色。他們拽住自己頭上的雉翎，一壁顫耍如蛇，一壁唱動天地，英姿颯爽裡更有一種別樣嫵媚。我本以為上半場文戲裡的穆桂英和下半場武戲裡的穆桂英都是一位演員所演，暗暗稱奇，後來知道是兩位演員分別飾演，倒覺得更合情理了。

　　看這麼一場京劇所生發的感慨，更多也許還在戲外。《楊門女將》這樣的題材，叫人聯想歷史、回味傳奇之餘，也叫人想起童年，想起爺爺輩人物曾經口口相傳的那些故事，還有一本本小人書曾經輸送的情懷，還有父母曾偶爾帶著我們去看家鄉淮劇的舊時情景。

　　同包廂的月亮女士是位年輕的箜篌演奏家，對音樂更敏感，因看到演出的林肯中心一般是爵士樂演出場所，感嘆道：「在爵士樂的氛圍裡看一場京劇，真讓人有穿越之感！」我聽了，也不禁莞爾。現今時代，無論是在美國紐約，還是在中國北京，甚至在這世界的任何一個角落，看京劇，看中國的這古老戲種，都會有穿越之感吧。

　　我不是票友。說起來，對京劇有興趣，應是出國後的事情。與其說是對京劇有興趣，不如說是對中國的一切有興趣，而如果不出國，我說不定對京劇和其他中國的一切也就是熟視無睹地了無興趣了。記得第一次回國，早早就請大學好朋友老毛子買了北京保利劇院折子戲的票，自以為是地覺得國粹在中國等著我這個遊子。記得那回看的是《大鬧天宮》之類的武戲，滿場子的叫好聲和掌聲，縈繞心間，經年不忘。距離可能讓我們遺忘，也可能讓我們珍惜，人就是這樣複雜奇怪的動物。

　　常言道：「人生如戲，戲如人生。」京劇裡那鑼鼓喧天的熱鬧，那插科打諢的詼諧，那絲竹管弦的情調，或許還有那粉白脂紅的喜悅和憂傷，對如我這般的看客來說，也許只有等到人到中年，等到人在異鄉，等到流行歌曲成為青春的記憶一種，才能偶爾看，並看出幕起幕落之間、戲裡與戲外、熱鬧和懷舊的人生況味吧。

原載於《人民日報》海外版，2015年

石文珊

作者簡介

　　台大外文系畢業，多倫多大學戲劇博士。任教於紐約市立大學皇后學院和聖若望大學，擔任現代中國文學課程。曾為《世界日報》報導寫作教育題材，近年來並擔任新澤西《漢新雜誌》文學獎評審。

小劇場的滋味

　　年輕時讀歐美劇場史，總會佇足在六、七十年代紐約的小劇場運動那一章，反覆閱讀，心生嚮往，總想有一天能親身體會。話說當時百老匯以商業掛帥，不復提供舞台藝術的創新空間，然而恰逢全球風起雲湧的反戰、女權解放、反傳統等激進思潮，竟破發衍生出具有社會參與性、前衛風、反商業的小劇場。

　　史家更提到，具有實驗精神的紐約小劇場徹底打破了過去的舞台成規。有的戲不按寫定的劇本演出，有的模糊了觀眾席與舞台的界限，有的在街頭即席登場，更有發揚草根理念的政治秀等。表演場地也鑽天入地，進入地下室、咖啡座、公園樹林、河畔荒地、廢棄工廠、停車場，強調與「環境」的互動。響噹噹的劇團有「活劇場」（The Living Theater）、「辣媽媽」（La MaMa）、「表演團」（TPG）、Robert Wilson的後現代演出等，培養出創造力與破壞力同樣旺盛的演出和理論，將劇場推上當代文化批判的舞台，成為參與、變革的一種力量；戲劇不再只是娛樂，而能進入公眾議題的領域裡尋找觀眾，甚至挑釁看客，活化了舞台與社會、人生的弔詭關係。

　　在留學生涯的九十年代初，我曾從外地來到紐約「朝聖」，買上七、八張戲劇季的套票，密集觀摩。當時為了省錢，坐上十二小時的火車來到大蘋果，求爺告奶的蹭宿於在地人的家裡，儉省吃喝，刻苦步行，上城下城跑劇場、做筆記，散了戲還要徹夜跟懂戲的朋友討教。因為年輕，雙眼明亮，心胸開闊，不管一場戲的藝術素質如何，只要能跟現場的觀眾同呼吸、共體驗，一種社群感油然而起，覺得這就是劇場的社會實踐了。

　　沒想到十年後搬來紐約，我對小劇場的熱勁消退，彷彿某種迷思自動解構，更可能就是年紀大了，趨向保守。不再想絞盡腦汁看一些抽象難懂的舞台表演，也排拒演員打破台上台下那條看不見的界線，「邀請」觀眾上台一起「完成表演」；寧可安穩當個局外人，冷眼旁觀台上人生。加上有些小劇場空間侷促簡陋，冷氣失調，暑天裡演出，台上台下汗流浹背，臭味相投，著實辛苦！

　　於是只看經典劇目、精緻製作、或由知名演員領銜的演出，期待它們在保守中帶有創新。然而即使精挑細選，仍有失望時刻。一次興沖沖去「曼哈頓劇場」看澳洲明星Cate Blanchett與法國女優Isabelle Huppert主演荒謬劇《女傭》（The Maids），是法國的遊民邊緣人作家Jean Genet二戰後的經典作。明星與名劇的效應，帶來了滿座的風光，然而看完後感覺有點堵悶。雖是名牌組合，又有昂貴的劇院和舞台設計加持，演員卻風格不合，口音牴觸，人物的荒謬感和存在焦慮無法釋放，多媒體的效果也突兀做作，以至舞台空有星光點點，原作中的階級批判、隱含暴力、同性愛的相濡以沫，都被「和諧」掉了。難怪當時有一位劇評家說Genet若有知，會在墳墓裡作嘔！

　　於是依舊鍾情小劇場，反倒常能有意外驚喜。千禧年後的紐約小劇場已不復當年的硝煙味與顛覆性，許多劇團回過頭來發揚傳統舞台藝術，創作好劇本，翻新老劇目，吸引年輕一代的觀眾，俾使劇場不凋零。不久前約了朋友一起去看一齣瑞典劇，網上訂票價才十元，思忖不好看也不會太心疼。劇場位居蘇活區的「HERE藝術中心」，是網上圈選為紐約市前十五名最佳的「外外百老匯」劇場。它在九十年代成立，旨在提供新劇團、新秀作家一個試煉的園地；優秀的戲劇在此發跡後，就能找到更大的舞台，吸引更多的觀眾。

　　走進劇場，發現它真是名副其實的小──簡直就是個黑盒子！

四壁光禿，表演區僅是十乘十呎的木板釘成半呎高的板塊，油漆痕跡斑駁，毫不修飾。觀眾席在舞台三面的木階梯上，座位不過三、四十個，疏疏落落坐了二十幾人。開場了，大燈暗下，舞台漸漸亮起，四壁消失了，觀眾席也隱沒了。只見穿戴禮服禮帽的男子與拖曳長裙梳髻的仕女出場了，在暖黃的光芒裡，社交宴會，觥籌交錯，散發著世紀末的華麗。女主角瑩亮的眸子，櫻唇微啟，神奇的戀愛給予她鮮潤的面色，旺盛的生趣。她投向激情，拒絕了門當戶對的婚俗；然而下一刻，她卻苦嚐背叛，黯然神傷，瑟縮在憂鬱的藍光裡。癡戀一個「無情的多情」的才子，在男權社會裡下備受兩性雙重標準的打擊，她該怎麼走這條人生路？節奏快速，換場流暢，觀眾窺看著私密的人性迴旋，心緒隨著情節游動，一時間忘了現實世界。

這齣名為《意亂情迷》（The Enchanted）的劇作，是19世紀末瑞典女作家Victoria Benedictsson（1855-1888）的自傳性虛構，也是她的絕命之作。她讓劇中堅持自由戀愛、心志獨立的女主角自殺後，不久也終結了自己的生命。她體現的女性主體意識，卻啟發了北歐劇作家史特林堡（August Strindberg）和易卜生（Henrik Ibsen），各以她為原型創作出經典劇《茱莉小姐》（Miss Julie）和《海達‧蓋卜勒》（Hedda Gabler）；這兩個標題人物至今仍名列歐美戲劇裡的最強女音，不斷挑戰演員的演技和功力。觀眾面對這個劇裡劇外皆悲壯的人生搬演，不免唏噓：是戲如人生，抑或人生如戲？

散場後，走出「黑盒子」，只見劇中一位男演員站在門口向離去的觀眾道謝，他手裡捧著一隻小盒子，不卑不亢地籲請惠賜捐款。我的暖心好友毫不遲疑掏出一張大鈔塞進盒子裡，對他說，「願你們能找到更大的舞台——這個演出太棒了！」年輕人也含蓄地微笑致謝，補充說他們劇團的夥伴都是倫敦戲劇音樂學院的畢業生，這次把這齣瑞典劇帶到北美做第一次公演（premiere），希望我們看

得還開心。原來他大學本科是普林斯頓大學工程系，後來追夢去了倫敦攻讀戲劇，畢業後還開創了一個戲劇電影製作公司。舞台上他俊扮貴公子，風度翩翩，下了台卻是平實帶點拘謹的科技怪傑！

　　或許只有在這一方小小的劇場裡，才能這麼近距離跟演員對話。再次憶及七、八十年代台灣發展小劇場運動，從紐約的種種前衛劇場吸收養分，得到啟發與鍛煉，不論是集體創作、即興演出、後現代表演、跨文化改編，或者是結合儀式與修煉的生活劇場及美學理論等，都使台灣的新興舞台劇走上創新的不歸路，製作出膾炙人口的實驗好戲，淬礪出多元的劇場人才。我當下決定，以後一定要多跑紐約小劇場，給所有獻身戲劇的年輕人不斷支持，大聲鼓掌。

常少宏

作者簡介

　　北美中文作家協會會員，世界華人筆會會員，紐約華文女作協會會員。中山大學哲學系本科，曾任六年專職編輯、記者。1995年赴美，獲心理諮詢與計算機科學兩個碩士學位。著有詩集《城門下的煙雨》、英文譯著《遇見，倉央嘉措情歌》。詩歌、散文、小說散見於國內外多家報刊，被收入多本合集。長篇紀實文學《冰球少年成長記》將於2020年出版。

我為什麼喜歡寫字？

　　說喜歡寫字而不是寫作，因為我只是一個喜歡寫字的人，我不是一個作家。

　　其實我除了做過幾天大學校刊記者，幹過幾年報刊雜誌記者編輯，我還什麼都沒寫過。並且自從1995年1月赴美留學後定居生子，在美國生活的日子裡，我有二十年不寫。不想寫，覺得寫作是一件多麼無聊又毫無意義的事情，好像寫作這件事應該是前世的已經完成過的任務了。而今世在美國的生活，前十年很現實：找工作，養孩子，買房子，付帳單，過日子⋯⋯後十年的生活需要享受，補償自己隻身赴美留學，洋插隊吃盡了苦頭，身心疲憊⋯⋯我需要盡情地享受生活，盡力放鬆、慵懶、無所事事，旅遊、度假，吃喝玩樂、高消費，再有功夫就睡睡懶覺、一部又一部地看電視連續劇，中外皆可，土洋不懼。

　　日子就這樣流逝過去，我在百無聊賴中心安理得地虛度光陰。

　　不知從什麼時候開始，我好像逐漸變成一個很好嘮叨的女人。

　　兒子嫌我話多：「好了媽媽！知道了！你已經說了好幾次了！」

　　「我發誓我的左耳一定比右耳聽力差，因為媽媽開車在左邊駕駛，不停地訓話！」

　　老公嫌我往往對無需操心費力的事總是管得太多太寬：「好了，知道啦！」

　　「放心吧！我們又不是小孩子了⋯⋯」

　　就連朋友們也一定在懷疑我是否生了健忘症？每每當我正在興頭上，企圖把一件事情描述得更加栩栩如生時，她們會打斷我：「⋯⋯嗯嗯⋯⋯這件事⋯⋯聽你說過了⋯⋯」

我只好自打圓場：「啊啊……對對……是這樣哈……」

於是滿腹的傾訴、情懷，與誰訴說？

兒子已經年滿十八歲成年了，我除了在他有時間去考駕照前，還可以效力幫他再做幾個月的車夫，未來在養兒當媽的路上，我還可以追求什麼呢？必須放手了！在未來的日子裡，我只需期盼還能多些機會看到兒子的許多背影，無需追、不可追、也追不上了。我需要轉頭做最好的自己，準備遇見下一個不一樣的人生。

一直覺得自己是一個非常幸運的人，每每走到生活徬徨的邊緣而不知所措時，上天總是在恰當的時間光顧我的道路，引領我到一個陽光明媚的十字路口，指示恰當的選擇。文學與寫作的大門就是在這樣的一個叉路口上對我縫際微開，有幾縷陽光灑射進我一潭死水般百無聊賴、甚至是近乎如行屍走肉般的美國鄉下的生活。像抓緊救命的稻草，我抓緊這幾縷微弱的陽光，數度在心底掙扎，走走停停地抓著陽光攀沿向上，不確定那是不是我真正嚮往的未來。就像一隻被冰川埋沒在冷冽黑岩下，冬眠了近乎一個世紀的蟋蟀，慢慢展出生活的觸鬚，試探著，行進著；整理著早年歷經僵硬的屍骨，在懷疑和確認間數度搖擺不定之後，終於還是再度推開了愛好文學與寫作的大門，進到了一個陽光普照的心情開闊之地。

時隔二十年後，重新拾筆寫字，每一篇閱讀與寫作逐漸讓我感到興奮不已。幸福著，並且快樂著。彷彿與初戀重溫舊夢，彷彿老友久別重逢，又彷彿青梅竹馬的閨蜜再度走回時光的隧道裡，繼續竊笑私語……這一次，我是我自己的初戀，我是我自己的老友，我是我自己的青梅竹馬……

我想我還應該慶幸，慶幸過去二十年在寫作的道路上悄無聲息地生活過：其間我經歷過背叛與被背叛；大喜過，也大悲過；在陽光下人山人海的紐約時代廣場上，穿行過第五大道，深切感悟過人生中的無奈與悲哀；也在夜深人靜，孤顏獨對空燈時頓悟，彷彿以

色列人出埃及後抵達聖地般的喜悅；曾經在深度的絕望中，體會到人間世事不是人類的力量所能掌控的，開始承認人的原罪，願意接受救贖……這一切的一切，都是人生的財富。這些財富也許會讓我今後的文字會有不一樣的深度與味道。希望不會因為曾經不平靜的生活而喪失鬥志，瀕於頹廢。

因為經歷過身為專職記者編輯被報刊催稿、寫不出硬寫、趕排版趕出版的痛苦，現在的寫作不再有為了發表而寫的壓力。不為迎合哪個受眾群體的需要而寫，不為以寫作謀生賺稿費而寫，這樣的寫字完全是想寫就寫，因而有了最大意義上的創作自由，但是也會因為寫得太輕鬆沒有壓力而疏於拖延、懶散，許多寫作的創意因為缺乏外在左右的推力，也許會不了了之。

路漫漫其修遠兮，吾將上下而求索。

我喜歡寫字，漫無目的的寫字。一旦有一塊安靜的時光（心的安靜），有一絲創作的慾望，即使身處鬧市，也會文如泉湧。就像當下：坐在香港國際機場的候機大廳，等候轉機。大廳內人來人往，各種航班延誤或者取消或者開始登機的大喇叭播音聲不絕於耳，候機樓外的飛機們起起落落，我聽任我的筆、手指或者鍵盤引領著我的思緒，思考我為什麼再度遇見閱讀與寫字？並且深愛不已。

王芳枝

作者簡介

　　自2001年起，任康乃爾大學紐約社區教學部社區教育講師，專門研究食品衛生、飲食生活與健康活力之間的關係。從事社區民眾教學，推廣營養健康知識。來美之前，為公關公司總經理。是高雄市首屆元宵節愛河燈會執行長，被國際青商會選為高雄市十大傑出市民。也是資深媒體人。曾任中國時報、工商時報特派員，綜理中時晚報南台灣的新聞採訪與策劃。

敲叩那扇陌生的門

人生有太多的轉折。有些是主觀的條件，另則來自客觀環境。從事工作二十年，同一職位，開始思索，該換個跑道了。什麼是下一步？

何不讓我去闖一闖。敢嗎？我自問。

獨自閉關三天。心意已決。選擇了當時當地少有的公關公司。有人相挺，讚許。有的人抱著懷疑、甚至等待看好戲的心態。

Just Do It！去做就是了。

我一直很喜歡NIKE的廣告標語。這Slogan十分激勵。我開始向各方提出說帖，向有關單位提案，接受評比。每一次評比，就是一場揮汗如雨的馬拉松大賽，初始登台的，一個是環保單位的「垃圾不落地」競標；另一個是轟動南台灣的「第一屆高雄燈會——十里燈河」。高雄燈會，地點就在愛河兩岸。

愛河，原名叫「高雄川」。上游兩岸木材行業者運送及貯存原木的河渠，渠道狹窄，直到中游臨近市區才變寬。以其靜謐而水清，偶爾也有竹筏、舢板划行其中。那是冷氣空調稀有的時代，更多的人會在夏日或秋晨浴河泳游，或是垂釣取樂。

這是高雄的真實樣貌，有山（壽山）、有水（愛河），人們真誠樸實，多麼美妙的城市啊！

物換星移，隨著工業化的挺進，製造業的蓬勃，廠房櫛次鱗比，煙囪雨後春筍。高雄市外來人口日增。空氣污染、水污染、垃圾成堆合成了高雄的「三多」。於是稱為「愛河」的，一點也不羅曼蒂克。後來，有心的社團，在兩岸植樹，政府裝路燈照明，修建步道，砌了石桌、石凳，供民眾休閒、泡茶。

　　當我的團隊決定參加競逐高雄燈會的提案時，愛河的美景早已變貌。白天，老伯們在樹蔭下搖扇、納涼開講時，會有女人自動驅前搭訕，百般無聊的老漢，慷慨邀坐，或泡茶、嗑瓜子。一回生兩回熟。女人除了陪老人聊天解悶兒，還兜售強身補腎丸。花了一千元買了兩瓶補腎丸，要有通路。於是，春風吹起，春色無邊。無業的漢子，不再無聊，每天有所期待；女人也是依約相會，乾柴烈火。一個要拉回昔日雄風，一個求的是金錢的需索。不知何時起，愛河入夜，一片漆黑。只是聽到，鶯鶯燕燕，啼叫不休：「人客來喔！來作伙啊！做朋友呀！」、「快樂喔！趣味喔！」在當地人稱為：「落翅仔」。「落翅仔」黃昏站在大樹下，入夜倚在電線桿邊。幽會的男女破壞路燈。他們不要電燈泡。

點亮高雄，愛河棄暗變明

　　想必是老天給我的鼓勵，又或許是考驗吧！經過提案、說明、專業人士的評比，拔得頭籌，取得第一屆高雄元宵燈會的設計製作及執行權。於是，在愛河兩岸，丈量、整地，製作招商說帖，舉辦公開說明會，廣告配置圖表，裝置藝術燈座的安放及發包。另一方面，研製分供民眾索取的小巧手提燈籠──既要有愛河水岸的風華，兼具元宵燈會的古典意象。還要發包製作一座「龍騰虎躍」的裝置藝術品做為主燈，以彰顯高雄就要飛騰的氣勢。

　　高雄從來沒有如此的閃亮過。那耀眼的光芒，在夜空下，明媚無比。彷彿是仙女的魔術棒，點醒了全世界。橫掛在愛河兩岸的建國橋、中正橋、五福橋，擠滿了人群，人群駐足，不忍移動腳步。他們在看，看愛河的水面，在夜色照耀下，怎麼是這麼的詩情畫意。愛河兩岸河東路、河西路，早已摩肩接踵，人龍推擠，歡聲笑語溢滿愛河上空。有幾個人知道，人群中，當時的總統李登輝也佇

立橋上，看著萬頭攢動，看著南台灣破天荒的元宵燈會。

一手提著美人魚提燈的人們，忘了夜已深沈，久久不去。大夥兒忘了疲倦，只一味的貪看未曾有過的元宵夜景。那一晚，港都夜未央。

從未想過，原來我可以嘗試未曾碰過的事。

翻轉了愛河，不再見到「落翅仔」，流鶯的嗲聲拉客，消逝了。從此入夜後的愛河兩岸，市民可安心的徜徉，遊客可以駐足觀賞迷人的水光槳影。這裡不是染有風塵粉味的風月場所，而是搖身變成健康的休閒步道。

愛河的風貌變了，除了兩岸水流燈飾，美麗的看板，人流在兩岸的夜市，人手一支可愛造型的小提燈，沒有人知道這團隊度過多少的黑夜，多少的討論，發想的計畫；往往一成案，立刻又撕了，如同露營的火堆，澆熄了，再起木架，添加柴火……似乎整個城市只看到光耀閃爍，只聽到讚歎與掌聲。

那一夜，我告訴自己。該走了。換個舞台去。如同一位大廚，洗拭雙手，卸下廚圍，步出廚房，沒有回望。

我喚山 山不來，便向山走去

我還能做什麼？

放眼望去，街頭人聲雜沓，熙熙攘攘。日頭赤燄燄，各人顧性命。誰管你？仰望天空，上蒼無語。依然空白。

「我喚山，山不來；我便向山走去。」先知穆罕默德救了我。

豁然開朗。路要自己找，選擇也在你的心與意：選擇一條人煙稀少的小徑？還是蔓藤纏繞的荒途？會後悔？還是有回頭轉念？

在你手中。願意去摸索？去探討新事務？

來到一個與原來的世界完全不同的地方。飛越太平洋、北美陸

地，來到大西洋邊。時差十二小時，正是地表上，距離最長的兩個點。

記得第一次造訪紐約市，回程時，仰望甘迺迪飛機場外的天空，「我會回來的。」心想。真的再踏上此地，依然是藍天白雲迎接我，飛馳的車輛在奔跑，奔波於各自的方向，車內人也都忙於追逐他們的夢想。

我能做什麼呢？太多的路展在眼前。

紐約是個彩色盤。我想。

參與玻璃彩繪、學習水彩畫、探訪學校的進階課程、接受可能行業的民意調查技巧、聯邦政府商業局的人口普查訓練、也當過口譯員⋯⋯。這才知道紐約是一本極其豐厚的書，有政治、經濟、時裝、藝術的蘊藏寶地。要吮吸其精華，怕是窮畢生之力，也難舀起一匙。

在曼哈頓的五大道上，踽踽獨行，人來人往。一個聲音在頭頂上方落下。

來吧！來吧！填補人生的空白。人生需要補課！

要補的課，太多。但，我行嗎？

是不為也，非不能也。

抬起頭來，邁步向前。把自己投入未知的未來。

又是一個全新的領域。值得我去挑戰、去學習的行業。內容涵蓋：科普醫學新知、差異文化的心理因應、飲食習慣的調適、體能活動的鍛煉、食品衛生的認知、消費行為的改變、親子互動的增進、社區發展⋯⋯這似乎是美國開發出來的計劃方案。

我站在海邊，腳下是沙灘。湧來的潮水，沒了我腳脛；退去的潮水，沒入了大海。潮來潮往，若你不願伸足嘗試，永遠不會知道水的深淺，永遠不能領略水的溫度。

穆罕默德說，喚山，山不來，便向山走去。是的。總不能佇

立原地，自我吶喊。與其徒呼負負，不如移足邁步向前行，或是適應，或許遭逢困境。無論順或逆，總能或融入，或激發潛能。

就這樣，在小心翼翼的探索、訂正、求精進、追完美的歷程中，摸著石頭過河，回望來時路，驚覺匆匆已過了多少的春去秋來。

走在街上，老朋友問：當初怎麼會走進看似「怪胎」的行業？與你在台灣的職業，跨度太大了。

是的。把水桶翻轉，倒空了。水才裝得更多。

一切從頭來，不累、不怕嗎？

我就是要敲叩那扇門，那扇陌生的門。這工作，讓我走入社區、接觸人群；也讓我有機會發掘問題，努力找尋答案。我與社區民眾，一起運用新知，知道在城市中，運用社區資源，走向健康，尋得安全途徑。有人說，我在行善。但，善念一定要有，若能利人利己。豈不是善莫大焉？

興好怡懷

輯三

趙淑敏

作者簡介

　　原東吳大學教授。十五歲試筆投稿報刊，1962年正式以寫作為兼職副業。在台曾被選任婦女寫作協會、專欄作家協會、文藝協會等文學會社常務理事、理事，服文學義務職逾二十載。於學術專書論文外，寫散文、小說、劇本，以筆名「魯艾」闢專欄多處十數年。1979年以《心海的迴航》獲中興文藝獎散文獎、1986年以《松花江的浪》獲文藝協會小說獎，1988年再獲國家文藝獎。作品有小說集《歸根》、《惊夢》等，及散文集《在紐約的角落》、《終站之前》等共二十六本書。

合唱——紀念那美好有歌的日子

「星月沈夜深了，要安眠請靜悄……」

琴音起，邱和我立刻順著伴奏合聲啟唇，後面一直嘁嘁嗦嗦竊竊語聲竟停了下來，雖非夜深教室倒真的安靜了。邱那與年齡不符濃郁熟厚的女低音大氣地穩穩舒展飄過，托起我那輕柔如淌過磐石細流的水韻配搭，與很多歌唱家把催眠曲唱成氣壯昂揚的詠歎調不同，在靜幽的暖夜裡，為擾攘的世界唱出寧靜安謐；其實是靠邱自如收斂地撐托起寬廣音韻的原野，在她的誘帶之下我才能合輒循律地吟描出輕盈明亮的主調而已。她是名將之女，會彈鋼琴，熟諳樂理，對位、合聲什麼的，我除了在小學五年級時，經驗過卓老師扯著老嗓子為我唱〈懷古〉時配第二部給小朋友們示範合唱、重唱，從未受過一點有關音樂的訓練，尤其按爸爸定下的閨訓，女孩最好不要在人前唱「唱兒」（近年從大陸的資訊中得悉卓師七十年代慘死於批鬥的故事，方知他教我們美術音樂時不過二十六、七，並不老）。所以如今也在NYC的邱，當時找我搭檔為大考抃高分，我實在既高興又擔心；很怕出錯害人。我只跟自己說，別慌別亂穩住，穩一點無錯就好。

「睡得無夢甜，養得精神飽，來日課繁多，起床趁天早！」

這結束的詞兒什麼鬼話呀？十三、四歲的青頭愣，雖然還不夠資格作文學少年狀，也覺得這樣無趣教條式的歌詞內容，實在糟塌了我們合作創造的美好的二重唱的旋律。自視極高的邱慎重選了也在詩班裡「新兵」的我為搭檔，合作期末考試。另外三十幾個人可都沒把音樂考試當回事，反正都會及格。邱則不同，跟我不但兩人先和了一次，還故意排到最後一組。可是這首〈催眠曲〉，卻是

這樣無情趣的歌詞。初學時就覺荒唐，猜測一定是修女影響了崔老師，不過我還是當我乖乖的好學生，沒有像有些同學不滿意就搗蛋。只想，盡份地表現，讓自己無缺點不扯邱的後腿就好了。被炮聲逐趕到石頭城的狼狽失學女，學期中間沒學校肯收留，幸得教區于主教說了算，這所天主教女中賣面子勉強收下姐姐和我，所以我真不敢又蔫著搗亂。

左　台北新公園假日廣場初次演出，作者兼報幕人。時間：1987年7月7日。（趙淑敏提供）

右　文友合唱團唱進了國家音樂廳。時間：1990年3月7日。（趙淑敏提供）

「Excellent! Excellent!!」

那身板瘦小容貌枯槁愁苦的崔老師，青黃色的面龐竟泛起了微紅的興奮之色。Excellent是什麼意思，我這芳齡十三初度的初二小土包子，還沒學會，但知不是壞字眼，不然老師不會喜出望外，同學不會忘記是課堂，竟放肆地鼓起掌來。

崔老師屈尊教我們真是委屈了他，他原任教於國立音樂院，為了生計，到我們學校來兼課；也可能因是教友，修女們抓來做任打任捧的「聽用」。在這學校裡教育當局規定的課程標準是陽奉陰違

的，一切修女說了算，童軍課從來沒上過，美術課由長得美而高貴連透視觀念完全不懂的訓導主任倪姆姆擔任；體育課就由教務主任曾姆姆帶著大家在操場上跑一跑應付了事，但是音樂課卻是很認真實在的。或許是因為時常須到主教座堂擔任詩班，不能太馬虎。平常學校裡練習都是崔老師負責，可是紐約樞機主教史培爾曼駕臨到教堂做彌撒那次，與男校合唱，便改由洋神父指揮帶領；極可能因為唱的全是用中文注出的拉丁文又須配合彌撒祭的程序。到今天還記得一點點「埃且兒，埃且兒，撒切都斯馬紐斯……」（什麼意思啊，不知道），所以崔老師那個課教得十分憋屈，雖然相當盡責，看得出並不愉快。可是那天為了兩個小丫頭的表現，竟興奮得紅了臉連聲說Excellent！

那一回，應是我這一輩子唯一一次因唱歌得到Excellent的稱讚。也就從那一天起，悟出合唱最高的境界，不是盡量發揮個人的優勢突顯自己，而在於那個「合」字，追求合聲的美。所以以後不管參加哪個合唱團，我會認真到好像那也是我的正業，爭強突出個人表現冒尖放炮的絕不會是我。

從小我就很愛唱，往往好友也是歌友；我那留在大陸還長牽念的唯一死黨，就是曾經一度同桌的小小詩人芳信。我們同唱了一年，兵荒馬亂的年月，時局流行的特色是罷課、絕食、遊行、抗爭；老師說了不算，只能聽命高年級學生領袖指揮。像我們這樣發生不了任何作用孑孑級的弱息，沒人管沒人理，正好利用時間溜出學校去看電影。等走出電影院……哈，行啦！主題曲會了！不過現在仍敢挑戰唱歌比賽的芳信段數高多了，實際上大一歲多的她等於我的小老師，她那真是過耳不忘，只是唱的都是最當令的流行歌曲，毫無奮勇、鬥爭的意識。不過無論如何，靡靡之音總比什麼〈古怪歌〉之類的，唱起來那種壓迫陣勢當頭的感覺要輕鬆得多。

我愛合唱甚於自我「顯擺」（對於我，卡拉始終並不OK），

在小學時常被老師抓出來示範滋味並不好受，跟你差不多的把你當敵人，比你不如的更是嫌你礙眼。還有，唱歌本是快樂的事，為什麼不當遊戲犯規、失敗的罰則，就成別人討厭你的原由？不要！我喜歡眾樂樂大家一起來。

「海韻合唱團」為我到台灣參加的第一個合唱團，是一位英雄無用武之地的中學音樂老師，在自己的學校組不成一個團，他便把台中市優秀的男女高中學生組織起來成立一個合唱團；他之所以強調優秀，大概是怕家長說他耽誤了學生，反正都是利用大家不上課的空檔借國小教室練習。唱過些什麼歌，都不記得了，只記得唱過那首徐志摩的詩〈海韻〉譜成的四部合唱。很有難度，但我們挑戰成功，曾到台中霧峰林家花園唱給林鶴年和他的日本太太這對音樂夫妻聽。共唱了三首歌，都是無伴奏的，〈海韻〉是其中一首。回想起來，我們真算是挑戰成功的，那麼難唱的一首大歌，卻沒出錯。三、二十個十五到十八的學生，其中文學少年並不多，卻照著葫蘆畫瓢詮釋析解唃下來了。這首歌有描述也有對白，用曲調節拍演飾出畫面情景和感情。於是我初次在音樂裡感應到文學的思緒和震盪。從一開頭「女郎，單身的女郎，你為什麼留戀這黃昏的海邊……？女郎，回家吧，女郎！」答覆存問的應對之間，想來那少女並不是因為失依失望失戀，是殊然的孤獨心靈的率性吧……所以她後來才會任性地回應：「啊不回家……我不回，我愛這晚風吹！」「啊！不……你‧聽‧我唱歌！大海，我唱你來和！」「你看我凌空舞，學一個海鷗沈海波……」「啊不，他不來吞我，我愛這大海的顛簸！！」是神靈還是耆智的誘勸她全不聽，這位女郎徘徊又徘徊到底還是沒回家。而當再追問「女郎在哪裡？女郎在哪裡……哪裡有你窈窕的身影？」最後女郎真的不見了。在沙灘上，在暮色裡，再不見少女的蹤跡。

那時我會唱徐志摩的〈偶然〉，這首詩則完全不熟，只會按歌

譜依曲調吟詠出歌詞的字句，究竟剛十五歲的年紀還有著不解的迷茫，女郎的境界尋求的是浪漫還是自由；是抗議還是覓尋乾淨的歸宿？不解，不解！但是到今天引據的我這一部的歌詞，我還能準確地唱出旋律。而且在這大合唱中，我發現原來沉厚圓濃的男低音最迷人。這合唱團沒多久就解散了，有幾位高二升高三的他們，要為考大學收心了，我也慶幸合唱團解散了，心裡不再忐忑，哪一天被老爸發現溜出去都不是去圖書館，是男女混在一起唱歌，禁足應會是最輕的處罰。

多少年又是多少年啊！都是無歌的歲月，實在記不得有多久，但是筆之於文公開發表的記錄可以說明。想到了那些紀實的工具，說找就找，於是從壁櫃頂格費力地掏出那大小三十餘本剪貼簿中的第一冊；我的運氣不錯，曾經我只管寫，那不忌妒的實心人代我建檔，把曾公之於平面媒體的文字，分別為「作品」與「資料」用正式的剪貼簿留下檔卷。最初很不規範，但建檔人大概看到了，悟出了，這人寫作應不是一時的興起，便予以「格式化」，直到他去世以前，我大概有大小近三十本。習慣成自然，後來便不得不自己給自己作祕書，再懶也勉強繼續下去，直到啟用電腦作業。如今要檢索來時的印跡，這種按年排序的紙本冊子都是最好的紀錄。我不必費心去查就知道該文一定在那最厚最重最破的第一冊。費力地捧出了那個16開藍布硬殼封面的活頁簿。一路翻一路掉渣兒，果然找到了。貼在P.89、P.90兩頁的〈有歌的日子〉一文，被劈成兩半都列為頭題，刊出於1970年的1月24、25兩天的《中央日報》副刊。很記得那一次得到讀者回響投書是第二多的一次，顯然愛唱歌的人還不少。會寫那篇四、五千字的文章是因上了小學的娃兒們說了一句讓人心感鬱卒的真話：「人家的爸爸媽媽都不唱歌哎！」顯然父母隨興而歌的習慣讓他們不好意思了。

可不是嗎，至少在大學眷村裡真沒哪家的大人動不動就唱起

來了。但是在那樣一個單純素白的環境,不玩麻將、不會下棋打撲克、不想串門子扯東家長西家短,偶而在颱風天休閒日溫習點舊曲享點和歌而樂的趣味怎麼就丟人了?!確然有些不服氣!除了對孩子表示,每家的生活方式不同,各家喜好不會相同,不必完全一致,也沒問他們是否聽見了什麼,但我心裡惱了,氣了,什麼鬼觀念⋯⋯於是寫了那篇文章。沒譴責誰,僅細述了我會說話就會唱歌,依著母親的膝頭與眾家媽媽同唱一首歌的美好記憶是永遠暖心的珍寶,用經驗說明抗戰歌曲是鼓舞信心、凝聚力量的良藥。愛唱,愛聚眾而歌無羞、無愧、更無罪。

又多少年過去了,進入了二十世紀的八十年代中期,煙硝的敏感度漸漸消退,大家的想法也褪去了「少惹麻煩」染色的顧慮,要將一些會留在歷史中的曾經膾炙人口的歌曲從民間「愛樂篇」找回;只留在資料館裡睡覺還不夠,不管那些曲調是誰創作的,那為全民而作,是為屬於國人歷史與生活一部分的精神補藥,都要為萬民找回來。就在那個時節,我們七個愛唱的文友同好鍾麗珠、郭晉秀、嚴友梅、丘秀芷、黃南華、邱七七和我初次歡聚,便決定以後要定期而歌之;後又決議廣招兵馬組成正式的合唱團,練習的場地先在七七大姐的葛家宅邸,容不下再換至龔書綿大姐的高府。聞風而至,人越來越多兩家都容納不下,歌友們也自慚偌多人進進出出與事後收拾場地的騷擾對人家生活的影響,於是由我們女作家協會向文藝協會借得他們小禮堂的空置時段,連同鋼琴都供給使用。「文友合唱團」於焉正式成立,聘請了台大教職員合唱團的指揮蕭滬音女士擔任我們的指導老師,她的女公子李海雲小姐伴奏。這個組合一直到解散。

天下沒有不散的筵席,有人病了,有人「走」了,有人移民出國了,還有人因為工作不能參加既定時間以外的練習,有些演出也不得不缺席。我就是那個最讓人頭疼的「害群之馬」,偶爾學校

在練習日有事我是專任教授也須留在學校，至於走南闖北的演唱竟多半不能參與，所以菲律賓我沒去、北京沒去、蘭州沒去、金門沒去，連高雄也沒去，據統計成團之後一共應邀正式演出過三十餘場，我大概只出場不到二十次，至少在「文友合唱團」我不是好團員。

　　我必須為我的職務負責，這樣地缺席我感遺憾，但全不後悔。只是鄒品梅肝癌過世我團全體齊聚為飾終之典演唱我未能到場，確實感到極為難過。不過我想她會諒解，因為她也是市師範學院的教授，必能了解我的處境。只是想起1993年5月我們同時受邀到香港參加兩岸三地傳播業女性從業者與學者的會議，二人同居一室兩日。第三天，大會結束的一日，大陸方面臨時增加了一場茶會答謝我們之前的宴請。可能由於兩方係初次接觸還放不開，場面話都講完了，卻不知要怎樣繼續交流或惜別，竟彼此相望沈默下來。怎麼啦？僵啊！那麼多台灣的名主持人都到場了，卻無舉措，場面清冷尷尬，實在難看。雖是臨時加出來的節目，沒有安排也不宜如此，總要想個點子自然地告別才是！於是我立刻揚聲唱出「長亭外，古道邊，芳草碧連天……」這是兩岸學生都會唱的歌啊！果然，全場一起共聲而和。一曲唱罷我並不停下，接著又唱起一些節奏輕快流行的邊疆民歌。品梅好有默契啊！她立刻扯下頸上的彩色綢巾舞向場子中央，繞場熱情舞動，大陸的朋友更在行，紛紛下場共舞！哦！會場立時熱絡起來。就這樣唱的唱舞的舞，在高潮點，歌舞都停下，鼓掌、歡笑互道再見快樂告別。想起那次我們有那樣的不約而同的心靈呼應，我知道她的葬禮我因有課缺席她不會怪我。可是她猶在中年便已去世，實在可惜，難道是另一個世界的合唱團亟需一個出色的女高音？思念！惋惜！

　　我們的團到底唱過多少歌，無法計算，但所發的歌頁摞起來總有四五吋高，我很珍惜地收集起來，然由於幾次遷居，又兼移居美國打包時放錯地方，竟被丟掉了，想起來很是心痛。合唱團的發展

的最高峰是九十年代初期，數年過去後就明顯趨於凋零，我卻撐到最後一日。

1990年婦女節的前一日我們唱進了國家音樂廳，而且是專場；以後也曾二進宮，但僅擔任「抗戰歌曲」部分。國家音樂廳的專場演出畢竟不同，心情上慎重多了。先定出一份有模有樣有份量的節目單，然後依序反覆練習。前兩天我又找出來由錄影帶轉成聲光已漸退的DVD來看，四十個人齊上台，還有那陣勢。共穿了四套團服之中的兩套，唱了三十首歌，不過我只參加全體合唱的二十曲。

這場演唱的次序是那樣排的，開場全體著水綠色綢「復古式」長袍亮相，接下來是十六人組，一共十首歌。然後休息換裝，換上有類「陰丹士林」藍布的旗袍登台，先唱五首改編的通俗歌曲（未習慣地歧視），之後取下襟上所綴白蘭花，唱後五首抗戰歌曲，展現的是那個時代的簡樸。再次休息過後，我們又換回水綠色全長禮服，八人小組表演完，又全體登場。最後壓軸的曲子是多年來有規模的合唱團常為表現功力，合唱比賽常常選唱的黃友棣作曲鍾梅音作詞的〈當晚霞滿天〉。或因我是「野風時代」的文學少年，對那位神經、精神被毀在八二三炮戰中，野風時代的成名作家工兵營長的俞南屏的故事，唱起來總有著難抑的聯想與內心震顫。

那是一種什麼樣的呢喃……「大地無邊靜寂，微風穿過林梢，是我心碎的啜泣」，但對於一位「慷慨請纓」將做別「我愛」的良人只能「以報國相期」，況且「你忠於愛情，但更忠於真理」，所以我只能柔情地輕輕喃喃傾訴「我愛，我愛，讓我祝福你」。那遠去的征人，當又是一樣晚霞滿天的時候，在思念中只能把升起的圓月，思做近在咫尺的妳。啊！也僅能寬慰妳「別為我苦念，別為我嘆息，為祖國自由，我須赴戰殺敵」。但是！但是啊！多麼無奈，又是無邊靜極的夜，微風一樣地穿過林梢，我只能當那就是你溫柔

的悄悄蜜語。我愛，我愛啊！我們只能長相憶，長長常常地……相憶……

當時團員中雖很多並不是作家，只是畫家、中學校長教師、企業主、律師、大學教授或幾位純家庭主婦，僅是一般的文學愛好者，留心不到這樣的故事；不過就是作家也不全關心文壇動態，對於俞南屏的遭遇和鍾梅音幫他四處奔走求援求助的新聞早已忘懷，甚至完全沒記住那個曇花一現的名字。但那一切我影影綽綽記住了，尤其1982年在我輪值的任期與總幹事劉枋大姐代表我會到台大醫院探視過鍾梅音，當時曾很想問問梅音大姐關於她為俞南屏奔走，及創作〈當晚霞滿天〉的經歷和心境。但想初次見面，她又在病中就未敢多言，而不兩年鍾梅音便去世了。遺憾，永遠沒有機會了。當我們在國家音樂廳挑戰這首大歌的時候，我的心境確實影響了情緒，作家與文學愛好者畢竟不同於一般人啊！很多職業性的合唱團技巧上一定比我們好，可是我相信斯時我們的心感與聲音表情應會略強於他團，是我們唱出了鍾梅音黃友棣想營造出對那時代那情景的嗚咽。是啊！是無限憾歎的嗚咽。曲末，我們也只能黯然呢喃嗚咽著：「讓我們長相憶……長相憶……」，長憶記那〈當晚霞滿天〉時的「長相憶」！

周勻之

作者簡介

也用過周友漁和周品合的筆名。退休的媒體工作者,在台北、非洲、香港和紐約工作近半個世紀,翻譯和寫了六本書,參訪和遊歷了四十多個國家和地區。

我的心靈安慰劑

　　有人問我，這一生最後悔的是什麼？我毫不猶豫地答：沒有把書唸好。那最值得慶幸的又是什麼？我找到了心靈的安慰劑——音樂和寫作，音樂治癒了我的浮躁，讓我得到心靈的平靜，而且不再怨尤，文字工作更成了我大半生的職業。

　　我相信絕大多數的人和我一樣，完全不懂音樂，只是喜歡，從各種不同種類的音樂中，找到適合自己的。

　　因為家裡沒有溫暖，從小就耳熟能詳Home, Sweet Home歌詞中「我的家庭真可愛」，對我是絕緣體，家是我最不想回去的地方，加上自己也不喜歡唸書，青少年時期成天就跟一些同樣背景的人混在一起，在學校也是問題學生，考試作弊、打架被記大過，成績當然是一塌糊塗，學校也越唸越差。就在這些一起混的哥們因為家長調職搬遷逐漸散去之際，我沒有了同伴，開始感到了寂寞，這時我猛然覺醒，難道我這一生就這樣一直混下去嗎？於是我主動開始疏遠在一起混的哥們，也許他們也有和我同樣的覺悟，也紛紛收起了玩心，走向正途。

　　我開始重拾書本，聽了父親的勸誡，學好任何一種外文都是有益的，於是努力學英文，也在圖書館中大量閱讀各種類別的書刊，沒有想到英文和一些所謂的閒書，竟然成了我能進入媒體的助力。這期間我也閱讀一些宗教書籍，因為一位長輩告訴我，聖經在西方歷史、文化、政治、社會和文化中佔有無比重要的地位，而且也是非常好的文學著作。佛教對中國文化的影響更是深遠。宗教書籍對陶冶我的性情也是有幫助的。

　　有一天傍晚，圖書館中傳出了幽雅的樂聲，它和我平時聽到的

流行歌曲完全不同，但是說也奇怪，這聲音頓時使我浮躁的心情平靜了下來。原來這是屏東圖書館每週一次的音樂欣賞，介紹一些古典音樂，由屏東中學的音樂老師錢萬輝先生，介紹樂曲的內容和作曲家的背景。

雖然也看過音樂片《翠堤春曉》、電影《卡門》和歌王卡羅素，聽過一些詠嘆調和小品，也從書本中知道貝多芬、莫扎特、李斯特等大音樂家的一些故事，但從未真正完整地聽過他們的作品，更不用說還有音樂老師的介紹。圖書館的黑膠唱片，效果非常好，我當時真是非常興奮，竟然有機會有系統地聽到這些大音樂家的不朽之作。雖然我的音樂知識是一片白紙，也不去刻意了解那些交響樂的內容，但這些美妙的樂曲卻帶給了我內心的平靜，改變了我頑劣的性格。

自那以後，我也開始去閱讀一些有關音樂家和各種名曲的介紹，每個禮拜到圖書館去聆聽名曲。說實在的，我根本談不上有欣賞的能力，我只是覺得那些名曲好聽，能使我安靜下來。

因為職業的關係，我有幸走訪和生活在一些不同文化的國家。在波蘭，由台灣唯一的留學生曾小姐，帶領到華沙近郊參觀了蕭邦的故居，在音樂之都維也納，特地走訪了莫扎特的出生地薩爾斯堡（Salzburg），也到了李斯特的故鄉布達佩斯。這三座城市都非常美麗。蕭邦的故居前豎立著他巨大的雕像，在安靜的環境中，播放著他的作品；薩爾斯堡是一座美麗的小山城，紀念館中陳列著莫扎特的手稿，不停地播放著他的作品；布達佩斯美得像童話故事中的仙境，許多街頭藝人奏著動聽的樂曲。當然，在奧地利和匈牙利時，腦中也響起了〈藍色多瑙河〉，在馬德里的鬥牛場外，耳際響起了比才的〈鬥牛士之歌〉。

我還很幸運地在上個世紀的七十年代有機會到非洲工作，那時冷戰方殷，非洲一方面是東西方兩大陣營激烈爭奪的戰場，另方面

新獨立的國家內戰不已，尚未獨立的殖民地也在以戰爭訴求獨立，但這也為我提供了充沛的寫作材料，在為台灣和香港的刊物寫報導時，當年看的那些閑書，所包含的許多非洲基本資料和早期歷史，都派上了用處。

在生活單調、物質缺乏的環境下，除了寫作之外，唯一能調劑和享受的就是領略非洲的原野風貌和聽音樂。我工作的地方有許多阿拉伯裔的黎巴嫩和印度商人，他們的音樂又別具一格，在那之前我聽過〈波斯市場〉這首曲子，親身接觸同是中東裔的黎巴嫩音樂之後，有一種既親切又奇妙的感覺。印度音樂也非常動聽。印度的寶萊塢（Bollywood）是世界最大的電影生產地，而印度電影絕大部分是歌舞片。非洲奈及利亞的奈萊塢（Nallywood），是世界第二大電影產地，和美國的好萊塢（Hollywood），並稱世界三大電影工廠，非洲有成千的民族，音樂的豐富可想而知。

在美國大家都說非洲裔有音樂和運動天賦，在非洲，我真的聽到了今生最好的一場「音樂會」。

那是一次長程旅行，在接近住地時車子故障，我只能坐在車上等救援。天色暗了，成群鳥兒回到樹林，百鳥齊鳴，叢林中發出了在城市裡聽不到的蟲鳴和蛙聲，還有溪流的潺潺水聲。忽然遠方傳來了微弱的歌聲，歌聲逐漸轉強、嘹亮，蟲鳴、鳥叫、蛙聲和溪流聲，成了天然的伴奏，譜成了一首最好聽的樂曲。這時遠方出現了微弱的火光，原來是一群工作完畢點著火把回家的村民，他們以歌唱舒緩身心的疲勞。歌聲又逐漸趨弱，隨著火把的熄滅而完全停止，他們回到了家，要休息了。

我沒有看見他們，但是我完全可以想像他們在橡膠園裡工作的辛勞。這歌聲使我想起中學時聽到十九世紀美國作曲家Stephen Foster，所寫的在棉花田裡工作的老黑爵（Old Black Joe）是多麼的相近。而我工作的國家，正是當年被解放的美國黑人所建立的。在

夜暗中，聽到他們節奏簡單但卻動聽的歌聲，在萬籟俱寂的荒野中，這歌聲是我唯一的良伴，它使我陷入沉思，也消除了我的不安和等待救援的焦慮。

幾十年來，我腦海中始終存在著這一幕。

有人說，勞力之後勞心，或勞心之後勞力，或轉換工作方式都是休息。看書或寫作累了，聽音樂就是最好的休息。我相信，我信守。

陳　九

作者簡介

　　旅美作家。主要作品有：小說選《紐約有個田翠蓮》、《挫指柔》、《卡達菲魔箱》，散文集《紐約第三隻眼》、《曼哈頓的中國大咖》、《活著，就要熱氣騰騰》，以及詩集《漂泊有時很美》等。第十四屆百花文學獎，第四屆《長江文藝》完美文學獎，及首屆中山文學獎獲得者。居紐約。

我的「魚水」情懷

　　這事聽著很囧，沒下河沒入海，就在我家魚缸，愣讓魚把我嘴唇啄破了。老闆解氣地說，該，慣吧，孩子孩子慣得沒人樣，連魚都慣得欺負你。

　　我養了八條熱帶魚，紅鸚鵡，從指甲蓋兒大小養起，四、五年間，已紅通通地長到手掌般大，尾巴和上下鰭薄如蟬翼，長袖善舞，甩起來瀟灑飄逸，若配上一班絲竹，簡直就是明末阮大鋮的崑曲教坊，《桃花笑》，《燕子箋》，落霞與孤鶩齊飛，秋水共長天一色，美，絕對美呆了。

　　我愛魚魚，魚魚愛我。誰要說魚是冷血動物無情無義，我跟他急。每天起床頭件事便是餵魚，我下樓的腳步聲只消響起，八條魚馬上聞聲起舞，遠遠聽到魚缸的水花聲，叮咚作響，激情奔放。老闆不服氣，說她下樓一樣激情奔放。可試了再試，笙歌歸院落，美人下樓台，就沒人睬她。把她氣得呀，掄起榔頭便朝魚缸砸去，只聽哐嘟一聲，榔頭扔地上了。她衝著魚吼道，好，不給姑奶奶面子，若非看在你爹的份上，絕饒不了你！她說我是魚的爹，我覺得也像。

　　凡是爹，就不會白當的，爹的最大特徵是把孩子繫在心頭。當年我女兒月子裡由我帶，老闆因剖腹產傷口疼痛，根本起不來。這小傢伙也怪，非蜷在我肚皮上睡覺，抱起來就哭。我感慨萬千，覺得這孩子就是我自己，是我重活一遍，她喜我喜她憂我憂。可一晃她就長大工作了，獨立生活了，只有逢年過節才回來。老闆問，爸爸你沒事吧？沒事。那你幹嘛總望著閨女的背影發呆呀？話音未落我扭過頭，不讓她看我臉。無論女兒在世界的任何角落，我都能看到感到聽到她。

作者養的八條熱帶魚。（陳九攝）

　　對魚我也有類似情懷。比如，牠們會突然打蔫兒，不活潑了，咋辦？我圍著魚缸轉，望著牠們乞求的目光束手無策。老闆天性潑辣，她舀一勺魚缸裡的水就往嘴裡放，說要嚐嚐。我說你不要命了，會生病的。她說魚沒事她就沒事。結果這招還真靈，只要嚐到水有酸味，就必須馬上換水，一分鐘不能等。後來有個懂魚的朋友說，你家老闆真有兩下子，那叫酸鹼度，紅鸚鵡最怕酸性水，非死不可。在他引導下，我們用試劑代替口嚐，酸鹼度始終保持在微鹼上，從根本上確保魚等的和諧環境。這些魚也懂，換水時很配合，老闆只要把清魚缸的小刷子伸進去，它們就整齊排列在另一端，安靜等候。老闆說，換邊兒了。它們馬上跑到相反方向，繼續觀望，直到功德圓滿，水清魚淨。

　　我的魚都有名字，單字一個紅，大紅，二紅，直到八紅。我偏愛大紅。牠吃得多個頭大，游起來一梗一梗像個大胖子。可要論情商，當大紅莫屬。每次走近魚缸，我會情不自禁像叫小雞那樣夯兒夯兒地喊牠們，這是小時跟我姥姥學的。她養了很多雞，一餵食就這樣叫，小雞會從很遠處飛奔而來。我不知如何喚魚，索性以喚

雞代之。魚聽到的呼喚也會聚攏，特別這條大紅，搖頭晃腦媚態百生，表情非常豐富。有一回我把嘴唇貼向水面，做親吻狀，沒想到大紅噌地躍出水面，朝我嘴唇輕輕咪了一下。再試不爽，屢試不爽，讓我受寵若驚。從此便定下規矩，每天早上餵魚前都必須先和大紅親熱一下。有時我著急上班，想省去此道，大紅會非常嚴肅地盯著我，等在那裡不說話，搞得氣氛很緊張。

　　不久前我外出開了幾天會，餵魚的任務由老闆代勞。回家頭件事便是向大紅等一干人馬表示問候。老闆對你們如何呀？無言。她餵你們了嗎？仍是無言，只有水花騷動不定，眾魚人頭攢動，情緒似顯不穩。我覺得不對，試圖低頭用親吻術加以安撫，距水面尚有兩寸的高度，只見大紅突然爆發，飛速朝我嘴唇衝來。只聽砰的一聲，我立刻覺得火辣辣的。老闆哪，快看是不是破了？哎呀媽呀，可不破了咋的，流血了。該，慣吧，孩子孩子慣得沒人樣兒，連魚都慣得欺負你。這才有了本文開頭這句話。老闆接著要往我嘴上貼創口貼，還說帶我去打狂犬病預防針。我說你成心是吧，把嘴貼上還怎麼說話，我的魚怎麼都成狗了，你肯定沒按時按量餵牠們，大紅分明是被你氣的，才這樣報復我。說，你說，是不是？

　　從此我不敢再和大紅「接吻」了。可大紅每天還會做出要衝的架勢，躍躍欲試等著我，搞得我不好意思。有時看著它，我都想把它撈出來，教它走路，教它說話，教它寫文章。它行，它肯定行。

章　緣

作者簡介

　　出生於台灣，旅美多年，現居上海。曾獲台灣多項重要文學獎，包括聯合文學小說新人獎首獎、聯合報文學獎等，已在台灣出版七部短篇合集、兩部長篇及隨筆。在大陸出版有長篇、短篇集、精選集等。作品入選海內外文集選刊，包括台灣《聯合文學20年短篇小說選》、《爾雅年度小說選三十年精編》、《筆會》、爾雅及九歌出版的年度小說選等，大陸各大文學選刊、《英譯中國當代短篇小說精選》、世界英文短篇研討會選刊（2010, 2012, 2016, 2018）。

拉丁舞作者的自白

我跟拉丁舞已糾纏多年。

說來奇怪，我這麼一個看來古典文靜，常一襲量身定製旗袍出現在正式場合的人，怎麼跟熱情奔放的拉丁舞扯上關係？其實也不奇怪，人有多面，何況拉丁舞和旗袍都在彰顯女性美。如果說奇怪，應該是我這麼個內心強大果決獨立的人，過去在紐約當記者時，開一部大破車，留男式短髮，終日西裝長褲，為了採訪挺個大肚子跑墳場也不怕，卻常給人嬌弱的錯覺，這才是那個矛盾。不過，拉丁舞到底是怎麼回事？

首次接觸國標拉丁，是在紐約當記者，做了一個國標專題，聽了不少習舞著迷的故事。當時有同事就是箇中好手，後來報社也請了老師來教舞，作為員工福利，我拉了另一半一起學，兩人興致勃勃。記得有一回，忽聞窗外傳來拉丁舞曲，我倆於廚房裡翩翩起舞，在冰箱和爐灶之間迂迴轉身，頗有幾分浪漫。但舞蹈才學了一招半式，就懷了寶寶當上媽媽，只能不了了之。

因緣際會到了上海，這是大陸最早開始跳交誼舞的地方，也是國標舞的大本營之一，隨著經濟起飛，興建了多個堂皇的舞蹈場地，再加上愛好國標舞的人口眾多，2016年起，國標舞競賽執牛耳的黑池首次走出英國，有了上海版。這個本來為西方人擅長獨攬的體育舞蹈，有了更多中國選手和裁判。

國標舞裡有「摩登」和「拉丁」兩大項，其中包含華爾滋、狐步、探戈、快步和維也納華爾滋的「摩登」，中國選手的表現比較亮眼，而包含倫巴、桑巴、恰恰恰、牛仔和鬥牛的「拉丁」，基本功扎實但藝術表現力較弱的中國選手，比較難以突圍，尤其是中國

人的情感內斂，舞場上那些外放誇張的面部和肢體表情，總顯得有點勉強造作。

上海的拉丁舞圈，從少兒到白領再到貴太太，有的是培養興趣，有的是健身塑形，舞蹈教室不少，也有很多一對一的私教。十年前曾經人介紹到閔行一個大廠房探看，裡頭大多是練摩登的上海爺叔和阿姨，一趟又一趟走步，有的走得真好，上身挺拔，行如滑冰。這是平民百姓的國標舞夢工廠。

國標舞的技術含量很高，舉手投足都有定規，先要苦練幾年基本功，把後背、手臂、腿，還有腳踝的肌肉堅實了，把腰胯的上挑下壓八字擺動做好了，跳起來才能有點味道。身體準備好了，還要有舞感和樂感，才能作藝術上的展現。摩登要優雅有仙氣，拉丁要魅惑有熱力，一冷一熱，都是汗水造就。

幾年來我跟另一半這裡跳跳華爾滋，那裡跳跳倫巴，每回下課後腰痠背痛，第二天起不了床，還自以為入門了。直到2011年夏天，我終於遇見在舞蹈意識上具啟蒙意義的老師，不由心悅誠服後臣服，下決心好好學習。一週兩次、三次到四次，後來跟另一半一起上小課，再後來又跟許多老師習藝……一入歧路無回頭，每次被問起在上海的創作情形和文學追求，我總暗忖：都在跳舞呀！

初時以為優雅柔美的摩登舞比較適合我，後來發現我很難完全跟隨舞伴，當他的附屬品，反而拉丁舞有更多自由發揮的空間，得以彰顯個性。我偏愛拉丁舞裡的倫巴。倫巴有抒情的特質，節奏比較徐緩，重心一直在緩緩推移，氣息與動作密不可分，標準動作有許多嚴格的要求，舞者身體無一刻不在控制之中，最容易入手，卻最難畢業。

國標舞是體育舞蹈，不是一般擺手扭腰走走步就可應付，我入門時已年近半百，但因為學舞興致高，有另一半相互切磋，再加上啟蒙老師風格鮮明魅力獨具，很快便擺脫「菜鳥」一族。學舞不

過三個月，啟蒙老師舉辦生日舞展，我加入集體舞表演，十二人矩陣，被排在第一排第一位。初生之犢不畏虎，穿著亮片裙，興奮緊張地上台了。那天有不少師姊師兄獻藝，個個濃妝麗服，當老師和兩位專業舞者上台時，現場氣氛嗨到最高點，就在那一刻，我突然有了要把舞學好的決心。

三年過去，舞蹈工作室五位老師舉行師生舞展，場地換到了徐家匯一家大酒店，觀眾買票盛裝而來。我跟另一半表演雙人倫巴，以民國上海灘為背景，舞曲中國風。請了化妝師化拉丁妝，復古波浪假髮片，梳低髻簪珠花，南外灘面料市場定做白色短旗袍，另一半穿白襯衫馬甲黑長褲。造型效果有了，但是我心裡沒底。另一半工作忙碌，上課練舞的時間有限，而老師竟把她的畢業舞作教給我們，有許多困難的托舉，其中一個二十八拍的段落，節奏緊湊，由數個托舉組成，練習時我們從來沒有跟上過節奏。表演前幾個星期，睡前總是想著舞步，患得患失。會不會在台上失足跌倒呢？會不會忘了舞步呢？兩人配合會不會出紕漏呢？

大日子來了，這一回，標準的長方形舞池，四周二十多個圓桌坐滿了人，專業的燈光和攝影師。表演開始，舞台邊就位，我開始發抖。從腳底到小腿到大腿，全身都微微顫動，不可遏制，抖動是那麼明顯，相信所有人都看到了。幸好顫抖在邁出第一步後消失了，我滑向那看來無邊無際的舞池，那麼多的人，那麼多的鏡頭，我們跳著跳著，縮到了舞台的角落。我沒有表演的欲望，只想完成任務，抱著隨時會出洋相的心理準備。沒想到最擔心的二十八拍，卻奇蹟似地圓滿完成，老師的叫好聲伴隨著觀眾的掌聲，在接過兒子的獻花時，我們鬆了口氣，打從心底笑了出來。這次表演，於我有如登山，雖然勉強攻頂，但十分艱難。

隔了四年，工作室再一次舉辦師生舞展，場地選在更加高檔的外灘酒店，還請來西班牙的職業拉丁冠軍選手助陣，規模更大，票

價不菲。大家不敢掉以輕心，一週三節、四節，甚至天天上私課，見面談的都是表演。我和另一半又搭檔演出倫巴，一週只能上一次課，然而我們輕鬆自若，一點也不焦慮。

上回的表演經驗讓我們認識到，一個晚上有二十來個節目，除非是自己的老師朋友，觀眾很少會集中注意力觀看，更多時候他們在聊天用餐滑手機。一旦認識到這點，把表演定位是自娛和學習，就不會有太大的壓力。我們既不誇大演出的重要性，也不把演出的效果等同於花費的金錢。準備演出需要上私課，要訂製表演服，還要買票請親友觀看，有的舞友投下人民幣三萬元只為了台上三分鐘。好的舞服不一定要精工訂製，我在淘寶上挑了件簡單的水綠舞衣，舞動起來飄飄欲仙，肩帶自己縫上亮片條，增強它的華麗感，花費不過是訂製舞服的零頭，舞台效果一點也不遜色。

我們自己挑選、剪輯音樂，加了簡單的獨白，舞蹈本身融入自己的創意，表演起來更有主動性。表演當天，我們在座席上如常吃喝，觀看演出，快輪到我們時，再到後台暖身準備。當舞台燈照進我眼睛時，我有幾秒鐘的緊張，但聽到自己錄製的獨白響起時，立刻放鬆進入了舞蹈。

這是一次令人心滿意足的演出，不是因為舞技有多精湛，而是整個過程從開始到結束，我們都保持了平常心，也因此更能享受它的樂趣。這樣的洞見，在人生許多所謂「重要的事件和場合」時，也可以派上用場。

不論是活潑踢跳的牛仔、激情有力的鬥牛、彈跳奔放的桑巴，或是俐落歡快的恰恰恰，所展現的是高超的技術，娛樂性十足，只有倫巴，除了技術，還要有豐富的情感表達，無疑是五個拉丁舞種中，最具陳述力和表達力的一種，換句話說，是最有故事性的一種。或許這也是為什麼，我特別鍾愛倫巴。

我習用文字表達自己，學舞之後，練習用肢體表達情感，這中

間需要克服心理障礙。我輩華人女性，肢體語言含蓄節制，需要用肢體表現情感時，常流於生硬。在學習倫巴的過程裡，每當要表現情感時，我總是模仿老師的姿態，畫虎不成，毫無美感可言。幾年過去了，隨著對自己更深層的探索，對倫巴內涵更多的掌握，我逐漸能接受自己在舞蹈中表現情感，了解如何表現性感。這份性感不從搔首弄姿而來，而是發自內心。

跳舞時的肉身有如寫作時的文字，要考慮的不是「作者」的形象，而是「作品」傳達的內涵，只有調動真正的情感，舉手投足才有可能自然優美，才有可能打動人。

想要解放筆下的人物，先要解放作者自己。理性的我，被拉丁舞帶進了一個熾熱感性的世界，從身到心，無意中解放了被社會成見層層束縛的另一個我。這是一種滴水穿石的自我洞見。從此，我筆下的世界更自由更恣意，或者說，更拉丁了。

本文部分刊於2017年《世界日報》副刊〈人魚泡沫〉專欄

曾慧燕

作者簡介

　　資深媒體人,任職港台北美新聞界38年。自1980年起,先後任職香港五家大報。1989年起任職台灣聯合報系美加新聞中心,2002年轉職其屬下的紐約《世界日報》,2018年1月離職。1983年獲「香港最佳記者」、「最佳特寫作者」、「最佳一般性新聞寫作」三大獎,打破歷屆得獎紀錄;1984年當選「香港十大傑出青年」;1985年當選「世界十大傑出青年」。2006年入選「全球百位華人公共知識分子」。2017年獲美國中國戲劇工作坊「跨文化傳媒貢獻獎」。著作包括:《外流人才列傳》;《在北京的日日夜夜——中英談判我見我聞》;《一蓑煙雨》;《飛花六出》(合著);《中國大陸學潮實錄》。

我的「撿漏」趣事

　　我個人興趣比較廣泛，在新聞工作之餘，業餘愛好喜歡逛跳蚤市場、古董店和搬家拍賣（Moving Sale）等，美其名「淘寶」，藉此充實、豐富我的歷史文化知識和藝術素養，滋養著我的精神生活，讓我樂此不疲，從不知寂寞為何物。

　　我沒中獎運，但有「撿漏」運，「大漏」未遇，「小漏」偶有斬獲，甚至撿到有歷史意義和紀念價值的「寶貝」。常在友儕輩中獻寶，津津樂道「撿漏的故事」。我收藏不以牟利為目的，撿漏則是意外收穫。收藏雅好兩大主題：一是文玩，二是紫砂茶壺。特別偏好有文化底蘊、歷史意義、紀念價值、實用性強的藏品。

五元撿到大金牌

　　最得意的一次撿漏，就是十多年前，開車經過長島快速公路（Long Island Expressway）道格拉斯頓路段時遇塞車，乾脆改道而行，無意中看到一個路口樹幹上貼著「遺產拍賣」（Estate Sale）招貼，心癢癢按著箭頭指示找上門。原來屋主去世，其子女委託一家老美的Tag sale公司拍賣其所有家具衣服雜物等。

　　我進門轉上台階，迎面看到牆上掛著一個大約五乘七吋的紅木相框，內置徐悲鴻的《奔馬圖》，右上角有「吉泰呢絨」四字；右下方題跋書寫：「辛巳八月十日第二次長沙會戰，憂心如焚，或者仍有前次之結果也，企於望之。悲鴻時客檳城。」鈐印：江南。標價五美元。

　　我乍看以為相框內的奔馬是工藝品，再定睛一看，題跋下方寫

著「純足金」三字。天啊！莫非是一塊足金打造的金牌？！估計主人後人可能不識中文，而委託拍賣其遺產的老美也不識寶，居然把純足金的金牌當作普通工藝品「賤賣」。

當時我心裡怦怦直跳，啊呀！撿漏了！趕緊付五元走人。

後來我拿給行家鑑定，證實確是一塊金牌，尤其發現蘊藏其中的歷史意義和紀念價值，「吉泰呢絨」估計是東南亞一家華僑商號，1941年畫家徐悲鴻正在馬來西亞檳榔嶼辦藝展募捐，聞國難當頭，心急如焚，連夜畫出《奔馬圖》，以抒發對家國的憂急之情。

「吉泰呢絨」商號的主人可能出於對《奔馬圖》的喜愛，不惜「重金」鑄成金牌，也不排除別人打造送他。我後來意識到其後人擁有這塊金牌比我更有意義，沒了當初撿漏的喜悅，曾欲憑記憶尋找當日舉行拍賣的人家，但因當時跟隨樹上街招指引，無意路經匆匆而過，已不復記憶，欲物歸原主未能如願。

足金打造的徐悲鴻「奔馬圖」，
被當作工藝品五元賤賣。
（曾慧燕攝）

　　這面金牌也成為我對兒子進行「機會教育」的「活教材」：一旦老媽百年之後，你不要不識寶，把我的「寶貝」當垃圾扔掉，或五元賤賣，屆時把我氣得從墳墓裡跳出來跟你算帳！

　　其實任何一件藏品，都會跟隨主人因時勢、環境而流傳，變換主人即經歷一次輪迴。五美元撿到這塊金牌，已享受它帶給我的快樂，「只要曾經擁有，何必天長地久」。以後萬一我兒子也那樣「敗家」，也是一種「天道輪迴」吧！想通了，就輕鬆了。

獎牌銅盒藏玄機

　　我除了熱衷登堂入室看搬家拍賣、遺產拍賣和車庫拍賣外，有段時間還對逛古董店和跳蚤市場近乎狂熱程度，可以做到一不怕累，二不怕睏，三不怕餓，四不怕渴。那時身體還有些「革命本錢」，舉一例說明狂熱到什麼程度：我在報社通宵達旦工作，天亮後單槍匹馬開車三個多小時，到麻州一個每年舉辦三次的古董跳蚤市場，不吃不喝逛到太陽落山，檔主全都收攤了，才依依不捨又獨自開車三個多小時打道回府。

　　朋友們好奇問我，經年淘寶有什麼收穫？收穫當然大大的有，但迄今我仍未以牟利為目的，「撿漏」則極大滿足我的淘寶樂。經常一起淘寶的朋友特別佩服我「眼尖」。經歷二、三十年看地攤的淬煉，早練就一副金睛火眼，用經常一起同行的古董經紀丘安妮的話來說，燕姐善於在一堆「垃圾」中發現「寶貝」。我有眼力、魄力，可惜缺乏財力，所以至今未能「發達」，然樂在其中，非金錢可衡量！

　　淘寶經常要做功課，令人更相信「學無止境」，我常浸潤在知識的海洋中自得其樂。去年我在跳蚤市場淘到一個銅盒子，盒蓋四周都鑲嵌圖案，中間是個「獎牌」，最初我沒看出來，只覺得

特別。我試圖打開盒子，怎麼也打不開，求助攤主，他搗弄半天也不得要領，主動表示減價。其實他開價已夠便宜，我不好意思再砍價！

回家後，求助於一位心靈手巧的朋友幫忙，三兩下把盒子打開了。眼尖的他，發現獎牌上鑄了一行小字，但模糊不清，我靈機一動，先拍照再放大看，發現獎牌上書：綏遠都統第一師長蔡，原來盒蓋中央圖案是用他的獎牌鑲嵌而成。我立刻上谷歌、百度查閱資料，才發現獎牌意義非凡，這位師長蔡相信是蔡成勳（1873-1946），字虎臣，天津人。清朝及中華民國軍事人物。據其生平資料介紹：

> 蔡成勳，1900年（光緒二十六年）畢業於北洋武備學堂的。此後他歷任京畿附近駐屯軍副司令、督練處參議官、浙江第二十一鎮協統領。1914年（民國三年）升任陸軍第一師師長。1916年（民國五年）6月袁世凱死後，他投靠直系。1946年（民國三十五年）去世，享年七十四歲。

由此可見，這個盒子的獎牌是蔡成勳1914年所得，距今已有一百零五年歷史，只是不知為何流落異邦，最後鬼使神差落到我手。文物鑑定專家估價兩千至三千美元！

我覺得這個盒子對其後人更有意義，希望物歸原主，無條件贈送其後人。我曾公開發帖尋找蔡成勳後人，但不得要領；或者捐給中國大陸相關歷史博物館，也是美事一樁！

明漆金木雕文殊菩薩

我撿漏最爽的一次，是九十年代末期，以美金五百五十元（落槌價五百元，包括百分之十佣金）在長島一家老美的小拍賣行，拍

得一尊老木雕文殊菩薩坐像。當時只覺得此像法相圓滿莊嚴，端正殊妙，保存完好，我第六感覺是「老東西」，惟尚不知出自明代。

此木雕高四十三公分（不包括底座三十六公分），寬三十二公分，背部有藏經洞。而「蘇富比」剛剛拍出的銅像只有十六點五公分高。後經多位知名文物鑑定，包括知名鑑寶專家丘小君（中央電視台前「尋寶」節目陶瓷鑑定專家）和貞觀拍賣行前鑑定師葉青等，斷代為明代漆金木雕文殊菩薩。

記得當時我拍得此像去取拍品時，巧遇物主，是一位老美長者，他主動告訴我此像購自Estate Sale（老美意謂遺產拍賣），才花了二十五元，以他多年收藏中國文物的經驗，肯定不止五百元，但他扣除給拍賣行百分之十的五十元佣金，也賺了差不多二十倍，所以亦心滿意足了。

我收藏此像十多年後，直到2015年5月，由於以畫眾生相馳名的油畫家徐唯辛太太毛燕是虔誠佛教徒，為她所在的北美福智基金會籌款，我考慮到自己沒有宗教信仰，這麼一尊大佛像放在家裡，不供奉似乎不敬，幾經考慮，為了向徐唯辛勇於畫右派和文革人物表示致意，決定捐出菩薩像給有緣人。

這尊佛像在拍賣記者會展出時，曾有一位行家在現場估值八萬至十萬美元（這應該是市場價，私人成交略低），我內心暗暗竊喜，覺得真的「撿大漏」了！

撿漏又走寶

雖有撿漏運，也遇到撿漏又走寶的憾事。

大約2001年，我帶妯娌金濤去長島大頸豪宅逛搬家拍賣，看到最後一家快到下午四時關門時，東西已賣得七七八八。我一眼瞥見角落還有個景泰藍掐絲琺瑯多穆壺，拿起來一看，底款大清乾隆年

製，標價一百五十美元，居然沒人要，Tag sale公司的女老闆問我要不要？主動減至三十五元，我想屋主知道要心疼死了，Tag sale公司為了賺佣金，有時往往不管東西的實際價值就「賤賣」。我覺得不買實在太可惜，就買了。

沒想到我家老爺從北京回來後，看這多穆壺不順眼，嫌它「佔空間」，每次回來都嘮嘮叨叨，有次甚至揚言「把它扔到垃圾桶」。大約2003年初，當年的上海造反派工總司令潘國平，在曼哈頓二十六街有名的古董大樓開了一家古董店，希望我提供一些藏品給他充實貨源。我收藏只是愛好，從來沒想到「做生意」，也不知道他需要什麼？便叫他到家裡挑。

他一眼看中多穆壺，我老實告訴他是三十五元買的，他叫我一百三十五元讓他，雖然知道其價值遠不止於此，但當時覺得既然老爺不喜歡，人家彼此又是朋友，「肥水不流外人田」，就讓潘國平拿走了。

2004年3月下旬，紐約亞洲藝術週開鑼，我去紐約軍械庫採訪古董展，當我逛到丘安妮（Annie Yau Gallery）的攤位時，一眼認出我的舊藏「多穆壺」竟然在她的攤位上出現（那條繫在壺身的鐵鏈很特別），標價一萬八千美元，當時真是「眼睛都大了」！

丘安妮父親丘小君引經據典，洋洋灑灑寫了一大段此物出自宮廷的考證。我當時和丘氏父女還不大熟悉，行規不隨便打探貨物來源，但實在太納悶和好奇，便問他們是否從潘國平手中收來？他們說不是，我不好再追問。事後我和潘國平提及「多穆壺」丘氏父女標價一萬八千美元，並考證出自乾隆年間，且是宮廷之物，他一副後悔莫及的神情。他說以為此壺是民國仿乾隆的仿品，只賺了幾百元，賣給麻州一個老美古董商了。

之後我有點「幸災樂禍」，故意激老爺，我們「走寶」了！沒想到老爺早就在一本中國古董拍賣年鑑中看到，同一款類似的多

穆壺，成交金額五百萬人民幣。這下他真是「啞子吃黃蓮」，我反
安慰他「我們也賺了兩倍多」啦。令老爺頓足捶胸的還在後頭呢，
2008年中貿聖佳春拍，一對「清乾隆掐絲琺瑯多穆壺」，以九千零
七十二萬元人民幣成交，刷新中國琺瑯器拍賣的世界紀錄。

　　最近由於我想寫撿漏的故事，才向丘安妮打聽，當年我在
他們做古董秀時看到的多穆壺源自何處。安妮告說來自德國納高
（Nagel Auction）古董拍賣行，東西也順利賣掉了。看來此壺當年
也輾轉了好幾手，世界真細小，世事真奇妙！

　　這也算是我收藏經歷的一段佳話吧！

霏　飛

作者簡介

　　紐約華文作家協會會員。畢業於福建師大教育系，現居紐約長島。作品發表於北美《僑報》、《世界日報》和香港季刊《文綜》等。作品多次獲漢新文學獎，小說、散文被收錄多本文集。

「肉盲」變形記

　　我向來比較喜歡侍弄花草，尤其是室內綠色盆栽，萬年青、巴西木、星點木、虎皮蘭以及綠蘿等近十種寬葉植物，供家人觀賞之餘還可以淨化家居環境，一舉兩得。其養護簡單，平時沒費太多時間打理，一盆盆都長勢良好，先生多次表示喜歡和讚賞。

　　這一年來，另外一種植物引起了我的興趣，那就是多肉植物。

　　兩年前的一天，先生去Home Depot買工具時，給我帶了一顆多肉回來，長得跟蓮花似的，後來才知道這是屬於多肉景天科石蓮花屬中的一種，名叫「月亮仙子」。仙子的葉片略帶白粉，葉的邊緣泛紅，仙氣十足。一年之內，仙子由最初的單頭長成滿滿一大盆。

　　之後，一次機緣巧合的機會，我加了先生文學圈朋友應先生的太太的微信。在應太太的微信朋友圈中，我才真正了解到什麼是多肉植物，或妖嬈或嫵媚或可愛，品種之多令人目不暇接。之後在應太太的介紹下，我陸續買了不少新品種，不到三個月，我的多肉大軍發展到了接近四十種。

　　每天清晨我起床後的第一件事，就是和陽光下的多肉進行無聲的交流，感受葉片和色彩的每一個細微的變化，我沉醉其中，開心滿格。

　　多肉大都忌澇耐乾旱，需要大量的光照，才會讓葉片飽滿色彩斑斕，陽光是促進多肉變色的魔法師，葉片的邊緣甚至整株都不同程度染上色彩，異常美麗誘人。如果多水且缺少光照，多肉逐漸色彩褪去，且徒長至形態怪異。春秋時節，多肉基本露養，但每逢陰雨連綿，我通常得把它們搬進室內，放置在二樓光照最好的南飄窗，等放晴了再搬出去。我的多肉大都是單頭，尺寸不大，約莫拳

左　作者所養的多肉植物。（阮克強攝）
右　各種色彩斑斕的多肉植物賞心悅目。（阮克強攝）

頭大小。我一般是用一個托盤，裝十幾盆多肉，來回幾次就可以輕
輕鬆鬆搬完。北美寒冬，攝氏處於零下是家常便飯，飄窗更成了多
肉室內過冬的最佳去處。飄窗不大，中間有　玻璃隔層，上下兩層
空間有限，幾乎擺滿多肉。

　　前幾年我的膝蓋出現過問題，一度無法彎曲，更遑論爬樓梯
了，經過治療後恢復得很好，可先生對此依然擔憂，非常反對我搬
肉。他認為養這些東西是要愉悅我們身心，而不是來加重辛勞的。
每次我搬肉上二樓，先生看到就非要搶過手去，嘴上還不停嘮叨養
多肉麻煩。「你養個多肉要這麼辛苦啊？這樣端著一大盤多肉幾個
來回上上下下的，摔了可怎麼辦？幹嘛不等我回來搬？你以為你還
是小年輕啊？」「偶爾才搬一下，哪裡會辛苦了？」他堅持說還是
喜歡我之前養室內綠植，種下去之後就無需挪動，偶爾澆水，簡單
又輕鬆。先生平日總是操心過度，我常笑稱他有著一顆「老母親」
的心。

　　我嘗試說服他：「多肉可比那些綠植好看多了。」「不怎麼
樣！怎麼看怎麼像假的？」我知道先生還在為我搬肉的事不開心，
暗笑他是「肉盲」外，不置可否。

　　元旦前夕，應先生和太太邀請我們去做客，對於應太太的多肉，我正想著何時能一睹為快呢，故欣然前往。

　　應太太一樓窗戶旁的兩層鋁架和一張長方桌上滿滿當當放置著一百多盆多肉。品種各異，植株飽滿，或泛紅或泛黃，或小株翠嫩，或老樁萌新葉。透過窗台的陽光，給這些多肉增添了迷人的色彩。缺少陽光的地下室多肉大軍也不遑多讓，在專用補光燈的照射下，爭奇鬥艷。第一次親眼觀賞到這麼大規模精美的多肉，我很興奮，和應太太雞啄不斷。我先生估計也被品種繁多色彩斑斕的多肉給吸引住了，笑意滿滿。

　　臨走，熱情的應太太還贈送了我幾棵多肉和一堆供培植的葉片。回程的路上，我不斷端詳著，滿心歡喜，愛不釋手。先生笑著說：「瞧你剛才兩眼放光的樣子，真這麼喜歡嗎？」「如假包換。」「喜歡咱就多買一些。」「多肉過冬成問題，咱家飄窗不大，再多可放不下。」「不夠地方，那就另闢疆土嘛！」「不了，我只喜歡二樓飄窗，方便觀賞，放滿了就可以了。」先生提議在後院陽台邊上建個陽光房供多肉過冬，被我以破壞陽台的整體美觀給否決了。

　　第二天一早，我像往常一樣打開房門欲欣賞窗台上的多肉，迷糊中看到先生在窗台前晃來晃去正搗鼓著什麼。「咦，你在做什麼，是要拆我的台嗎？」我打趣道。先生轉過身來，我才看清他手上拿著一根軟尺。「我看你這兩層飄窗幾乎擺滿了，要不，我給你在中間加一層，這樣你不就可以養多些你的『心頭肉』嗎？」我故作誇張地用手背碰了碰他的前額，「呀，太陽打西邊出來了，你不是不喜歡我養多肉嗎？」

　　他樂了：「那有什麼辦法，架不住我家老婆這麼喜歡，我也只好喜歡了。我只有一個條件，以後有搬肉，必須喊我。」「不像假的了？」「還好，還是有一點假，那是因為太美了，美得像玩具花。哈哈！」

　　冬日清晨，陽光灑滿窗台。欣賞我的多肉們爭相收集陽光中的每一抹金黃，那種感覺就像品嚐了一杯加拿大冰酒一樣美妙。熱愛攝影的先生的單反快門聲開始在飄窗邊響起，有時還會冒出一聲小讚歎：「冰玉蠻好看的！」可喜可賀，我家「肉盲」終於摘帽了。

原載於《世界日報》2019年4月25日

彭國全

作者簡介

　　1984年秋來美，前荒廢之筆耕，重新起步，寫詩至今。著有詩集《夢晶石》；詩作入國內年度選本、海外華文詩選本、海內外華文詩選本。曾獲國際華文詩人筆會第八屆和第十屆的邀請書，因病未能參加。（前一次為眼手術所誤，後一次已買好赴會機票，在出發前生病又眈誤。）得過中國「華夏杯」全國新詩獎等。

釣

　　晚餐了，一家人圍坐上來，桌子上最顯眼的是煎得香噴噴，一大盤同一個品種的藍魚，冰箱還儲存不少呢！這是三兒早上釣回來的。他堆滿笑容暢談釣魚的樂事。原來他半夜就起床到不遠的布碌崙南岸海邊，去尋找夜深深、風侵侵的氛圍中另一情趣——釣。可是除了浪一個接一個來碰碰魚線，假獻殷勤之外，就別無聲息，浮標不傳魚訊。弦月斷，星斗沈，冷寂間，東方將白，意興闌珊，不如歸去吧。正在收拾釣具之際，在彷如「一髮千鈞」的一髮之線上，恰恰碰著可遇不可求的機緣，釣到了一尾藍魚。它豈止「願者上鈎」，而且是連累同伴屢屢上鈎的始作俑者，為眾魚的倒霉開了頭，對於藍魚族群它負罪可說重千鈞。三兒連連得手，魚隨線起，不見落空。他喜上眉梢，雙眉笑彎了，儘管彎成鈎吧，不過怎也釣不出年輕人自己眼角遠還未有的魚尾紋來的。

　　在他不斷釣上魚忙得不亦樂乎的時候，被人看見了，附近幾個同道以及較遠的那些垂釣者都趕忙圍攏上來，見縫插針，在他兩旁並肩並列，視這地盤為風水寶地。三兒仍然忙著一拋鈎，一提竿，一收線，一解魚，一入篔這樣的循環操作。有的人乾著急，遠不如他這般得手。在旁一俄國佬，魚竿下冷清得「門可羅雀」，忽生網可羅魚的邪念，想展開網口，鯨吞所有魚竿下的游魚。他慶幸自己帶來漁網，立即取出，企圖撒網下海。但遭到眾人制止，不讓胡來，免得破壞大家的釣興，由他一人獨享。

　　為什麼有的人搶到了所謂好位置，卻搶不到好運氣，不能手到拿來連續釣上魚？所有的魚餌都是死的小魚，或是塑膠製品類，但如何把魚餌弄成活的假象呢？

　　三兒的手法是把魚鈎遠遠拋出去，又隨即拖回來，手巧就巧在這一拖動使魚餌活像游動的小魚，便引誘大的魚兒覓食追蹤過來，在魚多的情況下尤其見效。此時此刻，在波濤洶湧的水下有一個不尋常的覓食競爭，追著魚餌的不止一條魚，還有第二條，第三條……甚至是一群魚在搶食，海底湧現的或許是一個魚群。當第一條魚最先搶吃到魚餌被鈎起，半身露出，魚尾還在水中的幾分之一秒間，其他的魚傻了眼而產生了錯覺，以為這魚尾是食物，也許是餓得發慌了，來不及猶豫，那盲目競爭者就搶著猛力一口咬過去，狠狠咬住這魚尾。超乎現實卻又千真萬確，一竿垂線下的鈎子釣起活生生的兩條魚懸在水面。太陽在無垠的天穹，不以天眼睥睨，不以法眼傲視，而是以最銳利的第一眼，喜形帶色投射出燦爛的光斑在兩條魚身上，耀人眾目，嘉獎這一罕見的奇蹟。兩條魚在一條線上釣到陸地，在人人眼前活靈活現，可又在腦海中如夢如幻。

　　沸騰了，眾多釣者靠在海岸一字排開垂釣的場面本夠壯觀，這時他們紛紛走過來，以親身目睹平生未見的奇事而驚嘆，大加讚賞和慶賀，也把鴉雀無聲的清冷一下子翻成潮水般的歡呼熱鬧，在絢麗的晨曦下共享垂釣中一種特別的快樂。

　　垂釣，不僅僅是一種閒適、寧靜、近似忘塵的意境。世事繁雜，還有多少寄情託意在其中？「千山鳥飛絕，萬徑人蹤滅，孤舟蓑笠翁，獨釣寒江雪。」在大雪茫茫，萬象如隱的苦寒空寂中，那江上孤舟是為了獲魚而釣嗎？不，是憤世嫉俗的唐朝詩人柳宗元借鳥飛絕，人跡滅的特殊環境，以垂釣向天地申訴他無以言說的孤憤。

　　回想六十年代，我曾被一幅外國漫畫逗樂發笑，想不到許多年後又從心裡冒出來，孩子們聽了我的講述尤為興奮。那漫畫勾勒出一個胖人挺著大肚子，腰身向後傾，雙手用力揚起的魚竿上釣著兩條魚，在上的魚咬著鈎子，在下的魚吞入上魚的尾巴。他大喜過

望，樂得呵呵大笑，笑到見牙不見眼，瞇合的眼縫與臉上堆起的笑紋如水波那樣，一波一波把快樂的心蕩漾開了，這神態極度誇張，離象得神，維妙維肖。那幽默溢出畫外，使人忍俊不禁。

　　以一竿釣起兩條魚的漫畫是一種想像吧！世上怎會有這樣的奇聞異事？更令我萬萬想不到的，那漫畫與三兒的奇遇竟然巧合，一虛一實，互相映輝。有時生活中生發的美往往與藝術創造的美同樣精彩、神奇，並因親身經歷而深深銘記心內。一千四百年前隋人射向天上的一箭貫穿雙雕，今人投向海上的一線釣起雙魚，免不了有所聯想。但成語「一箭雙雕」就不能口快快的以諧音說成「一線雙釣」了。

石文珊

作者簡介

　　台大外文系畢業，多倫多大學戲劇博士。任教於紐約市立大學皇后學院和聖若望大學，擔任現代中國文學課程。曾為《世界日報》報導寫作教育題材，近年來並擔任新澤西《漢新雜誌》文學獎評審。

畫中日月長

　　「眼睛的用色不是黑白分明，仔細看一下眼瞼邊緣光線最亮會有一溜白邊，眼內角深處有那麼一抹紅點；眼球最忌全用黑色──太死氣；可以用深棕或墨藍組合，呈現球體的形狀，反光點千萬要留白……」

　　J老師一邊講解，一邊示範，多隻水彩筆蘸上調好的色澤，握在左手上，蓄勢待發。今天臨摹的是一個邊疆民族小孩的頭像，他稚氣純真的臉迎著藍色晴空，大眼睛充滿了光潤和靈動。老師叮囑，如果落筆太慢，水份乾涸，或筆觸太重、水漬漫漶，就可能把人物眼中那絲活氣扼殺了。好，輪到你們畫了！一時間教室裡鴉雀無聲，一群大齡學員都專注於面前那一小方畫紙，空氣中有一絲拘謹，一絲興奮，像小學生初次練字。「老師，這樣可以嗎？」從顏料水鉢子間不時傳來小聲害羞的詢問。「老師，眼睛畫壞了，可以幫他戴上墨鏡嗎？」驟然引爆一室歡笑，連窗外的鵝毛雪也翩翩起舞了。

　　那個冬天我待業在家，不知如何打發蕭瑟長日，偶爾在報上看到一則小新聞：台灣畫家J將在文化中心開水彩畫班，歡迎新手報名參加。鼓勇加入後，竟開啟了學習的味蕾。J老師善於引領入門，從最基礎的平塗、乾筆、濕筆，到暈染、柔邊、疊色、撒鹽、吹墨都嘗試了；題材也從花卉、風景、人物、靜物，各擅勝場。到了期末，還開了迷你畫展，大家的作品都裱起來掛到牆上，小派對上人手一隻塑膠香檳杯裝蘋果汁，像在畫廊裡互相品評欣賞！可惜教完這期，J老師離開了。

　　接下來呢？我的興趣已經受到啟發，家裡的顏料畫紙彩筆也一應俱全，只許進不許退了。所幸網路無遠弗屆，有著豐盈充足的資

源。首先找到了Pinterest網站,很快成了我的寶礦。它匯集了大量的設計、藝術、時尚素材,而且是一個免費的資源共享社群,會員可以瀏覽他人的「收藏」,從中汲取所愛,存入自己帳戶,共生共榮。不久後,我就儲存了大量的圖像,包括靜物、風景、人像、設計等幾個大類。閒時閱覽欣賞,隨時又探索補充,擴大收藏,富裕得像是擁有一個網上的私人美術館!

同時,YouTube也成了我的大教室,裡面匯集了不可勝數的繪畫視頻。這些登入示範的YouTuber們來自全球各地,提供了品類繁多的繪畫課題,不但引領外行人入門進階(如我),也和內行人分享私房的「大師課」。許多視頻不過十來分鐘長,吸引我一集又一集看下去,不忍釋手;看完描繪晨曦樹林,再看寫意黃昏海灘、街頭雨景、人物動態、靜物擺盤……直到有一天,一位水彩畫家在影片裡鄭重提醒:「我無法替你練習,你得自己動手才能學會!」這才幡然醒悟,快快搬出畫具動工!

先學畫蔬果,後來專攻花草,再擴及風景,最後才嘗試人物。畢竟我的技法仍太粗淺,耐力也有限,畫不來大張,便將畫紙裁切成卡片大小,興致來就塗抹一張。一個暑假下來,累積了幾十張小幅,多是系列:一組形狀各異的水果,一組色彩繽紛的蔬菜,一組全是早春花卉。漸漸感到形式的召喚,又創作出一組全是俯瞰角度的杯碗瓢盆,一組全是圖鑑式的植物花草,一組日本版畫風的家居靜物。另有一組屬於魔幻寫實主義,將親人的畫像結合奇幻的風景:外甥女手中幻化出群蝶亂舞、兒子在巨大鮭魚跳躍的河流中佇立、妹妹穿的披風上有鹿匹躍過月下的草原……

年尾過節之前,我將一張張畫片貼在美術原料店買來的空白卡上,寄給各地的親友。這些手繪的卡片上每一筆、每一色都遙遙地傳達著我從遠方送暖的心意。

張鴻運

作者簡介

　　來自台北，曾任播音員，中文教員，目前在紐約公共圖書館工作。

網球札記

好久不打網球了，今天是本年度第一次上場雙打。原本擔心體力不夠的問題，還好兩局下來，我的體力還能應付。

雙打四個人中，三個人都比我年輕很多，網球技術跟體力都比我好。發球對業餘球員來說，不論打了多少年球，一直不是件簡單的事。沒想到我今天一上場，可能因為手指抓拍的地方有誤，第一個發球就發出了打到對方小三角的ACE球得分。通常比賽開始時極度順利的話，往往是輸球的前兆，這是我的經驗。果不其然，今天的兩局都以六比三見負，甚是對不起我的場上夥伴。

受了乒乓球的影響，我的網球動作與以前比起來也有點兒走形了。通常網球正手以拉底線長球為主，著重速度，力量與落點。也許是手臂的力量退步了，我現在少拉底線長球，卻常用正手切球。切球往往用於反手，正手切球在網球訓練中是絕對不容許的事。同伴常笑我，你這是打乒乓嗎？正手切球雖然行動怪異不正規，但也有一定用處。今天對方發球很好，常常發Kick，落地後突然急跳，通常職業球手第一次發球沒進後，第二次多用這種Kick發球。Kick對業餘選手來說並不容易發，也不容易接。我用切球的方式，將對方的Kick發球切成拋物線，高調落在對方後半場近底線的地方。今天有不少球如此得分，可見我接發球的技巧，受到乒乓的幫助，有些進步。打切球還有一好處，因為球旋轉快而飛行的速度也有所不同，對方殺高球時往往會落網失分。但切球不能落地，落地後再打，便完全失去了旋轉的威力。這不像乒乓旋轉與速度是得分的要件。順便一提，同樣的切球，在網球叫作Slice，在乒乓球稱作Chop。

　　這兩年，我多半以打乒乓為主，少打網球。打乒乓比打網球方便多了。但我必須承認公園裡打網球是一種身心上的享受：藍天綠樹，斜陽夕照，晚風輕拂，偶爾還帶點植物的香氣。六月第二個星期左右，不知是什麼樹種開花，發散出淡淡的香味，隨風飄來，沁人肺腑。這比室內打乒乓，臭汗淋漓，偶爾還夾雜些屁味兒強太多了。

　　人生不同時段從事不同的活動，激情的二十，開創的三十，奮鬥的四十，守成的五十，休閒的六十等等。從我打球的經驗中也能體會人生階段的意義。我酷愛球類運動，年輕的時候，打籃球，踢足球，打排球。來美後學打網球，到如今也已經有三十多年的球齡了。最近幾次打網球，漸感吃力，有些力不從心的感覺，打完網球晚上常常累得睡不著覺。從網球場上退休的時刻到了，我將無可奈何地黯然走下場去。諸種球類，在我的生命中隨風飛逝，看來如今只能打打乒乓了，奈何！

　　但不知乒乓之後，我還能打、或是人家還願意跟我打什麼球。

樂食樂飲

輯四

顧月華

作者簡介

　　上海戲劇學院舞台美術系學士、紐約華文女作家協會會長，主要作品：散文集《半張信箋》、《走出前世》；傳記文學《上戲情緣》。作品入選多部文學叢書，如《采玉華章》、《芳草萋萋》、《世界美如斯》、《雙城記》、《食緣》、《花旗夢》、《紐約客聞話》、《紐約風情》、《絲路之旅》、《情與美的絃音》等，文章入選主要報刊如：《人民日報》海外版、《世界日報》、《文綜雜誌》、《花城》、《黃河文學》、《美文》等。紐約《僑報》專欄作者。其詩歌、散文、小說多次榮獲國際國內大獎。

茶事記趣

　　生活中有時會不經意的出現一些美好的事情，點點滴滴，形成生活的靜好，令人難忘。

　　最近去了一趟浙江，與七位文友先去了杭城，原以為趕場聽完兩場論壇便要輾轉紹興，卻不料次日上午被安排了自由活動，於是我們散著步到了西湖邊。

　　雖已深秋，西湖長堤美色依舊，兩岸楊柳飄拂，我們在一起時走時坐，一直走到平湖秋月景點，大家都有點累了，忽然見水邊有一茶館，室外有不少雅座，我們便高興地坐了下來。

　　待茶妹子來招呼時，方知一杯龍井茶最便宜也要四十八元。

　　叫了七杯龍井茶，茶葉放入玻璃杯，茶妹子拎來一隻熱水瓶，替我們沖好茶便退下了。

　　正在嘀咕這杯茶有點貴時，茶妹子又端來六道小點心和小吃，都是杭州的名點，有葵花籽、蜜金桔、雲片糕、綠茶餅、龍酥糖、芝麻糖，我們沒想到還有這麼多點心送，無不喜出望外，茶妹子說一杯茶收你們一個人四十八元，不要給你們罵死啊？大家笑著說這也很公道。

　　我說其實這杯茶也是值得四十八元，我們坐在西湖邊上，看著風景，喝著龍井水沖的茶，你們看這茶葉有兩個或三個芽，這叫黃金芽，茶樹上尖尖的茶葉芽子。大家看著茶葉在氤氳中沈浮，對龍井茶好奇起來。

　　茶葉好壞與採摘時間有關，春天將至雨水未下，茶葉萌芽時採用最新鮮最稚嫩的，那是雨前茶。但是茶葉的產地又與水質有關，所以西湖龍井邊緣的綠茶為最佳，龍井茶名聞中外，根據產地分

獅、龍、雲、虎,即獅峰、龍井、雲棲、虎跑四地,而我們正是坐在龍井邊上喝龍井茶。

新移民作家們在杭州西湖的茶室喝西湖龍井茶。自左至右:申美英、葉周、黃宗之、陳屹、劉瑛、顧月華、闕維杭。(顧月華提供)

　　於是這半天的西湖之遊,在陽光下的我們,竟然有著微醺的愜意與樂趣了。

　　茶亦如酒,但更加雅俗共賞,喝茶也有不同的苦樂,但醉的是心情。人生在世,離不開茶,茶在人們的生活中,有它的地位,有它的故事。

　　茶也有它的獨特品性,它生長的地方,土壤、水源、日照、氣候都成就出不同品質的茶,也跟培養人一樣。

　　喝茶可以很講究節氣,春夏秋冬四序用不同茶具,喝不同的茶,賞不同的花,看不同的風景。工細慢活,這是高雅的喝茶之道。

　　民間市井場所,百姓聚散之地,自古以來,茶館貫串在歷史長河中,經久不衰,按地域之異,區分出風格的不同。

　　茶館,在我國不同的地域有不同的稱謂,例如:兩廣多稱茶樓,京津多稱茶亭,此外還有茶館店、茶坊、茶社、茶室等稱謂。茶館在我國歷史悠久,不僅是愛茶者的樂園,也是人們休閒、消

遣、餐飲和交際的場所。

我祖籍是江蘇人氏，江蘇人說茶館必多加一字，稱為「茶館店」，茶館店是很大眾化的所在，長江南岸的蘇州、無錫、常熟、常州、鎮江、南京等地的茶館統稱「江南茶館」。

江南的茶館有很多共性，比如他們都是在市井場所，消費價格不高，而且成為當地的信息集散和娛樂地。但走進不同的城市，有不同的味道。

蘇州茶館除了喝茶、品嘗點心外，還可以欣賞「大書」和「小書」。大書相當於北方的說書，小書是指蘇州評彈。我便在記憶深處有一個角落在撥動著琵琶和三弦。

江南的茶館店充滿活力，以前在茶館店裡除了有唱評彈的說書先生，有江湖藝人賣唱的，有做糖人賣錢的，有在茶館店裡做買賣交易的，也有在茶館店裡下棋比賽的。這種地方甚至也賣零食小吃，就是小型的集市商場。

最有趣的應該是以前的無錫茶館店，無錫民風淳樸，但好爭辯，他們喜歡拌嘴鬥架，生活中常常鬧些小矛盾，又無傷大雅，不能夠告到法院去，於是他們久而久之，把茶館店當法庭，形成了一個不是明文規定的、但是約定俗成的規矩。

鬧彆扭的雙方約在一家茶館店裡擺開龍門陣，定下了桌子，雙方對面而坐，並請來德高望重者，端坐中間。開壺沖泡後，大家邊喝茶邊講事，或陳述、或辯論、或指控、或道歉，茶過數巡，言盡為止，最後由調教人判決。這種喝茶名為「吃講茶」，由茶館店伙計先安排座位，一張桌子兩把茶壺，未開講時兩把茶壺把手相對，壺嘴相反，如同反目。如果和解了，便有人把兩把茶壺的壺嘴相對，似乎相親相愛，皆大歡喜。綜觀全國茶館，喝茶會友、說話聊天，各有千秋，各有其趣，但是無錫茶館的「吃講茶」是最有趣的茶館店風光。

在上海不是沒有喝過茶，卻並沒有難忘的回憶，但是早年在杭州虎跑泉水下喝了茶，那是去探望去養病洗肺的堂兄，我們就坐在他半山上的屋前石凳上，杭州小伙子去打了泉水為我們沏茶；在無錫梅園和黿頭渚喝了茶，那是陪母親回家鄉，在夕陽下用手絹墊著捧起熱茶焐手，欣賞著滿園的梅花；在北京頤和園喝了茶，那是在離開中國前對首都告別前，暢遊了長廊後又累又熱地大口地喝茶。

記憶中最有趣的一次喝茶，是在菲律賓的格林蘭島上。

那是2018年10月，我與一眾文友去菲律賓，文心社舉辦的移民文學與菲律賓華文文學論壇活動，會議開幕式在馬尼拉進行，然後我們去了蘇比克灣的一個私人島嶼，上了島，便戀上了它。我們入住的地方是以前美軍海軍基地，屬於私人領地，島上風景非常漂亮，我們分別入住當年美軍軍官的住房，格林蘭島面朝大海春暖花開，下午就開始研討會的第一場活動。

次日上午有水上活動，水上摩托艇和香蕉船，早餐後，我看到窗外人們都去了前方一個陽光茶座，有一位文友從安溪茶場過來，正在沏茶，我也走了過去。茶座已坐滿了朋友，有人說她在沏最好的茶給我們喝，我接過喝了一杯，說難道是牛欄坑？我拿起她的茶葉罐，金色的小罐上果然是牛欄坑肉桂，也就是武夷山大紅袍，我在家裡喝過正岩肉桂，帶茶葉來的朋友見我識貨有點意外，大伙兒分外的高興了，這才眾目睽睽的看她沏茶分茶，大家搶著喝得不亦樂乎。

九點四十五分水上遊開始了，人們散開去，紛紛走向沙灘。帶頭的有盧新華、王威、白舒榮、艾尤、施瑋等人，我和楊振昆夫婦、老木夫婦、還有施雨等人，我們決定不失（濕）身，繼續喝茶聊天。

我們正喝著茶，楊振昆老師說他雲南世界華文文學館的事，他致力於藏書館與展覽廳曠日持久，頗有心有餘而力不足之憾。我

們聽他說著書事，望著大海，看著摩托艇來來回回的從我們前面飛馳而過，不停地幫他們拍照，忽然之間，發現遠遠望去不見船的紅色，和一排救生衣的黃色，入眼只見船肚皮的白色，大家急喊不好，果然翻了船，救援人員即刻飛駛疾至，不久便化險為夷，當然每個人都被救了起來。

幾分鐘的落水、脫險過程，由於每個人狀況不同，口述的故事也各不相同，最後大家弄清楚了誰是救過幾個人的，誰是自顧逃命求生的，誰是在求生中出洋相的。這些故事爭議了很久，也沒有一個定論。

一沈，一浮，就像是茶葉的命運，非經沸水沖泡，未能見茶葉的沈浮，恰如人生沒有經過磨礪，又如何能悟出生命的真諦。

下午，在島上開完第二場菲華文學國際研討會，散會後有去釣魚的，有來我屋外陽台喝茶的，我帶了鐵觀音和黃金葉兩種茶葉，先是白舒榮和謝香來找我玩，後來在群裡一吆喝，來了很多女友，把陽台坐滿了。茶杯不夠，又把隔壁薛海翔家的杯子都拿來了。

德國來的女作家穆紫荊出了本小說，原來書名是《活在納粹之後》，現在改名《戰後》，結果由幾個權威白舒榮、王紅旗、艾尤等邊喝茶邊討論，替幾個女作家的小說定了書名，穆紫荊的小說決定改回原來的名字《活在納粹之後》。肯定了施緯的《世家美眷》題目不能改。

我能猜到請我們喝的茶葉是牛欄坑肉桂，拜賜十月裡跟雅虎博客的朋友們聚，有一個朋友是杭州人，她帶來了好多種茶，其中就有牛欄坑肉桂，網上有人說一生中能喝一次牛欄坑肉桂岩茶就心滿意足了，想不到一個月裡有兩次機會喝到牛欄坑好茶。

這多少次喝茶，都留在了腦海中，所以不光是品嘗茶葉，更因為那歷史中的故事，歲月隨著茶葉在香氣氤氳中沈浮，靜靜地流淌而去，是更加美好的回憶。

南　希

作者簡介

　　原名王燕寧，北京人，旅美華人。北美中文作家協會理事。紐約華文女作家協會理事。原《北京日報》記者，現居美國，從事服裝設計。上世紀八十年代起發表文學作品，作品散見於海內外報刊、雜誌，多次榮獲文學獎項。主要作品有長篇小說《娥眉月》、《足尖旋轉》。《娥眉月》曾榮獲新語絲文學獎二等獎，散文《天禽如人》榮獲美國漢新文學金獎，短篇小說《多汁的眼睛》榮獲美國漢新文學獎金獎。多篇文學作品入選各種精選本、選集等。

紐約早餐

　　早餐吃什麼？這是每個人早晨都會遇到的問題。吃早餐各人有各人的習慣：有的人在床上吃，傭人用托盤托著，盤子裡要插朵鮮花，放上當天的報紙。早餐要有雞蛋，只是不要蛋黃；早餐要有香腸，只是光吃火雞的；還要有麵包，但是要吃粗糧的；還要有牛奶和橘汁，但是橘汁要傭人早上現榨的。上班族沒這麼講究，做妻子會在丈夫的公文包裡放一隻橘子，「橘汁」就有了。我有一位同事，形容早餐時刻如同打仗。她要料理一家大小的早餐，和要帶的午餐，抽空往嘴裡填幾口，味同嚼蠟，吃的是什麼都不知道。

　　另一些人如我，喜歡在上班路上解決早餐。不論是在北京街頭排隊買油條，還是在紐約街頭排隊買貝果（Bagel），我發現很多早餐相似的地方：各國人都習慣吃麵食裡夾點什麼做餡兒，在手上拿著，一邊咬一邊做事。一口之中內容豐富，含義繁雜，越硬越好。原來人不光是專揀軟的捏，還專揀硬的啃。早上的貝果店裡總是人進人出，人們買了貝果三明治，熱騰騰地用蠟紙包了放進書包，到辦公室，一邊開電腦一邊吃早餐。讀完工作郵件，早餐也吃完了。

　　我們北京人愛吃的牛肉燒餅，到了上海就叫牛肉包餅，芝麻燒餅一刀切兩半，中間夾了醬牛肉，一咬滿口流香。北京還有一種煎餅，原來是山東人拿來包大蔥抹黃醬吃的，也有人說是天津特產，被北京人拿來，中間夾了油條，變成了北京特色的早餐煎餅果子。我愛吃中間只夾雞蛋的煎餅，加上辣油大蔥，那叫一個香！油條到了台灣，油條外面再裹一層大米飯粒，上鍋蒸，取下晾涼，切成段，沾著辣椒醬油小蔥，也很好吃。

　　油條鬆脆，與豆漿是很好的搭配。我喜歡在熱豆漿裡蘸一下再吃，那種又脆又酥又軟的感覺，現在想一下都滿口生津。來到美國後，不容易喝到鮮豆漿，我就用咖啡代替，貝果奶酪就咖啡，權當是煎餅油條加豆漿了。

　　出國後，食物與飲食習慣也慢慢在演變。有人不習慣改變口味，有人卻總喜歡嘗試新的食物。我想起我曾替老外鄰居代養過的一隻大黃狗。牠就是勇於嘗試新鮮食物的代表。有一天牠看著我在廚房切一塊豆腐，我切得很藝術，切成若干小塊之後，還保持著完整的樣子。大黃狗帶著欣賞的目光，很紳士地在廚房蹓躂了一圈。等我轉過身，支鍋點火倒油，爆香蔥薑，再扭頭一看，豆腐不翼而飛！案板上乾乾淨淨。大黃狗很安靜地望著我，那表情似乎是：「別這麼看我，我什麼也沒幹。」我四下看看，又轉了幾圈，那動作就像狗在看自己的尾巴。怪了！除了牠和我，沒別人（狗）啊？我關了灶火，很認真地朝牠的嘴巴裡瞧瞧，牠也很乖地回看我，嘴巴並沒有砸巴砸巴地動。估計這是一隻智商很高的狗，從來沒嚐過豆腐的好味道。不過因為牠太富有嘗試精神，也吃了苦頭。一次，牠用嘴頂開櫃門，偷吃了裡面的什麼東西，到半夜趴在地上，口吐白沫，「狗」延殘喘。我帶牠看了醫生，才知道牠吞了一塊香皂。當鄰居度假後來領牠回家時，牠十分委屈，騰一下站起身來足有一人多高，舉起雙爪抱住主人手臂，嗚咽不止，頭也不回地逃回了家。

　　我剛到美國不久，通過一位猶太人認識了貝果。這是一位單身母親帶著兩個女兒，每次上街她都要買三十六個貝果，其中的二十四個貝果要存在凍箱，因為上大學的女兒週末回家，都要拿走兩打貝果。我看著這種又大又硬，中間有個眼兒，像甜麵圈似的東西，不知如何下嘴。後來知道要把它切開，抹上黃油，烤一下，就酥軟香脆了。再抹上厚厚的一層奶酪，配以一杯熱咖啡，慢慢細啜，令

人捨不得下嚥。我每次上街，必買貝果，不為解餓，是為解饞。由於太愛吃了，在幾個月內體重迅速上升。

離我公司不遠的地方，有一家號稱「美國東岸第一貝果」的小吃店。它只有小小的門面，臨街是舊式的玻璃門窗，左右兩個小門像民居的住戶那樣窄小，然顧客盈門。敦實的蜜色原木鑲嵌著一方方厚玻璃，門楣上畫著一籃子滾圓的貝果，顏色花哨，鄉氣而溫馨。舖內清潔簡單，是典型的歐洲風情。天花板上懸掛著歐洲中世紀宮廷式樣的蠟台吊燈，靠窗邊有幾隻帶有白底綠波紋的大理石小圓桌和墨綠雕花坐椅，非常懷舊。特別是從窄門走進來，迎面放一張供人歇腳的鐵製墨綠雕花長椅，令人彷彿橫穿時空，來到夢中的維也納。

店主說，她的父親移居美國前是維也納有名的烘焙師。貝果麵包最早的發源地是在維也納，十九世紀木，貝果隨著數以萬計的猶太移民漂洋過海落戶紐約，又從這裡走向整個北美大陸，如今它已從猶太族裔的傳統食物演變成美國人的早餐寵兒。貝果材料種類甚多，諸如芝麻、洋蔥、還有肉桂加葡萄乾這種口味（我的最愛）；還有多穀物的、黑麥葡萄的、什錦的等十多種口味。貝果外表金黃酥脆，內裡緊實有嚼勁兒，塗上幼滑可口的抹醬，夾著一層層新鮮鮭魚片和色澤爽麗的蔬菜橄欖洋蔥，咬上一口，鬆脆多汁，香濃韌滑。

這裡除了早餐貝果賣得好，午餐更紅火，除了貝果，還有各種三明治。說到三明治，它也不是美國食物，據說它的產地是北歐。在丹麥叫黃油麵包，但不同的是，在切得薄薄的麵包上——有黑麵包和白麵包兩種——塗上厚厚的一層黃油（現在被重視健康的美國人捨棄了這一層），然後加上各種各樣的菜，如奶酪、火腿、西紅柿、檸檬等拌在一起，由於份量相當大，把下面的麵包全蓋住了。這家餐館的三明治，林林總總名目繁多，菜譜貼滿一面牆。

每次我吃著貝果,就覺得它像北京的燒餅。甚至那種芝麻貝果的味道都一樣,不過製法不同,貝果是煮出來的,放在一隻大鍋裡滾煮,用一隻大鏟在那裡攪動,然後撈起涼卻,再放進烤箱裡烘烤。

食物是懷鄉的第一件事,但是食物又是最能與時俱進的。我曾說紐約沒有一樣自己的食物,像貝果,原先是猶太人的食物,今天是美國食物了,像三明治和披薩,都是從外邊來的,又深深地在這裡扎了根。

紐約是個大熔爐,人也好,食物也好,都在融匯貫通。

趙汝鐸

作者簡介

　　筆名冬雪,詩人、作家、畫家、文學院士。曾出版詩集、小說及教育論文等七部著作,作品散見報刊雜誌並多次獲獎。2018年3月榮獲「世界華人文學、藝術精英獎」和「文化交流傑出貢獻獎」。同年10月獲中馬文學藝術研究院《南洋詩經台》頒發的「中國國際文藝家終身成就獎」。2019年詩作入選世界作協《世界漢語文學大觀》、詩集《等你》榮獲海外華文著述獎佳作獎。

生活中的詩情、墨韻、茶香

　　生活中我是一個喜歡小資情調的唯美主義者，總想把生活搞得有聲有色，哪怕是微小細節的觸摸，也要有一種情調。說句老實話，人只能在現實的日子裡活著，可人活著又總要去尋求一點自己的想法活著，尤其不會忘掉曾經的某種浪漫感覺，總想每一天的日子活得有滋有味。平日裡我喜歡舞文弄墨，在我的生活中到處都蘊含著詩的意境和畫的色彩，到處都飄逸著墨的芳香。而這一切不是在高等學府講台上闡述的那種學術內涵，也不是拍賣行叫賣的銅臭作品，它就在我真實的生活裡。只要去撲捉，去發現，去打撈，就像蓮池裡的魚兒，遊蕩在嬌豔粉色的蓮花中，讓人遐思聯翩，回味無窮。

　　今年六月，我乘高鐵由上海去杭州見未婚妻。一路上我無心顧及窗外飛速閃過的景致，只想早點與她重逢。我的未婚妻是一位清秀美麗且有教養有愛心的江南才女。起居於書香門第，溫柔的性格中帶著一種執著。她寫得一手好字，在國內外也小有名氣。這次還約我同去北京參加「中國關愛下一代愛心行」活動。列車緩緩駛進杭州東站，我下了車快步向出站口走去。接站口人來人往，熙熙攘攘。眾多的人群中，我一眼就看到她焦急等待的面孔。她身著青花旗袍，肩上披著白色嵌花絲綢圍巾，看上去還是那麼端莊大方。她見我走出站口，上前拉住我的手說：「路上辛苦吧。」我說：「還好。」我提著旅行箱跟著她走出車站大廳。她把我帶到距她家不遠的賓館住下，此時的夕陽早已落在了天邊。我感到有些疲倦，就在賓館餐廳簡單地吃了一口。晚飯後，她看我有些睏倦，對我說：「我回去，你先上樓休息一下，明天我帶你去看西湖。」我

說：「好的。」我把她送到賓館門口，望著她的車子漸漸離去，轉身回到大廳乘坐電梯。回到房間，我換上睡衣，痛痛快快地泡了個熱水澡。洗浴完畢，感覺去掉了一身的疲勞，躺在床上，望著窗外寂靜的夜空，閉上眼睛陷入沉思。杭州這座城市在我心中既熟悉又陌生。記得小時候就聽老人們講「上有天堂，下有蘇杭。」從那時起，心裡就想著有朝一日一定要到蘇杭去親自感受一下「人間天堂」的美景。如今，我真的踏上這座城市的土地，實現了自己已久的夢想，一種說不出的感受，隨著寧靜的夜色走進夢鄉……

　　第二天早晨，我正在衛生間洗漱。忽然一陣「叮鈴，叮鈴」的門鈴聲，我想一定是她到了。急忙擦了一把臉，走出洗漱間打開房門一眼見到她。她笑著問我：「早！昨晚睡得怎麼樣？」我有些不好意思地說：「還好。」接著我說：「先等我一下，屋裡太亂了。」我將自己的物品簡單整理一下，她上前幫我收拾，很快就整理完了。我拉開窗簾看到外面的天氣要下雨的樣子，她告訴我這裡天氣就是這樣，現在是梅雨季節變化大。「今天天氣還能去嗎？」我問。「沒問題。我們去望湖樓喝茶。」她肯定地說。我倆一同乘電梯來到一樓大廳，走到停車場。她拿出鑰匙開車門，我在副駕駛的位置坐下，習慣地將安全帶繫好。她熟練地將車發動起來，我想著就要親眼看到西湖了，心裡有一種按捺不住的喜悅。轎車沿通往西湖方向的公路駛去。

　　一路上，她繪聲繪色地向我介紹杭州秀麗的景色和風土人情，我聽得入了神。這裡空氣濕潤清新，綠樹成蔭。高速公路的護欄台上擺放著鮮花，汽車彷彿行駛在花的世界。轉眼間，天空下起濛濛小雨。車子很快駛進北山路。杭州停車也非常困難，人們生活富裕，購買私家車的人越來越多，不像我當年離開的時候。說來還真幸運，在西湖邊不遠處停車場找到一個車位。車停好後，我們來到西湖邊最有名的茶樓「望湖樓」，當地很多人喜歡到這兒聊天品

茶。據說當年乾隆下江南都會在此賞景品茶，還留下許多情緣佳話。望湖樓是一座木質結構的兩層古香古色樓閣，整個庭閣為紫紅色大漆，茶廳的連扇門上刻著精美細緻的花紋。地面木板由於歷時悠久出現一些裂痕，被客人踩踏後會發出「嘎嘎」的響聲。我倆沿樓梯上到二樓，在靠玉蘭樹旁的桌前坐下，服務員過來為我們點了瓜子和一壺龍井茶。龍井茶是杭州的特產，喝起來清香爽口，還有消暑解熱的功能，當地人非常喜愛喝茶，已形成杭州城一道獨特的茶文化風景。

坐在望湖樓，一邊品著沁心潤肺的龍井茶，一邊看著眼前細雨中的垂柳，望著遠處雨霧繚繞的群山，煙雨濛濛的湖面，一隻小船從彎曲的斷橋洞中穿過，這是多麼美的一幅《雨霧西湖》圖啊！望著大自然秀麗的景色，頓時詩興大發，馬上打開手機備忘錄，寫下「西湖雨落沏龍井／斷橋風起衝雲禰／望湖樓台觀簾景／堤岸垂柳點漣漪……」的詩句，也許，這就是一個詩人特有的性格和情懷吧。寫完後就滿懷激情地讀給她聽，她聽後讚不絕口地說：「不愧是個詩人，寫得真好！我要用書法寫出來。」我被她這麼一說倒有些不好意思，連忙說：「慚愧，慚愧。」我端起茶杯深情地望著她，她也端起茶杯望著我，一種情感，一份懂得全部浸泡在這濃濃的茶裡……。

第三天上午，她把我接到家中。她家住在一個環境優美綠樹成蔭的小區，一片二十幾層的高樓在藍天中矗立。我們乘坐電梯到達三層，她拿出鑰匙打開房門，她先走進客廳，我隨後進去。廳內那組仿古紅木家具和牆上懸掛的書畫一下映入我的眼簾。客廳牆角兩把太師椅穩穩地坐在那裡。立櫃腳下十幾盆的蘭花長得枝葉茂盛。書櫃上擺放著各式獎杯和獎狀，整個客廳散發著書香氣息。窗外一陣微風吹過，柳枝隨風搖擺。樹上的麻雀在靠近窗台的枝葉上歪著頭，彷彿在窺視我驛動的心。我倆坐下相互聊了一些生活和藝術方

面的事。之後，她起身站在畫案前，鋪好一張宣紙，拿起硯台裡的墨條開始磨墨。只見墨條在她手中有節奏地旋轉，不時發出「沙沙」的響聲。墨漸漸地黑了，那「沙沙」的聲音卻依然迴盪在我的耳邊，它彷彿給我講述一個書法人的心酸故事。也許是愛屋及烏的緣故，我安靜地站在那裡注視著，深深品味硯池中濃濃的墨香。看著她手中的筆鋒在宣紙上不停地運行，好似在茫茫原野上，踏出一行堅實的腳印。那筆墨蒼勁有力，每一筆點、橫、撇、捺都體現著東西兩漢書法的簡約和童真，真是讓我大開眼界。轉眼間一幅「小草不妨懷遠志／芳蘭誰為發幽妍」的對聯完成了。望著桌上墨跡未乾的字體，一種感嘆油然而生。這不正是「傲骨蘭香盡幽遠」的寫照嗎？讓我不禁想起王羲之《蘭亭序》所述，「悟言一室之內，或因寄所託……」是啊！我眼前這些發黃的宣紙突然顯得那麼滄桑，它彷彿就像一位久經風霜的老者，拖著沉重的腳步，正沿著「仰韶文化」這遠古遺落的痕跡，慢慢地，慢慢地向我走來……

　　寫完字她把筆放在硯台上，我趕緊沏上一杯淡茶，放在旁邊的桌子上說：「寫得太棒了，快喝口水吧！」她微笑著看了看我，瞬間，我感到一股愛的暖流湧上心頭，我聞到整個客廳散發出濃濃的墨香，這個溫馨的時刻，讓我感到在享受藝術，享受生活，享受她筆墨間給我留下的那份溫情。我突然產生躍躍欲試的衝動。她看出我的心思，將毛筆遞給我，用鼓勵的語氣說：「寫吧，你一定行。」我站在桌前雙手合十，靜默了心緒，鼓起勇氣，蘸上重重的焦墨，寫下「情緣」二字。我多想在這兩個字中找回世間失去的真情。忽然心中有一種莫名其妙的懼怕，握筆的手在不停地顫抖，我不知曾經落筆的那一瞬間，是否能承受六千多年來文人墨客的豪情？是否能感受從高山流水的懷柔墨跡，到抑揚頓挫的泰山筆鋒中，蘊含多少古今書法家艱辛歷程？那字裡行間的墨跡，又流露出多少文人志士不眠的惆悵？

　　思一番情懷，悟一味禪茶，更加深感「千古幽貞是此花，不求聞達只煙霞。採樵或恐通來路，更取高山一片遮」（鄭板橋《高山幽蘭》）的內涵，也方知書法家筆如其人，有著桀驁不馴的性格，如同草原天路上的駿馬，奔騰、豪放。那激情而粗糙的宣紙，在柔軟而溫潤的筆墨間，一會如行雲流水，一會如巨龍騰飛，一會如戀人輕聲細語，一會如黃河之水洶湧澎湃。我終於明白這麼多年來，她筆尖滴淌的墨汁，不正是中華文化傳承的足跡？不正是靈魂深處滾動的瓊漿嗎？

　　時間一分一秒地過去了，我依然沈浸在茶香與墨香瀰漫的客廳。這種馨香醉了筆，醉了紙，醉了墨，也醉了我對書法的眷戀之情，那詩情墨韻和淡淡的茶香，為我生活中添加了獨有的味道。

　　　　　　　　　　　　　　　　　2019年12月3日寫於紐約宅

湯　蔚

作者簡介

　　上海師範大學本科，紐約皇后學院碩士，現任職於紐約長島教育機構。所屬團體：紐約華文作家協會會員；北美作家協會會員；紐約華文女作家協會會員。創作簡歷：2010年開始華語寫作，作品發表於海內外報刊雜誌，十四次獲獎，其中七個獎項來自全球徵文大賽。作品刊發：《長三角文學》，《青島文學》，《漢新月刊》，《香港文綜》，《國際日報》，《世界周刊》，《新州周報》，《世界小說》，《世界日報》副刊，和《僑報文學時代》。

年夜飯和金蛋餃

　　小時候，初雪飄過，我開始盼望過年。過年可以穿新衣，放鞭炮，串門吃糖果，拜年拿壓歲錢。

　　我盼望過年的時候，媽媽忙著囤年貨，準備年夜飯。年夜飯是年末最重要的晚餐，是全家人的團圓餐。奶奶說，年夜飯的菜餚是有講究的，既要考慮美味，又要顧及食物的寓意。比如，年夜飯裡要有一條頭尾齊全的魚，魚諧音餘，象徵年年有餘。爪和抓同音，年夜飯的菜餚裡有燉雞爪或燜豬爪，寓意新年裡能多「抓」錢。湯圓和年糕是美味點心，有吉祥寓意，湯圓代表團圓，年糕吃了年年高。

　　鳳凰是傳說中的百鳥之王，《山海經》中記載：「有鳥焉，其狀如雞，五采而文，名曰鳳凰。」公雞羽毛錦繡，有鬥敵之勇，報曉之信，可比擬鳳凰。雞是吉的諧音，年夜飯中備有雞是吉祥好運的開始。

　　古往今來，中國百姓為過年吃餃子也註上寓意。第一個寓意是餃子像元寶，餃子進肚好比元寶進門。第二個寓意是餃和絞諧音，吃餃子是把去年的種種不順絞碎，迎接新生活。第三個寓意是不論窮富，大家過年都吃餃子，妳吃肉餡，我吃素餡，無論什麼餡，包起來都是餃子，餃子面前人人平等。

　　我家鄰居是北方人，每年大年三十送我們一盤自製的餃子。有一回，我在餃子餡裡吃到一顆糖，覺得很稀奇。原來鄰居奶奶為了增添過年吃餃子的趣味，把一顆糖，一粒花生和一枚小硬幣混在餃子餡裡。奶奶說，餃子裡吃到糖的人新年日子甜美，吃到花生的人健康長生，吃到硬幣的人財運滾滾來。我吃到糖，吃完餃子將糖含

在嘴裡，嘴裡和心裡都是甜蜜蜜的。

南方人不會擀麵包餃子，我們過年煎蛋餃。蛋餃不是名貴菜，食材只用了雞蛋和豬肉，做起來頗費功夫。媽媽把夾心肉剁成肉糜，肥肉七成，瘦肉三成，加料酒和鮮醬油，拌出肉餡好滋味。蛋餃的外形像金元寶，金燦燦的蛋皮裹著汁濃鮮美的肉餡，咬一口，齒頰留香。

我十五歲那年，媽媽教我做蛋餃。小年夜吃過晚飯，我坐在小火爐旁，將一柄銅鐵長勺擱在火苗上，拿一塊豬板油在勺底擦出油星，放入一湯匙雞蛋液，輕輕搖晃成圓形。在蛋皮即將凝固時，往蛋皮裡加一筷子肉餡，折成半圓形的蛋餃。

做完幾十個蛋餃，大半夜過去了，貪玩的我心裡樂滋滋的，因為大年夜就有蛋餃吃了，馬上又要長一歲了。

大年夜那天媽媽大清早起床，忙裡忙外，把囤積的年貨做成一道道佳餚。晚上全家人圍坐一桌大快朵頤，門外爆竹聲此起彼伏，我們小孩坐不住了，都想出門湊熱鬧。這時候，爸爸端上一個大砂鍋，掀開鍋蓋，屋裡頓時響起歡呼聲：「醃篤鮮。醃篤鮮來了。」大家紛紛歸座，開始吃「醃篤鮮」。

「醃篤鮮」是江浙地區的特色菜餚，三十年代在上海以「冬筍醃鮮湯」揚名。「醃篤鮮」的「醃」是指醃製過的鮮肉火腿，「鮮」是指新鮮嫩冬筍，「篤」在我們方言中是慢燉的意思。媽媽用慢火將火腿、蹄膀、土雞篤成濃湯，加冬筍和鵪鶉蛋，最後用蛋餃封頂。

「醃篤鮮」通常作為壓軸菜上桌，湯白汁濃，肉鮮蛋香，筍脆清口。蛋餃更是舌尖上的美味，是暖湯上飄著的金色希望。

某年小年夜，媽媽沒有讓我做蛋餃。那時候市場經濟低迷，居民買雞蛋魚肉需要票券，票券是按家庭人口派發的。當時舅舅患重病，吞嚥困難，只能吃容易下嚥的雞蛋羹等，媽媽把買雞蛋的票券

全部送給了舅舅。

　　大年三十晚上，家裡來了一個陌生中年男人。客人自報姓陳，是我們老家的鄰居，他家住七號，我家住十五號。雖說不是緊鄰，他母親和我祖母經常一起曬太陽，做針線，聊家常。有一次，陳叔叔的母親問我祖母借了五元錢，彼時窘迫，久久沒能償還。

　　後來我家搬走了。陳阿婆沒有忘記欠下的錢，經常念叨，卻因記不清我家的新地址找不到我們。陳阿婆臨終前放不下此事，囑咐兒子務必把錢還給我奶奶。

　　陳叔叔遵從母親的遺願，到處打聽我家住址，鄰居的鄰居，同事的同事，朋友的朋友，無一遺漏。陳叔叔輾轉找了好幾年，終於在那年的大年三十來到我家。

　　爸爸從沒聽奶奶提起過這件事，猛然看見陳叔叔，感覺面熟卻想不起是誰。陳叔叔說明詳情，鄭重其事地奉還了五元錢，又留下一隻大蛋糕。

　　當媽媽打開蛋糕盒時，我們全家人都驚愣了，蛋糕盒裡層層疊疊裝滿了蛋餃。金燦燦的蛋餃帶著熱氣，散發著香氣，映得滿堂熠熠生輝。

　　我問爸爸，陳叔叔怎麼知道我家年夜飯裡缺蛋餃？爸爸說，心誠則靈。木心先生有一首詩：從前的人，大家誠誠懇懇，說一句，是一句。

　　光陰荏苒，遊子漂泊，如今我僑居異國他鄉，年味淡了，舌尖上的年味揮之不散。那彌久留香的味道，是中國厚重文化的沈澱，是善美人情的積累。年味得以一代代傳承，靠的是民族儀式感在內中支撐。

　　每個農曆新年，我和很多僑居海外的朋友一樣，重視年夜飯的儀式感。我們和親朋好友聚在一起，各家帶一道拿手菜，同吃中國菜，共度除夕夜，歡聲笑語中洋溢著暖暖的美食香氣。

　　讓我們遺憾的是，這裡沒有小爐子，沒有銅鐵勺，年夜飯的菜餚裡沒有蛋餃，年味之香少了一縷金色的閃亮。

　　某年除夕夜，我們去朋友家聚會吃年夜飯。大餐桌上擺滿各式各樣的美味佳餚，廚房的爐竈上燉著熱氣騰騰的砂鍋。我們大快朵頤，不亦悅乎。當朋友把砂鍋端到餐桌上，掀開鍋蓋，屋內響起了一陣歡聲笑語：「醃篤鮮！」

　　原來朋友的母親從國內來探望兒孫，特地帶來一把銅鐵勺。老人家花了大半天時間，在煤氣爐竈上用細幼的火苗煎了一大盤金燦燦的蛋餃。

　　在眾人的讚嘆和感謝聲中，我想起那年陳叔叔送到我家的那一盒蛋餃，每個蛋餃裡包裹著美味，飽含著濃濃人情。人與人之間的情誼猶如夏天的清泉，冬日的陽光。中國年味彌久留香，是美好生活和溫暖人情的融匯。

原載於《世界日報》家園版2020年1月24日

黎庭月

作者簡介

　　香港出生成長，從事編輯工作多年，後移民美國，曾當記者、任教大學，現從事翻譯工作。

三「好」

　　以前流行交筆友，有一欄要填「愛好」，那時候常見的「愛好」，來來去去就是閱讀、運動、聽歌，還有看電影。旅行、養狗養貓這些較奢侈的是很少見到的。那時候的我填了「閱讀」，再加一項「籃球」，看起來動靜皆宜，希望會博得海外筆友的垂青。

　　當年的愛好，現在到底還保留了多少？老實說，不單全都保留下來，而且有增無減，年過半百，還多了三個愛好呢。

下廚

　　八寶鴨跟八寶飯一樣，都是上海菜。過年時，上海人會吃八寶飯，但未必會吃八寶鴨。不過，看過八寶鴨的做法，就知道這不是家常便飯。

　　其實「八寶」是指什麼呢？參考了中外幾種不同的做法：美國食譜書寫的「八寶鴨」其中有白果，做法有點不同，所以我沒有用；沈嘉祿《上海老味道》說老飯店的八寶鴨除了用糯米飯外，還有雞丁·火腿丁、鴨胗丁、冬笋丁、香菇丁、杏仁、栗子和干貝（乾瑤柱）等，做法是先炸後蒸，這個跟我採用的上海另一名店綠波廊的做法有點相似，他們的「八寶」有：雞丁、火腿丁、鴨胗丁、冬笋丁、香菇丁、蓮子、乾瑤柱和糯米飯。也是炸了再蒸，令鴨肉酥爛。

　　上海菜做法精細，這八寶鴨簡直是這句話的註釋。做八寶鴨的準備工夫很多。不管依的是哪一本食譜，八寶鴨是要先拆骨，取出鴨殼，然後才塞進「八寶」的。不拆骨的話，縱使可塞進材料，但

卻不能做到上桌時破腔露餡的工序。

電影《美味關係》（Julie & Julia）中，茱莉最後弄的一道菜是要拆鴨骨的，她連煮龍蝦也會嚇到哇哇叫，唯有鼓起勇氣，終於完成拆骨的壯舉。

我聽到要拆骨，心裡也猶豫了一陣，因為我從來未試過拆骨的，何況是整隻鴨。不過，凡事都有第一趟，不試也怎知道自己行不行呢。幸好拆骨的是鴨，不是雞。鴨的脂肪較多，皮厚，對新手來說，拆鴨骨比拆雞骨容易。

「工欲善其事，必先利其器」，這句話應該是所有入廚的人的座右銘。要拆鴨骨，刀一定要很鋒利。我不知道上海菜館的師父用什麼刀去拆骨，如果用菜刀的話，難度就很高了。

先請外子幫我磨利拆骨的兩把刀：一把是又長又幼的拆骨刀，一把是細小的普通尖刀。拆完一輪骨後，我覺得自己上了一節禽鳥解剖課。

買回來的鴨是有鴨頭的，有些人喜歡連鴨頭一起上碟，我覺得不太美觀，所以，拆骨前先將鴨頭和鴨掌切掉。將鴨胸朝上，在近頸部分切開，用手指感覺一下許願骨（wish bone）的位置。許願骨是禽鳥胸口一塊呈Y狀的骨頭，要用拆骨刀將許願骨與肩骨連接位切斷。取出許願骨後，就可以去翼骨了。

去翼骨時，可用細小的尖刀。記住，刀尖一定要向著骨，不要向著皮。稍用力隨著刀尖將皮向後拉，起骨時會更容易。腋位的皮很薄，去翼骨時要小心，我就是將兩邊的腋位刺穿了。拆完翼骨，其實已及格了，脾骨更容易拆。拆鴨腔骨可用拆骨刀或尖刀，一邊拆，一邊將鴨皮往外反，像反穿衣服一樣。去到兩邊脾骨時，要用拆骨刀將接位切斷，跟著就拆脾骨。拆到這裡，已差不多拆完了。

總共花了一個小時，將整副鴨骨拆出來。

第二個工序是糯米飯。我用一個方法煮糯米飯：隔水蒸，泰國

人也用這方法煮糯米飯的。我用一塊起司布（cheese cloth）鋪在蒸架上，然後將泡水八小時後的糯米均勻地鋪在起司布上。用中火同樣蒸了三十分鐘。蒸出來的糯米飯軟硬適中，有光澤，跟我想像的差不多。所以我最後選用了這方法蒸出來的糯米飯。

拆完鴨骨後，鴨身像一件沒摺好的肥鴨衣。跟著用薑、蔥、醬油和紹酒醃鴨身四小時以上，然後放平底鍋中煎一回。

弄好糯米飯後，拌入其他材料，再加一些醬油、紹酒和糖調味，然後再將八寶的材料塞入鴨腔內，盡量填滿每個空間。我一時用力，將鴨肚部分扯開了，塞完材料，就用牙籤將破口縫好。

蒸的步驟很簡單，由於鴨身太大，放不進蒸架，唯有改用鐵鍋蒸鴨。蒸時，為了避免有太多「倒汗水」，就用錫箔紙覆蓋整個碟身，然後按計時器，用中火蒸四個小時。最後，用蝦仁和雜菜加蒸鴨水勾芡，就可上桌了。

結果那一晚，小朋友吃了兩口，說：「媽，我要吃燒鴨。」

這世上最難侍候的客人，恐怕就是你的子女了。

編織

事至今日，女兒一直認為自己是我愛上編織的幕後功臣。

她上幼稚園那一年，開始要坐校車了，同車的還有幾個住在附近的孩子。其中一個小女孩，冬天時圍了一條母親織的綠色圍巾，女兒看到後很羨慕，上車時回頭要我也織一條。我大力點頭說：「沒問題。」其實完全不懂編織的我，心裡一點底也沒有。

但是，答應了孩子的事一定要做，只好硬著頭皮，先找到一家毛線店，買了兩球質量很好的美麗奴（merino）羊毛和一對樺木棒針，然後再到書店買了一個棒織年曆，就是一年三百六十五天，每天一個織圖，教你織一樣玩意。我選好了一條魚骨紋圍巾，坐在座

地燈旁，拿著棒針依樣葫蘆。這樣子織啊織，居然給我織出了一條有模有樣的圍巾來。

可是，接著才發現女兒原來對羊毛過敏，登時如一盆冷水澆在頭上，只好謝絕所有毛織衣物，那條魚骨紋圍巾至今仍孤單地擱在抽屜裡。

雖然如此，但火頭一旦燃起了，哪有這麼容易就被潑熄。不能織給她，我就織給自己和朋友吧。從那時開始，我就買了許多編織書和雜誌，天天織兩三個小時，給女兒織玩偶，給自己和朋友織襪子、毛衣、帽子、手套、圍巾、圍脖、蕾絲披肩；麻花、提花，什麼圖案，什麼針法，也學一下、試一下。

現在網絡發達，很容易就找到世界各地的同好。愛編織，自然也可以找到不少織民，大家相約出來，選個咖啡館，圍著桌子，邊聊天邊編織。因為這樣，才發現編織並不是老太婆的專利，不論編織雜誌、毛線店，都可以看到不少年輕人的身影。

大家可能又以為編織世界裡只有女人，將女人與編織放在一起，好像很天經地義，男耕女織，自古而然。

其實，男人也可以編織，而且也可以織得很好的。有一次我在毛線店就碰到一名相貌堂堂的男士在織一件小朋友毛衣，顏色配搭非常漂亮。他還請教店員，店員也是男的，應該如何配色。

英國著名的毛線商蘿蘭（Rowan），旗下的編織設計師中，就有一位是男的，名字叫凱菲・法塞特（Kaffe Fassett），今年八十一歲了，對色彩運用有獨特觸覺，是第一位在博物館舉行個展的織品藝術家。

凡做一件事，都要立一個志向。我不求織到天上有地下無，只求能解構針法。不知道要學多久編織才會有這能耐，可能窮一生也做不到。這個想法來自蘇珊娜・李維斯（Susanna E. Lewis）的一本書*Knitting Lace: A Workshop with Patterns and Projects*（《蕾絲編織：圖案

與作品工作室》），內容是她如何一針一針地將布魯克林博物館收藏的一些古董蕾絲織物還原成織圖，讓讀者跟著圖，也可以織出百多年前流行的織物。

大志可否達到其實並不重要，步向大志的這條路也可以很好玩的。

競走

五年前，行動自如的我，從沒想過一旦下半身癱瘓，日子會怎麼過。五年前，因為意外，要做腰椎手術，所有劇烈運動都要放棄了，那時候像廢人一樣，連穿內褲、襪子也有困難。

康復後，醫生跟我說，要做些運動，腰部肌肉才不會萎縮。聽完，茫茫然毫無頭緒，也不知該做些什麼才好。

誤打誤撞下，我加入了一個本地的健康步行團。初時以為是公園導賞團，心想，認識一下公園也好。去了才知道是有正式教練的競走團，團員多是退休的銀髮族。既來之，則安之，姑且跟著大家走一走吧。一走，就被大家的速度嚇一大跳，還以為是眼花了，他們明明是用走的，怎麼追得我氣喘如牛，一下子已被拋離兩百米了？

不忿，再加點好奇心，我決定留下來，跟著大家每個週末一起練。開始時，由不斷被批評擺手不夠高，膝蓋彎了，腳跟沒有落地，到後來步姿漸漸改善，速度也自然地快起來了。

膽子大了，我就開始參加比賽，人家用跑，我就用走。由五公里、十公里，到半程馬拉松，最後到首次參加的馬拉松，由史坦頓島，跨越六道大橋，走到中央公園的終點線，四十二多公里的路程，用了不到六小時，回頭一看，天剛黑了，實在很難相信，我終於走過來了。

　　支持我走下去的，其實是一件很簡單，也很偶然的事。就在打算報名馬拉松前，我參加了一個十公里比賽，當天很悶熱，離終點還有二百米，感覺快不行了，掙扎著要不要棄賽。忽然，右邊草坪傳來一陣吶喊聲：「快到了！終點就在前面！你行的！加油！」

　　抬頭一看，一個兩條腿裝了義肢的陌生男人朝著我喊加油，他已跑完了，胸口掛著閃爍的獎牌。一剎那，不知哪來的力量，腿馬上可以動了，我大力吸一口氣，拚命朝終點走去。

　　那位男跑手的樣子，我早已忘了，但那兩條義肢，那幾句吶喊聲，我一直都記著。

江　漢

作者簡介

　　曾任台灣心理輔導中心「張老師」專業心理諮商輔導師。來美獲電腦資訊碩士，任職於紐約華爾街金融機構三十年。曾為美國《世界日報》週刊〈心橋〉專欄主筆，北美東森電視「SPEED DATING」節目主持人。現為台灣「草根基金會」駐紐約特派員，負責「紐約風情」專欄主筆。主持大紐約僑聲廣播公司「天涯共此時」——深度人物專訪節目近二十年。美東華人地區大型綜藝、慈善、賑災募款會知名主持人。「優質生活坊」共創人兼活動策劃人，主持大紐約地區系列心靈成長講座八年。

廚房中的流動

　　我大概最常被問到的問題，就是：「你怎麼那麼會做菜？是什麼時候發生興趣做菜的？」其實我的做菜史開始得很早……

　　從小不管搬過幾次家，印象最深刻的地方就是家中的廚房，在那個物質普遍貧乏的歲月，無論是臨時搭棚蓋出來的地方，或是用竹條編織糊上泥巴當牆板隔出的一小塊煮飯的角落，都始終是家中最溫暖的所在。後來等搬到日本式獨門獨院的房子，家中才有正式的廚房，這一住竟也超過了四十多年了。爸爸媽媽都很會做菜，他們一個是廣東人，一個是四川人，所以我們從小也就在這兩大菜系中吃盡美食。雖然那時他們也沒能力買過什麼珍貴食材，但經過他們的手做出來的菜就是美味可口、富有特色。而我從小愛玩歸愛玩，但他們做菜的時候我就不出去野了，老是跟在他們身旁當個小廝，樂於被指揮來指揮去。我的母親性情豪爽，善於交友，並特別大方，不是經常請人來家中吃飯，就是做好了一堆菜，然後包一台三輪車，由我當她的跟班，挨家挨戶的給教會裡的弟兄姊妹或是朋友送去。那時羞於見人的小男生坐在三輪車上，一站一站的看著母親是如何的「以美食會友」且分送愛心。尤其難忘的是，當她坐回車上時的那抹嘴角滿足的笑靨總是久久不退。

　　母親在我十四歲那年過世，之後那些年我們家中的廚房不再那麼熱鬧，父親白天在兩所大學日間部教書，晚上還在夜間部兼課，以負擔三個正在讀大學的兄姊，但每天晚上還是會為讀高中的我準備晚餐和隔天的便當。雖然放學後打球、關在房中聽音樂是每天必做的事，但父親在晚間做飯時我仍是習慣在廚房待著，只是我們彼此靜默相對的時間居多。而真正影響我決定開始做菜，卻是有天晚

上當爸爸趕著替我做完晚餐，還得去夜間部上課發生的事。以前媽媽還在時就常做的一道便當菜，就是用肉丁、馬鈴薯丁、紅蘿蔔丁炒毛豆俗稱「錦繡大地」的菜；這個便當菜既下飯，顏色也好看。那天爸爸時間太趕，當他炒好菜要端上桌時，廚房的地因為太濕，他一個不留神滑了一大跤，整個盛滿菜的盤子隨手拋向天花板，霎時間紅的、白的、綠的、棕色的碎粒像是天女散花一般從高空洩落灑了一地，爸爸顧不得是否疼痛，立刻爬起來撿拾散落一地的破盤碎丁。那一幕景像是我一生無法忘記的，很可能也是我第一次懂得怎麼心疼父母的開始。當然那時的我還停留在沒有母親自憐的階段，很難體會一個中年喪偶又得裡外兼顧的男子心境。我雖趕忙來幫忙撿拾，眼睛卻不敢正視狼狽的父親，嘴裡小聲的跟爸說：「你先去上課啦！我來清，一會兒我出去吃碗麵就好了。」爸爸走後我蜷縮在廚房一角，狠狠的哭出幾年來對母親的思念，同時告訴自己以後要分擔爸爸廚房裡的工作。自此我就開始了做菜生涯，所以「錦繡大地菜」是我做菜的萌起，但背後的故事是一無法磨滅的影像……

　　後來北上讀大學幾乎很快的就嶄露頭角，甚至有一段日子住在教會會所裡幫一群高中學生準備便當。記得大二時到女朋友家才第二次，就跟她媽媽得意的說：「張媽媽，下次讓我來煮給妳吃！」沒想到這「下次」的定義，竟是我的大半輩子。做留學生那些年，就別提有多少異鄉學子，在我們家遍嚐各種家常小吃。就業後把岳父母接來同住，二十五年來除非他們想自己表現表現，不然他們是完全不需要操心廚房的事了。經常有朋友來吃飯讚嘆之餘，不免「將心比心」一番，小聲告訴我：「你爸爸一定很心疼，養你這麼大結果你都在幫別人煮飯。」。我心想我十四歲失恃，十九歲認得岳父母，他們從未把我當成「別人」，我也還真的從未在煮飯的事上怨懟過！但還是禁不住抓起電話打給老爸試探一番：「爸！人家

都說你會心疼，你兒子做飯做了一輩子，結果都沒孝順到你耶！」老爸回答說：「噯呀！你媽沒吃過你的菜，你岳母吃不是一樣嗎？親家公跟我像兄弟一樣，他吃！不就是我吃嘛？你對他們好，你看我有多蒙福，九十幾歲身體還這麼棒！」聽不到他有半點的冠冕堂皇和不捨，當然接著還是說：「你也別太講究吃，將就一點就好了，記得炒菜時戴口罩免得吸入太多油煙啊。」關懷之心倒是未曾稍減。我三不五時的打電話問他：「牛肉要怎麼炒才嫩啊？」；「魚在蒸籠裡幾分鐘恰恰好啊？」；「怎麼塞肉在豆腐裡才能做出不破的釀豆腐啊？」；「腐皮捲要怎麼捲才漂亮啊？」。他都是先罵一聲：「看看你有多笨哦！教了你多少次了，還記不得？」以我現今的功力，開班授徒都綽綽有餘，哪還需要問人？無非就是想喚起老師傅的得意之感，也是在他開始有時空錯亂之際，替他尋回記憶。

這些年父親年邁，我一年回去台灣好幾趟探望他老人家。日本式的公家眷舍廚房，大概早就不怎麼開伙了。我常在那斑剝窄小的廚房停留片刻，試著想像當年父母親在做菜時，我是怎麼能夠擠進這狹窄的空間？還能穿梭在那時看起來比天還巨大的父母中間？也真不敢想像這方塊之地，竟成了日後我心底永難磨滅的景像。因此雖說現在的台灣外食多麼方便，我每次回去都堅持親自下廚做給老爸吃。老式廚房雖不復使用，我就把老人家接到姊姊家中，在新式廚房中，請老爸坐在餐桌一角面對廚房，看著我在水槽爐頭兩邊穿梭。老人家每次都勸說：「唉呀！小子啊（他對我的暱稱），別這麼麻煩啦，就到外面吃吃多方便啊！」但卻阻止不了我的堅持，每當端上一桌菜餚，老人家在禱告謝恩中總免不了哽咽，或是想起家中那些早逝未能同桌共食的親人，或是那份廚房中的特有氣氛也感染了他？看著他滿意而且胃口極佳的吃著，我總是不厭其煩促狹他，要他比較比較到底是老子做的好吃？還是兒子做的好吃？他倒是毫不吝惜的說：「的確是兒子做的好！」，但都會接著說：「做

父母的哪個不希望子女比自己強啊……我們那個時候啊……」聰明
如我，趕緊將話題岔開，要不然我們那早已倒背如流的從抗戰到民
國百年的「餐桌寶訓」又要開講了……

　　我的女兒大學畢業做事都兩年了仍住在家中，有一天我在煮
飯她在旁告訴我說：「爹地！你知道我為什麼還住在家裡？因為我
還滿喜歡晚餐前廚房裡那種Flow，感覺很好！」我心頭不禁一震，
我無法解釋何為這流動？但很清楚現在我每天待在這偌大的專業廚
房和我小時候跟爸媽擠在窄小廚房裡的味道很像。在為家人準備
晚餐時，空氣中好像能自成一股暖流的韻轉，似女兒形容的「流
動」，難不成女兒聞到了相同的氣味？或是也和我一樣貪戀著父母
的身影？不過這丫頭在廚房裡還真的是有點慧根，照著食譜或是我
口述做的食物也八九不離十。正沈浸在戀愛中的她，遲早會嫁為人
婦，有天卻一本正經的告訴我：「爹地！我從你身上學了一件事
哦！」滿以為她會稱讚老爸的「美德」，正準備尾椎微翹，她接著
說：「但是我比你聰明，我雖然會做菜，但我絕對不會讓對方知道
我很會做！免得將來會變成我一輩子的負擔，我才不會像你這麼傻
呢！」我摟摟她跟她說：「乖！乖！我當然希望妳一輩子都這麼聰
明，我也捨不得妳辛苦！但碰到摯愛家人哪來那麼多計較哦！」

　　年輕時在台灣做了幾年的心理輔導工作，時常有個案在我面
前掉淚說：「從小我就告訴自己長大後千萬別像我媽！但不知為何
長大後我的處世為人方式，卻越來越像她？我真的好氣！這還不打
緊，最讓我火大的是被另一半常嗆聲：妳看妳！妳簡直跟妳媽是一
個樣兒！」……當時的我用溫暖且充滿同理並帶著幾分學理的告訴
他們：「你不想重蹈你父母走過的人生模式，但學著認識分辨哪些
是你拒絕的，把它列表出來，一一『打X說NO』，且慢慢的走出
一條自己行事的道路。」……如今隨著年歲漸長，反觀自己的個性
與行為模式，若碰到類似的情形時，大概會輕拍對方但依舊溫暖的

告訴他：「對啊！你本來就是你爸媽的子女啊！你像他們是天經地義的事啊！氣啥？」

　　多年來，我下了班總是立刻換上輕便衣服就進廚房，從沒想過先躺躺或坐坐，在準備晚餐的那段時間，是我一天中最專注也最安靜的時刻，很多人都問我說你不累嗎？其實在專注中可讓我得到完全的紓壓解勞，我也在安靜中感受那股廚房流動的氛圍，彷彿回到那些年只有我跟父親在廚房裡的靜默一般，但坐在一角的人如今像是已換成了父親，給我無限溫暖。我也經常做好一堆菜，開著車到好友家一一巡行繞上一圈，在挨家挨戶的車程中，我總想起三輪車上的母與子。每每朋友都是感謝聲連連，其實他們不知道在那一路送食過程中，我與母親那份貼近的感覺是我最享受的片刻，彷彿又回來了。她走了已經四十年了，我還是好想好想她……。

逸遊尋馨

輯五

蔚　藍

作者簡介

　　本名許昇德，上海市人，現居紐約。山大齊魯醫學院畢業，美國哥倫比亞大學病理科退休。紐約華文作家協會資深會員，曾作為紐約代表出席世華第五屆會員代表大會。北美中文作家協會終身會員。著有《蔚藍散文集》、《有多少事可以重來》、《蔚藍詩萃》，不幸因新冠肺炎於4月22日辭世。

靜靜的愛默湖

愛默湖藍得典雅，靜得出奇。她不同於西子湖的秀麗，卻有太湖的浩瀚，山圍著湖，湖連著山，松林滿坡，皚雪蓋頂，湖面上整日罩著煙霧，山是朦朧的，時隱時現，直到我離開的前一天。

早晨，雲散了，然而五月的愛默湖，陽光一點也不紅火，懶洋洋地，一如冬日。湖天一色，天空湛藍，藍得令人心悸。那天早晨有些冷，我站在湖邊，兩手插進風衣口袋裡，用那雙黑色的眼睛望著她。

沒有鳥飛過，也沒有風。啊！似曾相識。「你是太湖？」她默然不語。「你是廬山？」依然不作聲。「你是誰？」驀然間，一陣微風拂過，湖面頓時起了漣漪。她微微皺起雙眉，望著我，這來自紐約的陌生客。「1 am Lake Almanor.（我是愛默湖。）。」說罷，湖面又恢復光潔，藍藍的，像面鏡子。

在加利福尼亞州的州圖上，找不到愛默湖，但在鄰近俄勒岡的北加州，會發現兩座高山，名為Mount Shasta和Lassen Peak，分別標出的高度是海拔14,160英尺和10,457英尺，那正是你站在愛默湖邊所望到的兩座山峰。因為距離關係，高的那座是Lassen Peak，低的反而是Mount Shasta，都戴著白帽，標誌著山頂終年積雪。

湖水清澈涼冽，因為源自積雪化成的山泉。一個多世紀以前，早期探險者，西班牙人發現了她，但直到本世紀初，大西電力公司（Great West Power Company）買下這湖連同周邊的土地後，才獲此芳名。這要歸功於公司的副總裁伊爾先生（Mr. Earl）他抽取了三位女兒名字中的各一部分即Alice、Martha、和Eleanor綴成了Almanor。

二次世界大戰結束，加州政府又投資建設了通往湖區的現代化

公路,終於發展成今天這個規模不凡的避暑勝地。它擁有網球場,高爾夫球場,划船俱樂部等休閒設施,以及具有各種風格的度假別墅,散佈在蒼翠茂密的森林裡。據說,每到避暑季節,隨著人潮的來臨,這裡將會出現大不一樣的情景。而此刻,五月的愛默湖,靜得出奇。

瞬間,我彷彿置身於一所巨大無比的教堂裡,感受著鐘聲響過,餘音嫋嫋禮拜還未開始的那一份肅穆氣氛。我的靈魂在昇華,正盪漾在天地之間。

人的一生,有機緣,也有機遇。有緣千里來相會,不是嗎?若非小女婿州大畢業後在北加州工作,他是不會住在愛默湖區的,如果不是參加加州大學頒發學位給他的慶典,我也無緣一睹愛默湖的芳容。

人生雖有坎坷之時,但總是有一些機遇的,如西諺說:「機會像一位髮辮長在前額的姑娘,迎面飛奔而來。」意指必須迎頭抓住,機不可失,時不再來。然而總還是有一些錯失,卻又總會有一些補償。不然,又怎能組成一台戲呢?在歷史的長河中,人生本是一台戲,來去匆匆,逝者如斯。

歷史有著驚人的相似之處,但絕非雷同,完全一致的重複是不會發生的。這湖水是在向著同一方向流去,好像萬古不變,但時間也在流去,今非昔比。何況還有各種不同的自然條件,也在不停地變化著呢!

時間是什麼?時間原本只有白晝與黑夜。上古時代,人渾渾噩噩地過日子,無怨無憂。以後,人類的智慧創造了曆法、時鐘。好像一長卷無止境的菲林,被人為地標上了號碼──年月、分秒的記號。而我們的日子,就這樣滴在時間的長河裡,沒有聲音,也沒有影子,一去不復返。可是人們為什麼還要抱怨人生的道路漫長呢?竟然用了許多方法來對付它,節日和習俗,就是這種用來放在單

調，乏味日子裡的最佳調劑。人的一生也有許多值得回味的美好時光。現代科技所能做到的是捕捉那些難忘時刻，使它成為剎那的永恆，或者動態地出現。但，隨著時間的流逝，有朝一日，這些或將無人能夠解讀，終將化為塵土。

「前不見古人，後不見來者，念天地之悠悠……」我還未來得及潸然淚下，小女兒已再次催喚上車，因為還有旅程。是的，我當跑的路還未跑盡。

再見了，Lake Almanor！再見了，愛默湖！「山中方七日，世上已千年。」當飛機把我們載回紐約時，不過是在同一天，在同一個國度裡，而兩地溫度竟有華氏五十度的差別！走出機艙，步下舷梯，熱浪滾滾襲來。我又回到沸騰、喧囂的城市。那藍藍的湖，那靜靜的湖，彷彿是在另一個世界。

本文選自《蔚藍散文集》

李　曄

作者簡介

　　北京人，中國古典文學碩士，當代文學博士。1997年赴美後居住於紐約長島。在紐約期間曾任長島《郊點雜誌》的中文記者兩年，後在紐約州立石溪大學（Stony Brook University）教授中國語言和文學七年。現居南卡羅萊納州，任科克大學（Coker University）中文副教授。曾與師兄合著《邊塞詩派選集》，並曾主編《移民美國──海外華裔青年佳作選》。業餘時間愛好文學創作，在海內外的中文雜誌上發表散文近四十篇，數篇散文入選文集。現為紐約華文作家協會會員。

感悟大自然之神韻

　　近十年來，旅行成了我生活的常態。十年前因為紐約州的經濟蕭條，我和先生被迫離開了居住了十四年的紐約長島；我來到南卡州的一所私立大學任教，先生則去了加州矽谷工作。兩地分居的狀況註定了我們常常旅行，而相聚在一起的時光又往往共遊山水，在大自然中享受兩人世界的浪漫。北加州的國家公園、州立公園和著名的湖泊、海灘是我們最常光顧的地方。我們跨峻嶺，登火山，下深谷，伴謐湖⋯⋯。在旅行中，我體會到大自然的性情，傾聽到自然的聲音和其生命的律動。沈浸在大自然中，有一些瞬間會品悟某種特別的情愫，那種感悟是深沈的，令人久久回味的。

　　依然記得去年美國獨立日的長假期去紅木公園、青藤峽谷和拉森火山那些觸動心靈的瞬間。我們是沿著北加海岸線去探訪這些著名景點的。所謂紅木公園其實是個集合名詞，它是由沿北加海岸的一個國家公園和三個州立公園組成，相鄰的私人公園景點也常常被囊括其中。我們順著101公路行駛便會途經這些公園。汽車行到海邊，就遭遇了好大的霧氣。在加州矽谷聖荷西看慣了萬里無雲湛藍的天和通透明朗的暖陽，以為北加州的天氣都是這樣，到了這裡才知道海霧的天氣是夏季海岸線的常態。第一次這麼盡情地觀賞霧之海：但見霧氣在海面升騰，印染著海天，將天空隨意塗成水墨的青灰色，青灰的上方墨色漸淡，呈現灰白，使天空顯出了層次。海水與霧氣瀰漫的天相連，只是色澤更深，呈暗青色。儘管霧氣阻隔看不到遠方，但近處的幾塊黑色海礁即使在霧中依然醒目。我不禁讚嘆自然的畫匠可以將多種冷色隨意揮灑，便點染出一副渾然和諧的畫面。

在「神秘的樹公園」裡世界上最大
的家庭組合樹，也稱「教堂樹」，
九株連根共生。（李曄攝）

　　再往前行駛了不遠，霧中的景色更為奇特，我們不由再次駐足
觀賞。對面是一灣河水和一脈青山。那霧充斥了天與水之間，將對
岸的的青山也籠罩於其中。河水被煙輕蓋，顯得白得淒清，天水又
完全一樣的顏色，一片蒼茫，若不是橫隔在其中若隱若現的綠色的
山，你會以為自己進入了宇宙的混沌。即使對岸的山也完全看不到
山形，頂端已被霧氣遮蓋，下端的林木森森在煙霧籠罩下彷若綠色
的雲。有趣的是在綠雲的環繞下是一片淡綠的山坡，上面錯落有致
地坐落著一些白屋黑頂的房舍。隔岸相觀，那些房舍很遠、很小，
被一層煙紗籠罩顯得不真實，好像那裡是另一個世界。在這瀰漫著
的霧中，任何世間的活動都成了自然的點綴。在河裡，有隻小艇停

泊於中心，有個人於船上垂釣。河的左側，幾隻水鳥在水面上上下下。人、船與水鳥的存在僅是為這自然的景觀增添幾分活力。他們在整個畫面中太微小，我的相機甚至捕捉不到他們。這世界只能讓你屏住呼吸，因為你也彷彿成為了自然的一部分，這充滿天地的霧已不給你留下俗塵的空間。這感覺是多麼的奇特！

　　這樣屏息靜氣完全沈浸於自然之中的體驗在青藤峽谷也有過。去青藤谷的一路充滿了意趣。駛往青藤谷的路長而曲折，幾乎幾步一拐，四圍是密密的樹林，我們在樹根間行駛，彷彿進入了樹根的迷宮。到了停車場，步行叢林小徑，往深處去才能真正地進入藤壁谷。藤壁谷的入口處是非常開闊的一片空地，只見兩側谷壁長滿了綠色的植物，彷如兩面綠牆。地上是細碎的鵝卵石，上面流淌著一層溪水。因為空谷闊大，所以尚可尋見乾地，避開溪水而行。但見腳邊清澈的水在鵝卵石上汩汩流著，這薄薄的一層水流為其下不同顏色的碎石帶來動感。再往前走，山谷變窄，幾根斷木殘枝橫躺在路口，溪水依然在下面流著。這下可有了挑戰，我們需走平橫木般踩著殘枝，再越過一根粗大的圓木。這一路走過去，發現有些樹枝和木板是有意設置的，在沒有乾地的路段，它們恰恰覆在溪水之上。行在這些樹枝或木板上，也僅僅做到腳不沾濕，溪水正在自己的腳底流著。從沒有體會過與流水這麼近。這不像過橋或者行船，終究與流水保持一段距離。行走在這溪水之上，也頗要幾分靈活性。有時要選擇好水中的幾塊大石頭邁過去，有時又要翻過橫躺著的巨根，必須先要找準巨根上凹陷的部位果斷地踩上去，這使谷中遠足多了點兒冒險的刺激。

　　再往裡走，谷壁的青藤越發茂盛，攀藤綠葉層層疊疊地鋪滿谷壁。由於峽谷漸深漸窄，且有個轉彎，所以往前望去似乎兩面谷壁上的藤葉在盡處交匯。谷底的新樹的碧枝嫩葉又與茂密的攀藤交相輝映，讓人覺得被鋪天蓋地的綠簇擁著。轉了彎，進入藤壁谷的更

深處，一處藤葉吸引了我，那裡的藤葉均是綠色與白色相間，攀藤的中間是一片深綠色的青苔，由崖頂注流而下的水滴順著這片青苔下滲，與地面鵝卵石上的溪水匯合。這一切的發生離我如此之近，以至我可以凝神注目那些水珠變成水串在苔壁上漣漣淌下，在接近地面的時候形成小小的水簾匯入地面的溪水。這些水珠在這谷壁上要走多久才能到達地面匯成溪流的一部分？據說這陡直的谷牆有五十到八十英尺，水在苔壁上滲流的速度是緩慢的，而在它們接近地面的那一刻我恰巧與它們相遇。心裡忽生感動。這裡好幽靜啊！儘管周圍有同行的旅人駐足照相，但我竟不覺得他們在打擾寧靜，因為心已被那份自然的幽靜攫住。自然是有靈性的，而那種靈性與我的內心有某種共通之處，感覺自己的內心已經一而再、再而三地為自然所融化，因而變得更加敏感和細膩。

　　離開青藤峽谷，我們來到著名的「神祕的樹」公園景點。這裡的參天古樹大多有兩三千年的歷史了。令人嘆為觀止的「教堂樹」（Cathedral Tree）占了該公園的百分之八十。這種「教堂樹」的形成是源於紅木樹特有的旺盛的生命力。一棵古樹的主幹倒了之後，它的枝幹依然生長，它們通常環繞著母樹生長，是同卵兄弟。它們通常長相類似，有人稱它們為克隆樹。又因為它們常常形成圓拱形的樹牆，因而也被稱作教堂樹。在這裡最大的教堂樹是由九棵孿生樹組成，這九棵樹呈拱形並肩長在千年前已經死去的巨大的老樹根上，參天之高，一眼望不到頂端，看起來確實像一個天然的紅木教堂。據說這個樹群是世界上最大的紅木教堂樹。在這些克隆樹中讓我最感動的是「兄弟情誼樹」（The Brotherhood Tree）。它只是由兩棵同卵樹組成，並沒有九孿樹那麼宏大。它們在根部緊緊相連，但在差不多一人高的地方又分長開來。因為它們的相對獨立，你才可以看清它們長得何其相似。它們雖然分岔生長，但又挨得很近。它們伴在母樹根的側面，那個古老的母樹根上又長出數株新枝嫩

葉。這棵「兄弟情誼樹」看起來像是一對飽經滄桑的兄弟。這對兄弟有兩千多歲了，曾經的一場大風暴把它們的頂部劈掉了七十四英尺，但它們的最高端仍然有兩百九十七英尺。它們的如刀刻斧鑿過的老樹皮上也可看見火燒過的焦痕——或許是那場風暴的雷電灼傷過它們。但它們依然生存著，頂端依然撐起綠葉！它們也看到了自己的母親孕育出比它們年輕千年的新生小兄弟們。克隆樹的母樹雖早已亡故卻依然活著，它們仍然是新樹的根源，千百年來，仍給新樹帶來祝福。想到這一點，我不由得想對那些最古老的母樹致敬！

去拉森火山的一路充滿了意外，登山沿路沒有像預想的看到滿山焦黑或硫磺色的火山石，而是走進了一個白雪皚皚的美好世界——七月的火山竟然被白雪覆蓋，而晴空下的日光依舊是夏季的暖陽。我看到一個年輕女子穿著短褲背心，牽著一條小狗在雪地上蹓躂，天空碧藍如洗，和煦的陽光照射著這　幕，顯得祥和安閑。我以為今天的旅遊節目就到此為止了，而當我們從另一條路下山時，卻從對面看到了這個火山公園的第二高峰斷痕火山。我們看到的應是該山的陽面，所以並無積雪。山上除了如鐵的懸崖、黃土中裸露的焦黑巖石，就是遠看如黑渣般的小型火山巖散布在滿山滿谷，間或有些灌木叢，亦是星星點點不均勻地分布，使整座山更顯得陰森可怖。此山在六十萬年以前就經過了多次平面斷裂，在幾十萬年間經過了至少五十次大的火山噴發，斷痕火山就是被那一次次熔漿火噬而烙下斑斑傷痕的。面對這猙獰、恐怖的火山想的只有儘快逃離。

再往前行駛，便是一馬平川的黃草地，上面橫七豎八地躺滿著或大或小的黑色火山石。那乾枯的黃草地已盡顯荒涼，而那在黃草中凸顯的一塊塊黑石更增添了荒原的陰沈。從未行過如此大而可畏的曠野：黃草、黑石，黃草、黑石，開出去了足足四十三英里都是這樣的荒原！我看著眼前閃過的這許許多多的黑色火山石，它們很

少成堆地聚積，而是東豎一個，西橫一個，布滿荒原。它們是被巖漿帶過來的嗎？或是冰川時代被洪流沖過來的？那些火山峰上的巖石不少都經歷了冰與火的洗禮。正是那些經過洗禮的巖石鑄就了火山的雄偉獨特，使它們無論看起來是壯麗還是恐怖，都會有一種憾人心魄的偉大，讓人頂禮膜拜。而這千萬的荒原黑石卻流落到這曠野，各自孤零零地，彷若孤魂野鬼無人問津。它們中有的是否也會回想起曾經歷過火山噴發時的璀璨或冰川湧動時的偉力？而千年、萬年之間它們在這裡所面對的只有沈寂，再沈寂。

突然意識到旅行可以讓我們觸摸到大自然的神祕、幽靜乃至恢宏之美，但誰說悲壯、慘烈亦或孤寂不是大自然的精神呢？大自然是變化無端的，我們的人生亦是如此。

梓　櫻

作者簡介

　　醫學背景，新澤西州州立大學生物化學教學實驗室主管。作品發表於海內外四十餘種報刊雜誌，並被收入三十多種書籍。著有散文集《另一種情書》、《天外有天》；詩詞集《舞步點》；專題集《自在跨越更年期》等。曾任網絡期刊主編五年，參與多本書籍編緝。散文集、報導、評論均獲得過「海外華文著述獎」。紐約華文女作家協會創會理事、女作協專欄主編，海外華文女作家協會、北美中文作家協會終身會員。

有這麼一群人

「我們畢業了，我們畢業了！」同學們和老師彼此擁抱，共同慶祝成功走過兩個冬夏，也慶祝在共同的學習勞動中結下的友誼。

兩年前的一天，我的單位郵箱，進來了這樣一封郵件：州立羅格斯大學農學院，開設園丁、環境與社區管理延伸教育課程，招收對園藝、環境美化有興趣，並願意做美化環境志願者的學員（簡稱Master Gardener）。一見「Master」我就心動了，漂洋過海來到美國，怎麼也得與「留學」沾點邊吧。雖然此「Master」非彼「Master」，至少可以嘗一嘗坐在美國教室，聽聽課、考考試的滋味。

再說，上小學中學的年代，正趕上文化大革命，「自然學」成了一大空白。時至今日還叫不上幾種花草樹木的名字。即便是高中畢業、下鄉當知青，有了接觸大自然的機會，也是服苦役的心態，每日盼著日落，更盼著回城。兩年下來，雖然不再認為花生長在樹上，西瓜結在地下，仍然是搞不清季節時令，枉然虛度。

人到中年，有一個再次進修、掃盲的機會，何樂不為？更何況，兩年學雜費才三百五十美元，每週只用一個晚上，上三個小時的課程，加上在理論結合實踐的菜園和植物園裡做六十小時的志願者，就可以獲得園藝師資格證書，多好啊！理論課程包括：土質測量和分辨；有機堆肥製作；樹木花草的識別和種植；樹木的修剪；益蟲與害蟲的鑑別；病蟲害的控制；盆栽技術；庭院設計等等，都是大學裡的專家教授授課。授課多在教室裡，有時也在花園，在樹林間，或者在大學校園的溫室（Green House）裡。菜園的打理和動手栽種和管理蔬菜，則是由我們的班主任老師Pat帶領。

上　「園藝大師」班畢業了。（梓櫻提供）
下　清理實習園地。（梓櫻提供）

　　Pat陪伴我們上每一節課並帶領我們每一次的實地操作，不僅教導我們栽種蔬菜花草的每一個步驟，還給我們講解不少管理技巧，教我們搭建蔬菜需要的支架和繩網。夏日，學生們排班於傍晚時分來給菜園澆水拔草，當大家因故不能前來時，Pat就一個人負責幫我們打理，她像照顧我們一樣，仔細周到地照顧著園子裡的各種水果蔬菜。她告訴我，因常年日曬，患過皮膚癌，手術癒後還不錯。

　　近三十位熱愛大自然的學員，大部分都進入了不惑之年。有夫妻結伴前來學習的，有母女搭檔的。作為歷屆學員中唯一的中國

學生，涉足這個自己不熟悉的領域，感覺自己很落後很白痴，每次上課，老師都會有一個讓同學們提問的環節，許多同學已經有很豐富的園藝經驗，來進修是期望在理論上進一步提高，他們提出各種各樣非常實際的問題，而我卻一個問題也提不出來，不僅如此，由於對園藝和植物專有名詞的陌生，聽課還常常雲裡霧裡，如同坐雲霄飛車。然而，我能明顯感覺到同學們對我的包容和愛心。在實習園裡，每當我詢問：「這個花叫什麼名字？」；「那個菜怎麼個吃法？」，他們總是耐心地向我講解，聽說我來年春天也想在家中試著育秧，同學們還帶來菜籽和栽培所需的工具送給我。

期中與期末考試的準備，雖然經歷「挑燈夜讀」，卻是持續在驚喜與興奮的探索中，不覺睏倦。老師也特別為我網開一面，給我這個「小學沒上就上大學」的特殊學生加時加點。考試之後，我不敢看老師，心裡想著，不及格就不及格吧，學到了知識就值。而老師卻總是在閱卷後第一時間通知我：你考得不錯，過了。

春天，我嘗試經營自家面積有限的小花園。早春的芍藥、杜鵑，持續到夏季的海棠、牽牛花、紫羅蘭等等，嫣紅奼紫地環繞著我們的新居。它們盛開著笑臉送我出門，迎我晚歸。窗前的玫瑰，屋後的細竹，賞心又悅目。近期，三枝櫻桃西紅柿爭相「進貢」，形狀、顏色、味道各不相同，引得花栗鼠和其他小動物每日清晨來偷食。撒種的萵苣也長到了兩吋高，指望它們能滿足我「三天不吃沙拉就難受」的慾望。奇怪的是，買來放在櫥櫃裡的番薯，也長出了嫩芽。先生在意外之中，特意查考了番薯的種植技術，將其移植到戶外盆中，並為它選好了落地的新家。真奇妙啊，難道你接近大自然，大自然就恩惠於你？難道你愛植物，植物也知道用愛回報你？

同學們都是熱愛大自然的發燒友，淺棕色健康的皮膚，道出了他們是常在陽光下的族群。課間的教室裡總是嘰嘰喳喳，有人帶來

自家庭院的照片與同學分享；有人帶來家裡初熟的果實互贈；有的
邀請同學幫忙設計花園；懂得網絡的同學，開始設計分享網站，要
永久保存我們的收穫和行蹤。

　　夏季，我們在菜園裡大呼小叫：「看，西瓜這麼大了！」；
「看，南瓜都變黃了！」還有來不及摘的西紅柿都落到了地上。我
們啃著自種的西瓜，感覺格外甜。我們分享著收穫的瓜果，最新鮮
不過。有的學員捧著相機東奔西跑，只為拍下同學喜悅的面龐；
有的同學只顧欣賞田間的出產，分毫不取；有的同學跪在地上拔野
草，顯示出對土地的眷戀與親近。

　　我問過一些同學，他們今後有什麼打算，有的說，想把自己家
的花園搞得更漂亮；有的說，拿到證書，就去綜合超市的花草部找
工作。看來只有我，是為「掃盲」、「圓夢」而參加這個課程的。

　　每年六月份舉行畢業典禮，一般說來，每一位學員通過考試並
完成六十小時的義工服務，才能畢業，歷時兩年，因此堅持下來並
非易事。我們這屆學員，畢業人數剛剛過半。獲得證書的「園藝管
理師」，有資格指導他人或社區的園藝活動和管理。

　　畢業典禮上，表彰了前十幾屆校友志願者為保護和美化自然
環境作出的貢獻。他們參加各種美化綠化環境的工作，有的志願者
堅持做義工二十年之久，累計工作時間達四千多小時，也有兩千小
時、五百小時的，大會向貢獻不同的志願者頒發了紀念勳章。會上
還特別為三位剛剛離世的老一輩志願者默哀，以示對他們幾十年如
一日幫助社區、無私奉獻的敬意。

　　我想，在現代化的進程中，受害最深的當屬大自然。然而，在
人們無奈又憂心的哀嘆中，有這麼一批人，有這麼一股力量，正默
默地，用自己不計報酬的寶貴生命，維護著每一片綠葉，編織著每
一寸美麗。這是一群已經覺醒的、熱愛自然、保護自然、回歸自然
的人們。正是因為有他們的存在，我們的地球才仍然美麗。而我，

無意之中踏進了這個團體，始於圓「留學夢」，卻經歷了比夢更美的人與事，同時被這個團體強烈地吸引著。如今我正在考慮，是否要向我們可愛的大自然、美麗的地球，承諾一世的委身。

原載於《新州周報》，2013年8月8日

紅　塵

___

作者簡介

　　本名李定遠，1932年生於廣州市，隨海軍陸戰隊到台灣。服役九年後除役。經三年自修考入大學，任中學教師多年。1983年移民來美，在紐約市立醫院工作二十餘年。閒時喜讀古文詩詞，及現代文藝作品，更沈浸於《易經》等玄學中。2000年創立紐約易經風水命理研究班。2012年以八十高齡從職場退休，偶執筆從事寫作。2016年獲漢新文學獎散文組首獎，詩歌組佳作獎，同年獲僑聯總會短篇小說優等獎。2017年獲漢新文學銅獎。2018年獲漢新短篇小說佳作獎。著有長篇小說《紅門》。

咪咪愛看電視

　　我們家近年收養了六隻被母貓遺棄的小貓。其中一隻黑色叫「小黑」的小公貓，長得高頭大馬，十分英俊，具有堂堂男子漢的灑脫氣質，度量很大，從來不和別人爭吵，處處禮讓。牠和另一隻同胎叫「咪咪」的小母貓感情特別好，從小就是青梅竹馬一起玩耍，吃飯在一起，睡眠在一起，甚至在睡眠時還相互擁抱著，如同一對恩愛的情侶。為著要控制貓口，不得不忍痛將牠們去勢，斷絕生育。

　　牠們兩個出生後都有一段悲慘的遭遇：那是幾年前一個下雪的早晨，公寓管理員領我們到地下室，拾起一隻出生幾天的小貓。在接近零度的低溫下，蜷縮在牆角發抖。抱回家後不管我們費盡多少工夫在照顧，牠還是哀叫不停。照我們的經驗，牠是在找媽媽或兄弟姐妹。第二天，我們再到地下室，果然在一處隱蔽的角落找到另一隻非常虛弱的小貓。當我們把牠清理乾淨，將兩隻放在一起後再也不叫，很快睡著了。從此整日形影不離，媲美一般恩愛夫妻。小黑總是保護著牠的小伴侶，不讓其他四隻較大的貓欺侮。

　　但是在咪咪小時候，由於嬌小體弱，時常被一隻七歲大、叫Cookie的母貓攻擊。直到一年後，有一天，這對小天使路過母貓面前，母貓提手要教訓晚輩，一直在旁邊的小黑及時衝上護住小情人，正是英雄救美的精采表現。大概因為有恃無恐，咪咪突然從小黑身旁撲到Cookie身上，朝背脊骨上狠狠咬一口，外加兩大巴掌。這樣突發性的攻擊，在完全沒有防備的情狀下，Cookie被咬得哀哀叫，這真正是君子報仇，一年不晚也。從此Cookie見到牠，如同老鼠遇到貓的宿命。其他的三隻也在咪咪的淫威下噤若寒蟬，連那隻大塊頭波斯貓也甘拜下風。

　　小咪咪一天天長大，也慢慢顯現出女性特有嬌柔優雅的氣質。她不但會在小黑面前撒嬌，更會鑽到老伴懷裡輕柔的呼喚和親切的磨蹭，像個嬰兒般躺在媽媽懷裡安詳入睡。另一方面卻是十足的刁蠻潑辣，膽大妄為。隨著體格的成長，牠膽子愈來愈大，時常做出一些普通貓咪不敢去嘗試的高難度動作。例如從廚房料理台跳到冰箱頂上，兩邊相距六呎多，高低相差四呎多，而且料理台是大理石板，表面滑溜溜的，毫無著力點。我們住在公寓五樓，有一天下午，老伴打開紗窗清潔外面玻璃，忘掉先關好紗窗再去洗手，僅只幾分鐘的時間，調皮大膽的咪咪，竟然已經跳上窗戶的外緣，再凌空跳到五呎以外的冷氣機外罩上，還準備繼續爬上六樓的窗緣。引起路人駐足仰望，議論紛紛。

　　當我們發現咪咪在窗外時，真被她嚇了一大跳。擔心她怎麼能回來，窗緣只有半吋寬，距離約五呎多，離地約有八十多呎，萬一沒有跳準，跌落地上，不死也會重傷。既不能罵又不能催，終於想出一個最有效的辦法：裝上一小碟她最喜歡的那種貓食，放在窗緣裡面，然後輕輕叫她：咪咪，回來吃點心啦！

　　我們心裡在唸：「佛陀慈悲，請保佑咪咪平安歸來。」當我們緊張得手心都汗濕了，她卻輕輕鬆鬆一跳，平平穩穩地站立在窗緣，轉身走入窗內，慢慢享受她的午茶時間。

　　最讓老伴不能釋懷的，是咪咪常常跳上佛台玩耍，弄得佛台上處處是她的腳印，有時還帶來少許貓沙。有一個深夜，我獨自坐在佛台附近的書桌前看書，偶然轉頭看到咪咪正坐在佛像旁邊，有模有樣，正襟危坐。我驀然一驚，怎麼平空多了一座佛像？每次發現咪咪跳上佛台，少不了老伴都會拿一根小棍子打她。但打是你的權威，跳是我的最愛。

　　這小姑娘硬是有她的處世態度：打歸打、跳歸跳，那是兩碼子的事。一般的貓咪被打或被罵過，總會記憶良久不能忘懷，甚至刻

意逃避。但是咪咪例外，每次被老伴打完幾分鐘後，只要老伴坐下來不再生氣。她小姑娘就會慢慢靠近，察言觀色，得寸進尺。先將小手搭在老伴腿上。如果沒有拒絕，她會進一步挨近到身邊，再爬到身上。逐漸用她的小臉擦擦這裡摩摩那裡，還不時在耳邊輕輕的咪咪叫。就因為這樣我們才叫她做咪咪的。

在老伴覺得黔驢技窮之時，一廂情願的想到，晚上將平時用來教訓她的小棍子放在神台上，應該收到嚇阻作用。開始幾天似乎平靜無事，過不多久，可能她發現棍子不會自動來打她，於是故態復萌。早上起來看見神桌上的腳印愈來愈多，不知道老伴還有什麼法寶可施。是否正如俗語說的：道高一尺，魔高一丈？

咪咪雖然淘氣又調皮，也讓我們多花一點時間在她身上，但對我們家還是有點貢獻。由於她的精靈和敏捷，遠遠超越其他五隻貓。每逢廚房或暖氣孔有不速之客（蟑螂）光臨，咪咪總是第一個到達戰場，手到擒來視同玩具與大家分享。眾貓圍繞獵物，翻來覆去，評頭論足。蟑螂亦非泛泛之輩，在強敵之前裝死，也不失為死裡逃生之計。但面對像咪咪這麼高IQ的天敵虎視下，註定大禍難逃。她還領導眾貓躲在門後，不時伸出小腦袋觀察獵物動態。一待獵物拔腿逃跑，咪咪仍是最先揮出鐵砂掌的高手。一直等到確定蟑螂回天乏術，眾貓才一哄而散。

說咪咪的IQ高，不是憑空亂說的。當牠們還是小貓的時候，家裡浴室洗臉盆的水龍頭不停地漏水，一直沒有空請人來修理。四隻小貓時常跳上洗臉盆玩水和喝水，別的貓都是側著頭去舔流下來的水，但咪咪卻不一樣。牠先伸出左手橫在龍頭下面，再用右手從左臂掬水來喝。在廚房的地下，本來有一個頗大的水盆供群貓飲用。每次盆裡沒有水的時候，只有咪咪會跑到老伴身邊不停的叫，有時候被她吵煩了，試著低頭問她：咪咪，你要什麼？她立刻帶老伴去廚房，坐在水盆旁邊等待乾淨又新鮮的水。

　　最近咪咪又有新花樣了。有一天午飯過後，老伴靠在沙發上看電視，無意中看到咪咪坐在沙發前面的小茶几上，專心注視屏幕內人物的一舉一動，約有半小時之久，直到小黑走過來才跟牠離開。第二天中午老伴照例靠在沙發上看電視，咪咪準時坐在茶几上。老伴想到若改收看卡通節目，更容易讓她接受。此後，每日中午時段，一老一幼無憂無慮地陶醉在卡通世界裡。

　　咪咪這個小天使來到我們家，確實為我們平淡的老人生活，增加不少麻煩和樂趣。

　　　　　本文轉載自《世界日報》家庭版，2014年8月15日

唐　簡

作者簡介

　　法律背景，工作之餘寫作。作品曾發表於《青年作家》、《文綜》、北美《漢新月刊》、紐約《僑報》、《世界日報》等。曾獲《漢新月刊》文學徵文比賽小說金獎、詩歌和散文佳作獎。

雨，一直下著

雨，一直下著。

2017年8月12號，貴州采風活動的第五天，我與新移民文學界的老師和作家們遊歷於美麗的鎮遠縣舞陽河景區。本次采風活動蒙都勻酒廠一力担承，由貴陽輻射，遊覽貴州東南西北四個方向的主要景點。

八月的雨，下得清清爽爽，懂得人心。我們人手一把都勻酒廠漂亮的雨傘，沿蜿蜒的棧道往碼頭前行，擬坐船遊河。白底藍花的傘，撐開在煙雨濛濛的天裡，猶如褐色岩壁上綻放的一朵朵山花。清新的山花，我們一行個個都是，為什麼不呢？男女老少，天南地北，生命的本質一樣，都有一個純淨的靈魂。這一天，靈魂與靈魂相遇。山也綠，水也綠，這景，這雨，洗盡了塵埃，隔離了塵世，催促我們自我釋放，自我歸真。我們，受到了感召。

被感召的世界，一張張臉，眼睛澄明，笑意勢頭正起。促成此行的顧月華老師——紐約華文女作家協會會長，同先生著情侶雨衣，相伴繾綣，正微微笑，笑裡莫不隱含對緣的讚許。我們，人生軌跡也因緣交集，像樹的根鬚默默延展，一路而來，每一刻真誠地相處，真摯地分享。笑，酣暢了；情，增一分。這純淨，不負山，不負水，不負真心。即便時空轉變，舞陽河水淹沒不掉真情。

心情所致，眼見所感皆美景，何況貴州是我的家鄉。此次重遊舞陽河，回看逝去的時光，與相契的朋友覽景調興，別是一番體驗珍貴。「緣」之一字，奇妙至此，那絲絲情感循了心的軌跡直抵記憶之庫，別離，又將是一番惆悵。深憾日程安排異常緊張，不得已將在當晚抵達貴陽後退出活動，參加之前安排的同學聚會。五年

未歸，與親友、同學間相互積欠的思念也需兼顧。很多時候，意難盡，情難全，只好勉力而為。十五天裡，除去參加了五天的采風活動，其餘的十天，見了親友、同學一百五十來人，幾乎每天中午、晚上都是飯局。聚會前半場，開心，興奮，後半場，回味舊時光舊情懷，由懷念渡向離愁，還來不及梳理情緒，已切換到下一個聚會的前奏。惆悵之外，是惆悵。

徒步雨中，有些無所適從，拍景，拍人，閒聊，心緒起起伏伏。雨吟，風唱，人呼應，喧囂深處，有大自然相融，靜寂到極點。靜寂裡，僵蟲一般蟄伏著憂傷，在復甦與未復甦之間被不痛不癢地反覆撩撥。

上了遊船，天與河面，水氣漫盈，雨線相連，連著世界，連著心，如畫如夢，美好雋永。風一直吹雨一直下，舞陽河的水綠得恁般濃稠，倚欄，閉目屏息，竟似有綠意濃情於血液中迂緩流轉。抬頭，低頭，一個個身影流過眼前，再無法忘懷。人在景裡，情蕩於心，遂為友人一一拍照留影，聊表心意。

感恩每一場相遇，惟願美好永存。彼此將繼續遠行，望不到時間的彼岸；穿過夜的白天和白天的夜，分離在即，老去不可逆轉，不可逆轉。獨立船頭，凝想間，雨早已鑽進傘下，濕了頭髮，濕了衣裳……

吳麗瓊

作者簡介

　　湖北京山人，1948年生。文化大學畢業，曾任輔仁大學助教。2009年自北美《世界日報》社退休，現為全職家庭主婦。

萬聖節三二一

三家母子趕熱鬧

萬聖節的晚上相約看遊行去！衣音、曉瑛和我好興奮，帶著娃兒們一同從皇后區搭地鐵到曼哈頓，格林威治村是遊行終點，也是我們的目的地。

從西四街地鐵站出來，天色已暗，路上的人愈來愈多，接近百老匯大街就沒法再往前了。擠在各色人群中，我們三家的四個小孩都才六歲到九歲，身高沒優勢，重重人牆阻擋，根本看不到什麼。有點後悔沒有早些來占位置，否則還不如在家看電視轉播。

隱約聽到鼓聲由遠而近，人們開始騷動，大家不約而同朝著街心挺進，漸漸開始推擠，原本牽著手的母親孩子，幾次被衝散，簡直像在逃難一般。好在三家人瞻前顧後不時呼應，最終在百老匯街一家餐廳外全體聚攏站定，已經可以看見遠處較高的旗幟，聽到活力四射的樂曲，興奮的人群陣陣歡呼，我們也置身歡樂之中。

沒想到遊行結束隊伍解散，大批人潮退去之後，我們反而遇見更多難忘的場面。

嗬！唐僧孫悟空豬八戒沙和尚也來了，是來捉妖降魔的嗎？不！他們身後的鑼鼓點子透露出訊息，是紐約京劇社的票房朋友今晚也來趕熱鬧啦！

「Piwi, Piwi！」小朋友們歡呼雀躍，迎面走來的正是電視紅人Piwi，高禮帽黑禮服標準裝扮，瀟灑又親切，孩子們圍住他問長問短，並且開心地跟他合影。

還見到貓王、白雪公主、西部牛仔、和濃妝艷抹男扮女裝的假面人，一個個從街心走進了小酒館。顯然他們都不是本尊，因為這裡是紐約，百老匯有一流專業高明的化妝師和造型師。

突然，一位抱著屍體遊街的傢伙，吸引了所有人的目光，血淋淋翻著白眼的男屍，被他直挺挺地攤在大眾面前，他自己眼眶血紅面無表情緩緩前行，無疑是最令人頭皮發麻的組合。化妝太逼真，活人死屍一樣可怕，要是出現在平日街頭，會把人嚇出心臟病來，今晚卻大受歡迎，不停受邀合影。

回程的地鐵上，三家的小朋友爭先恐後在比較，誰看到的最嚇人，誰見到的最有趣，興奮不已。（1985年萬聖節）

兩人結伴去探險

好友語年常有新點子，愛去嘗試一些有趣的活動，聽說這次感恩節有個古堡探險，由卡多索高中學生參與提供，在貝賽灣邊古蹟碉堡中佈置鬼屋，給社區民眾去探險。語年約我同行，引發了我的好奇心。

把車泊在貝賽灣邊指定的停車場後，我們由義工指揮排隊等待接駁車。不久來了一輛有頂沒殼的小卡車，長條木板座位，大家魚貫而上排排坐。砂石小路顛簸搖晃愈走愈荒涼，幾分鐘的路程充滿新奇的趣味。

車在一座粗鐵絲大門前停下，院子裡已經到了不少人，我們又被分成小組，聽領隊解說規則：全程保持肅靜，不得使用任何照明，不可觸摸室內物件，跟隨隊伍走完全程，不能拍照或錄影，沒有回頭路，覺得辦不到的人現在退出還來得及！（人們一陣哄笑。）

夜幕已降，林木森森，有人故意悄悄發出陰冷的鬼吟，引來竊笑夾雜噓聲，領隊馬上制止，靜靜等待中感到陣陣海風有些寒涼。

　　輪到我們了，跟隨隊伍進入大石塊砌成的碉堡，堡內更暗，散發微微霉腐濕氣，眼力漸漸適應了，發現不同的角落裡都有些動靜，鬼影幢幢氣氛詭異，定睛看見左方一人影，黑色長髮披面穿黑袍彎著腰，是貞子！那人人望而生懼的長髮女鬼，一回神右上方出現一張醜怪面孔，故意從下巴往上逆光照射，瞬間又消失不見，像是吊掛在上面的頭顱。那些飄忽的紗縷令人不安，石檯上一個玻璃缸咕嘟著慘綠色液體冒出白煙，巫婆圍繞煙霧張牙舞爪。再往前走看到一扇木門，吸血鬼守在門旁，好在門咿呀一聲自動打開，趕緊進去，吸血鬼沒有跟來。

　　裡面像是防空洞，我和語年兩人相依正好通過，坑道地面不平，弧形隆起中高兩側低下，道旁也不清淨，隱約迴盪著古怪聲響，頂上有蝙蝠和大蜘蛛忽上忽下，走不穩就會衝向牆壁，也許正好衝進貼牆而立的骷髏或僵屍懷抱，令人魂飛魄散。兩人互相攙扶慌慌張張，一腳高一腳低，好不容易走完漆黑漫長的隧道。

　　人嚇人嚇死人，兩個年過半百的女子，被一群高中孩子嚇得不輕，出了碉堡，見到燈光下歡笑的人群，身心才漸暖和起來。

　　坐在回程接駁車上，不禁啞然失笑，像我這樣膽小的人遊鬼屋，簡直是一次震撼教育。看著白石橋上川流不息的車燈，和灣邊山腰人家星星點點的燈光，一種安慰伴隨珍惜的心情油然而生。（2009年萬聖節）

一場黑色嘉年華

　　皇后區森林小丘有一處花園區，被規劃為古蹟保留地段，園中大樹成林，住宅古樸，頗富歐陸風情。每年到萬聖節期間，這裡也是觀光景點，其中有幾條街，家家戶戶都肯花心思佈置庭院，爭奇鬥怪引人駐足欣賞。

　　大妹麗珍第一次來紐約觀光適逢萬聖節，正好帶她一起去瞧瞧這些老美裝神弄鬼的把戲。她也頗能入境隨俗，把自己打扮成巫婆，但是手上拿的不是掃帚，而是「史艷文」大型布袋戲偶，鮮艷精美的金線刺繡和獨特造型，引得路人頻頻回頭。經過奧斯汀街一酒吧，門面裝飾很有節慶特色，她也好奇進去看看，店裡頭更為熱鬧，竟有客人欣賞她的裝扮，要求與她合影。

　　我的孫女德儀七歲，德佳四歲，都扮成美美的小公主，陪著她們的姨婆，一起浩浩蕩蕩進森林花園去逛「鬼村」。趕熱鬧的人還真不少，許多全家出動的，有些也裝扮一番，一路上看到了蝙蝠俠、超人、和好幾個不同裝扮的巫婆，也曾與白雪公主及一些卡通人物擦身而過，一群俊男美女打著拍子哼唱西班牙歌謠，左羅蹬著馬靴在街心大跳騷莎舞，沿途笑聲盈耳，處處歡樂。

　　花園區居民使出聲光電多種手段，刻意擺設的各路鬼怪，敵不過熱鬧滾滾的人氣，竟然一點都沒了恐怖感。友善歡愉，平安和諧，無人搗蛋，這樣的萬聖節倒像街坊節，我給它取了一個名字：黑色嘉年華。（2015年萬聖節）

顧美翎

作者簡介

　　祖籍江蘇崇明，生於台灣高雄。輔仁大學織品服裝學系畢業、北卡羅萊納大學織品服裝研究所碩士，西德國際技術交流CDG獎學金得主。專長針織服飾品設計產銷。游於藝，樂於學。

留影

　　八十年代末期，兩岸關係逐漸開放解凍，外婆想趁還走得動的時候回去探望親人，那時海峽兩岸尚未直接通航，仍需借道香港或馬尼拉轉機，家人商議安排行程時決定由我陪伴前往。

　　1992年秋終於成行，第一站是杭州，數十年來輾轉通過幾次信、寄過幾次包裹，至親外公已經故去，說是探親，其實是探墳、認親，跟外公「解放」後另組的家庭成員們見面。

　　第二站去福州探望表舅，行前幾度交換航空書信，他很仔細的規劃建議行程及安排住宿，一筆不苟，十分周到。表舅雙親早逝，外婆外公對他的學業和生活格外呵護，中學畢業後幫他在電信局安排了送報員的工作，邁出自立的第一步。後來在銀行界工作的一位親戚獲知福州分行有一個基層職缺，前景較送報員為佳，表舅就勇敢地離開南京遷居他鄉，在福州生根，娶妻生子。

　　出行前除了幫外婆準備給各家各人的探親禮，我也想送一件實用的禮物給外婆憶往時經常提起的這位表舅。挑選了一台容易操作的自動對焦相機，以及底片。相機買來後，看到使用手冊全部以英文書寫，心想如果讀不懂說明書，只是送了個讓人傷腦筋的空殼子。於是工作之餘花了幾星期時間著手翻譯，給外婆最親近的娘家人帶去了一本中英對照相機使用手冊。

　　分離近半世紀後重聚，外婆很欣慰的見到了表舅兒孫滿堂，已經放下了數十年來獨力工作養家的重擔。表弟承襲父親名額，也在同一銀行服務，已是經理階層，娶了歸國華僑之女，加入剛開始興起的私營潮流，開了一家飯館。表姐、表妹也都是會計專業，工作穩定。兩兒兩女，只有表哥仍然單身，從部隊復員後只能找點零

福州探親。鼓山煙雨蒼茫，湧泉古寺山牆，燕尾脊錯落揚翅。（顧美翎攝）

抗日勝利後、政權易手前，三代人在上海相聚，觀賞大師梅蘭芳京劇演出並赴相館留影。後排右二：作者母親，右三：作者表哥（顧美翎提供）

工，替火柴廠做些維修工作，每月收入只有二、三十元，弟媳的飯館忙碌時也會找他去幫忙，多少賺點零用錢。

表姐悄悄地告訴我，文革過後她和弟妹們有幸能重回學校讀書，然後就業，薪資都已在兩、三百元以上，表哥比他們年紀大了好幾歲，早年進入部隊當兵，文革後已經錯過了再受教育的年歲，屬於被耽誤荒廢的一代，在興起的「向錢看」大潮中，很難找到對象成家，表舅最擔憂的就是他。

相聚的幾日中，閒話家常、外出遊覽名勝古蹟、或在自家飯館聚餐，我是外婆的特約隨行攝影師，表哥也背著表舅的新相機，興致勃勃地鑽研，亦步亦趨跟著我挪移走位、依樣畫葫蘆，替家人們留下歡聚的影像。西湖公園荷亭前、鼓山蜿蜒石階上、烏山摩崖石刻旁、古樸秀雅的亭閣圍欄畔……眾人或立或坐，一一入鏡。湧泉寺千餘年來歷經兵戎災禍、多次浴火重生，蒼茫煙雨中，這座古禪寺建築群的燕尾脊，重疊錯落，起翅上揚，背後青山環繞，那份幽雅祥和停留在鏡頭裡，讓人暫時忘卻世事離亂，放下眼前煩憂。

探親過後，每逢年底表舅都會寫信給外婆賀年、問安、敘說家人近況，由我代筆回信。得知表舅過世後，我曾寫信給他的家人，沒有收到回音，也就又回復到不通音問的年代。

去年新春，弟弟的朋友請客吃飯，也邀了媽咪一起去，事後媽咪告訴我東道主是鼓浪嶼人，當年她表哥（即表舅）在福州落腳後，工作勤懇努力，經人介紹娶的就是鼓浪嶼大戶人家小姐，生了大兒子。後來表嫂因病早逝，下面的三個孩子是「解放」後續弦所生。媽咪當年只見過表哥的長子，那是抗日戰爭結束、由後方返回南京，還未離開大陸赴台灣之前。外婆思念表舅，邀請他一家三口由福州前往上海，一起觀賞梅蘭芳大師在上海中國大戲院的京劇演出。訂了旅館，外公、外婆、父母由南京赴上海跟表舅一家聚首、觀劇，還特地去照相館合影留念。國共內戰離開大陸時帶出來的照

片不多，以為很快就可以回去，台北家中老相簿裡第一頁，就是這一張1948年六個大人加一幼童、三代人在十里洋場帶著幸福笑容的合影。

新婚的媽咪和不滿兩歲的表哥那時又何嘗料到，在父母庇蔭下的好日子，即將隨著山河變色政權易手而告終，人生自此急轉直下。

這一段被歲月湮沒的老故事，和我陪同外婆探親所見連接起來，就解釋了為何表哥比歲數相差不多的弟妹們看起來滄桑許多。童年的天倫之樂畫面，與我眼前見到的落寞中年，反差是多麼的巨大。

媽咪繼續述說從杭州二姨（她的異母妹妹）那兒轉來的消息，表哥年過半百後終於結了婚，但是沒有多少年就走到了人生終點。補述的這一段舊聞，雖然仍讓人唏噓，總算聊可告慰表舅在天之靈了。

麥　子

作者簡介

　　原名麥啓凌，廣東台山人。二十世紀六十年代畢業於中山大學中文系，先後當過教師、編輯和記者。作品有《美國華人社會大觀》、《美國華人群英錄》、《美國風情錄》、《美國名校巡禮》、《馬思聰最後二十年》等等，以及長篇小說《懸崖上的愛情》等十餘種。1994年榮獲全美「最佳新聞報導一等獎」，由時任美國副總統戈爾在洛杉磯頒獎。

賽珍珠永遠的遺憾

　　賽珍珠（1892-1973）的名字是一個閃爍著光輝的名字，賽珍珠其人則是善良、正義和富有同情心的化身。可是在中國大陸，由於世俗和偏見，賽珍珠這個名字被歷史湮沒了，被人們忘卻了，甚至被扭曲了，這不得不說是一種悲哀。

　　在賽珍珠冥誕一百二十週年的日子，為了尋找賽珍珠的足跡，緬懷這位熱愛中國、同情中國農民疾苦，並為之付出畢生精力的美國友人，我與朋友駕車來到坐落在賓州東北部巴克斯郡賽珍珠的故居──綠丘農莊（Green Hills Farm）。農莊隔著德拉瓦河與紐約毗鄰的新澤西遙遙相望。故居是一棟低矮的青石屋頂房子，周圍有數十畝農田和水塘。屋前綠茵草地上矗立著一座賽珍珠擁抱著孩子的青銅雕像。踏著由一塊塊刻著捐款人名字的石磚鋪就的小路，我們來到農舍，客廳裡有壁爐，牆壁上掛著一幅描繪當年安徽宿縣農村小景的水彩畫，畫裡的田野上吹刮著蕭索的風沙，給人以蒼涼的感覺。小樓上是賽珍珠的臥室，床鋪被褥和家具頗具東方特色。隔壁的書房裡安放著一個巨大的長方型玻璃櫃，裡面陳列著賽珍珠以安徽宿縣為題材所寫的長篇小說《大地》，以及1938年這本書所獲諾貝爾文學獎的獎狀，還有她從事慈善事業所獲得的獎狀、獎章和獎盃，牆上並掛著她當年獲獎的放大照片。管理員告訴我們，書房裡的大書桌是從南京運來的，桌上放著一架當年用以寫作的陳舊簡陋的打字機。離農莊不到半哩路程就是賽珍珠的墓地，墓碑上刻著主人生前手寫的「賽珍珠」三個紅色中文篆書。墓碑上沒有英文，也沒有生卒年月，由此可以窺見到賽珍珠的簡樸低調的行事風格，和對中國的一往情深。

賽珍珠，普立茲與諾貝爾獎得主賽珍珠
攝於1932年（Arnold Genthe攝）。
（麥子提供）

　　賽珍珠出生在維吉尼亞一個傳教士家庭，當她還只是四個月
大的襁褓嬰兒時，父母親就把她帶到中國來了。她在中國成長、讀
書，並且加入中國國籍，她在中國生活了整整四十年，把中國稱為
自己的「第二故鄉」。她從小熱愛中國，熱愛中國文化，是一個典
型的「中國通」。在艱難的歲月中，她曾經與她的農學家丈夫巴克
一道騎著自行車跑遍安徽宿縣的貧苦農村，敲開了一戶戶農家大
門，了解他們的疾苦，免費送給他們種籽並教他們如何種植；她曾
經在金陵大學教書，但由於堅決抵制在課堂上喋喋不休地宣揚宗
教思想而一度被解僱；她一生孜孜不倦地寫了八十多本書，其中絕
大部分都是以中國的人和事為題材，傾注了對中國貧苦農民的同情
之心。

　　在美國，許多人都是通過她的作品了解中國和中國人民的，即
使經歷了抗美援朝和援越抗美兩場戰爭，美國人民對中國人民的感
情還是正面的，這無疑與賽珍珠的刻劃描寫是分不開的；她花了五
年時間把《水滸傳》翻譯為英文，這在美國還屬首次；在諾貝爾文

學獎頒獎典禮上,她發表了受獎感言,熱情讚揚「中國古典小說與世界任何國家的小說一樣,有著不可抗拒的魅力。」1934年賽珍珠回到美國以後,積極致力於人權和婦女運動,致力於東西方文化交流;中國抗戰爆發後,遠在美國的賽珍珠更是竭力為中國人民的反侵略戰爭奔走呼號;1949年賽珍珠成立了收養機構,在長達半個世紀的歲月中,收養了近五千名世界各國的孤兒和殘障兒童;1964年她又成立了「賽珍珠基金會」,更加廣泛地開展各種慈善事業;賽珍珠還與徐志摩、林語堂、老舍、胡適、梅蘭芳等當年來到美國的華人文化人士建立了深厚的友誼⋯⋯

由於賽珍珠批評蔣介石的獨裁統治,國民政府拒絕出席賽珍珠的諾貝爾文學獎頒獎典禮,這是不難理解的;在美國對中國實行經濟制裁的五十年代美國恐共主義盛行時,賽珍珠因同情中共統治下的中國的寫作理念與美國的國情相悖,因而被聯邦調查局列入黑名單進行調查,這也是不難理解的;可是中國大陸解放以後,她的作品卻受到全面的禁錮封殺,這就委實教人費解了。尤其是1972年當美國總統尼克森突然宣布訪問中國以後,賽珍珠喜出望外,她希望回到自己曾經生活過四十年的故鄉,因為這是她多年的夢想,她要回到宿縣去,回到鎮江去,回到南京去,計劃著要去訪問的老朋友,包括孩提時代的朋友,她還要到北京去訪問周恩來總理,並給他寫信表示這一願望,她還要為美國國家廣播公司製作的一部有關中國的紀錄片擔任講解員⋯⋯一切的一切是如此甜美,如此順理成章,她在幸福中等待再等待,可是等待的結果是她前往中國的簽證申請被無情地拒絕了!這猶如晴天霹靂!她怎麼也想不到自己畢生為之奉獻的第二故鄉,卻不准她歸去,這是多麼無奈、多麼無情的事情呀。她絕望,她悲痛,她憤怒!第二年,當她剛剛踏入八十一歲的時候,終於在疾病和絕望中帶著她未竟的願望永遠離開了人間,給世人留下了不盡的遺憾和惋惜。

　　在回程的路上，我一直感到忐忑不安，一直感到不可理解，我總覺得中國似乎還虧欠著賽珍珠什麼！儘管是1957年中國反右期間她寫了《北京來信》，表達了對中國知識份子遭遇的同情，儘管是1969年文革期間她的老朋友老舍含冤跳湖自殺，她悲憤交集，寫了《梁太太的三個女兒》，猛烈抨擊文革並流露出對當時政局的不滿情緒，其實這些又何罪之有呢？為何要拒絕她的簽證申請呢？

俞敬群

作者簡介

　　俞敬群，浙江省富陽縣人，僑居紐約。散文常刊登於《世界日報》、《明報》、《僑報》等副刊。著有《零花集》、《點燃復興之火》、《客旅散記》、《心靈跫音》、《興起發光》、《畫翅集》、《和諧之歌》等。是紐約華文作家協會、海外華文作家筆會、國際筆會分會及美國詩人協會會員。

七個鳥窩

　　回想我童年的時候，曾經養過一隻小鳥，那是從桑樹上的鳥窩裡帶回來的。我不忍把牠關在籠內，而讓牠在客廳中自由走動。有時，牠雙翅扇扇欲飛。想不到，一天早晨，我一打開大門，那鳥就往外飛去，從此再也尋不到牠了。

　　鳥的鳴聲，鳥的羽毛，我都喜歡。有時我到新州去看我的孫兒，那是一個幽靜的小鎮，跟我童年時期居住的地方相似。清晨，鳥兒悅耳的「晨歌」此起彼落，往往會勾引起一些童年的回憶。我傾聽、傾聽，忘記了身在異鄉。

　　一天，我帶著孫兒到後院，當我走到法國梧桐樹下，忽然，一隻小鳥驚慌失措從矮柏松樹上飛出來，邊飛邊叫，我走近那裡一看，樹上有一隻鳥窩，而且窩裡還有三隻雛鳥，身上細細短短的乳毛，眼睛也沒睜開，在窩裡蠕動，非常令人憐愛。

　　立刻，我叫我的小孫子，那時他才五歲，把他抱起來，讓他看那窩裡的雛鳥，他瞧見那三隻鳥也非常高興！

　　大約過了一個星期，我們再去看窩裡的小鳥，原來細細短短的乳毛已長長變成褐色，原來牠們軟弱站不起來，如今已能微微移動自己的身體。原來看不出有鳥的形狀，如今已具有一個輪廓。過了幾天，我們再去看，翅膀已經長成了。小鳥從蛋殼脫穎而出，逐漸成長，甚至能飛來飛去。生命成長的過程，真是一件不可思議的奇蹟！

　　我回到紐約，心裡還是想著那一窩鳥。在那些日子，陰雨綿綿，不知那窩中的雛鳥，在風吹雨打的情況下，究竟會怎樣？想著，想著，我就打電話給我的小孫子。

「但以理，窩裡的小鳥怎樣？」

「爺爺，鳥窩空空，小鳥都飛走了！」

啊，我真如杞人憂天。

植物、動物的生長過程，都是有規律的。正如太陽升起，太陽落山一樣。

母鳥在生蛋以前，牠與公鳥會同築一巢，窩的大小正好可以容納所要孵出來的雛鳥。假如，窩太小了，孱弱的就會被擠出窩外，掉在地上，豈不會一命嗚呼麼？假如，窩太大了，母鳥的翅膀恐怕就不能周全地遮住整個「家」。雛鳥豈不會受風吹雨打之苦麼？鳥兒的本能，彷彿有藍圖尺寸，築成既不大又不小的巢窩。而且，築窩的一草一葉，完美得可與人手工築的媲美哩！

我算了一下，新州屋前屋後的樹上，自遷入以後，在數年中，鳥兒所築的窩，已有七個之多。鳥兒築巢似乎也選擇地方。顯然，牠們不喜歡呆在人家的客廳，度那苟安的日子；而是喜愛生活在自然的天地中。

我又想，為什麼牠們在我們的前後院作窩呢？記得嚴冬白雪皚皚的季節，我與但以理曾經把麵包弄成小塊，屢次扔在雪地上。當我們「餵」的時候，牠們停在樹上，當我們走進屋子，牠們就飛下來吃。牠們似乎能領會我們「雪中送炭」的情意。

所羅門有一句警世名言：「要救自己……如鳥脫離捕鳥人的手。」（手字在英文聖經是snare，意即網羅。）今日，世上有的人把網羅套在別人的身上，而以別人的痛苦暗暗自喜。俗語說：「好馬被人騎，好人被人欺。」這樣的人，他心裡缺乏愛。其實，他心靈裡也是孤單、痛苦的。他所得到的喜樂，也不過如曇花一現。有的人，為了要滿足一己的慾望，為了要達到自己的目的，竟自投羅網，這樣的人也是由於自私、缺乏愛，更毋庸說會遭受痛苦。古書上說：「天作孽猶可違，自作孽不可活。」回想這一段有關鳥的瑣

事，我覺得人與人之間，甚至人與鳥之間，有愛纔有和諧，有愛纔有喜樂。我心底不由得發出感嘆說：「鳥兒啊，你真聰明，因為你懂得愛！」

甘餘悟感

輯六

陳漱意

作者簡介

　　陳漱意，籍貫台灣省，紐約市立大學藝術系學士。曾任職於紐約中報社區記者，副刊編輯。著作有：長篇小說《無法超越的浪漫》（台灣皇冠出版社）、《上帝是我們的主宰》（皇冠出版社百萬小說佳作獎）、《蝴蝶自由飛》（中國時報百萬小說佳作獎）、《背叛婚姻之後》（九歌出版社），及《雙姝戀》（黃河出版傳媒集團陽光出版社）；散文《別有心情》。

一起走路的夥伴

　　大清早在公園走路，見瓊跟露西老太太在一起打網球，這幾年稱別人老太太總有點不安，因為自己也攀上這個門檻了。只是，露西的確老了，已經八十好幾，身體狀況卻一點不比周圍的我們差，她至今仍然是網球高手。瓊正在到處撿球，看到我於是走過來，隔著鐵絲網說她剛把車子賣了，從此只搭巴士，另外買了一輛自行車，要我找一天去她家裡看那輛她新買的自行車。「最近就過來吧，不要拖太久，我正在考慮把房子也賣了。」

　　「妳打算搬去那裡？」我問，心情霎時低落。我們是近三十年的老鄰居了，初搬到這個屬於大紐約區、緊鄰哈德遜河的小城時，瓊離婚不久，剛剛回醫院做她的老本行當護士。我後來改吃有機食品，就因為她不斷的耳提面命。瓊並不是熱情的人，尤其她天生一張苛薄寡情的冷臉，要認識久了才知道她只是極端內斂，心腸其實很好，老是關心我可以吃這個，不可以吃那個。我們搬來第一天瓊就過來按門鈴，臉上冷冰冰的，懷裡卻抱著我走失的小狗，「這是你們的狗吧？她已經在外面遊蕩半天了，我知道你們搬家還在忙，但是讓她跑太遠，等一下會找不到的。」瓊於是成了我在小城的第一個朋友。後來我們經常相約一起走路運動，兩人邊走邊聊，走累了回家喝咖啡，吃瓊自己做的麵包。有一次她聽說我在寫小說，很不以為然的應：「人生裡面已經有太多故事，妳還要編故事！」那讓我莞爾。原來瓊除了失婚，還很不幸的是個養女，二十歲那年，好不容易找到她的猶太生母，她母親已經有自己的家庭，僅對她說：「我的過去沒有任何人知道，尤其，我的先生和孩子統統不知道有妳的存在，所以，妳現在最好立刻離開，而且再也不要來找我。」

　　瓊這時見我不捨得她搬家，無奈的說她想搬到省錢省事的公寓住，她一個人住一棟大房子已經三十多年，那些夏天請人除草和冬天鏟雪的花費，對她來講已經毫無意義。「但是，妳要在早上十點到十一點，比較涼快的時間到我家裡，因為我的冷氣機壞了。」說完匆匆回網球場。我繼續走路，走道圍繞一個大圓操場，綠草皮的操場，供中小學生踢足球用，另一面就是兩個網球場和籃球場。那些使用球場的年輕人，都是這幾年搬入這個社區的新血，好幾年前曾聽老露西說，「我們所在的是一個悲哀的城市！每一棟屋子裡住的，都是孤單的老人。」她手指著這一棟那一棟各擁有四五個臥室以上的房子說，「這一棟樓上住一個九十好幾的老太太，她沒法下樓，有一個看護上樓照顧她，另外那一棟，本來是一對老夫妻，老先生去年死了……又這一棟，本來是一個老太太的房子，她死了以後送給那個黑人郵差，因為那個郵差每天去陪伴她！」乍聽到這些，我有一點毛骨悚然。

　　我慢慢走著，走道兩旁種植各式各樣的小樹，都由這裡的居民捐贈，每一棵樹下安一塊石板，標示著某某家庭的樹，多半的樹用來紀念他們逝去的親人。現在是綠油油的夏天，公園在冬天照樣開放，甚至大雪之後冰封的公園，鏟雪車只能鏟出走道，四周雪白一片襯著枯樹和幾株青松，空氣冷而脆，走在兩邊高高疊起的雪壁當中，那個光景美得簡直能讓人落淚。

　　走道上疏疏落落有一些跑步或走路的人，我看到喬治和牽著兩條德國狼狗的路易走在前面，想要把腳步再放慢一點，我心裡面盤旋著瓊要搬家，搬到一個適合養老的公寓裡，而我們這個城裡是沒有公寓樓房的，瓊多半會搬得很遠，從此平心靜氣的等待個人的老死，這樣想著使我惆悵，不想跟任何誰打招呼，可是我向來性急總也走不慢，老是走兩下就不由自主的加快腳步。我乾脆停下來，等他們走遠才跟上，偶而隨風飄來一點他們說話的聲音，兩人聊得好

像很高興。路易是建築承包商，還沒退休，他有義大利人的熱情，見面經常來個熊抱，嘴裡還要說著，「妳一如既往的美麗！」也所以，有時候我頭不梳臉不洗走在路上碰見他，總是渾身不自在，恨不能立刻隱形。自己想起來都可笑，人家稀鬆一句話竟信以為真了。

喬治恰恰相反，他跟瓊一樣具備一張冷臉，不苟言笑，可是我們常不期而遇的在一起走路聊天。有一次兒子詫異的問我，「妳怎麼總是跟看起來很兇的人做朋友？」兒子把冰冷簡單的解釋成很兇，其實冷冷的嘴臉常吸引我去一探究竟。喬治是信基督教的猶太人，曾經是地毯經銷商，老妻已經逝去多年，他的房子占地很大，後院新挖一個大池塘，養滿了大大小小花花綠綠的魚，我幾次應邀去參觀那些美麗的游魚，聽他一一道出魚們的品種和個性，那個專注的模樣，很難把他跟一個成功的生意人聯想到一起，大概是退休後一切放鬆了，才湧現的潛能。小城裡像他們這樣退休或接近退休的老男人很多，我過去跟他們僅在照面的時候打個招呼，直到去年兒媳婦出去競選市議員，因為跟我們住得近，有一次借用我們家客廳辦募款餐會，我才跟這些鄰居熟悉起來。

那次晚餐採自助式，幾位黨內元老介紹出來競選的新秀之後，我到廚房看義工們上菜，忽見陽台上一隻小浣熊努力的在扯咬什麼，近前一看，燈光下，一隻淺棕色的小浣熊，用前面兩腳抱住橡膠罐，無暇旁顧的不斷扯咬，裡面裝的可是我餵野貓的貓食，我用力拍落地窗也嚇不跑他，瓊帶頭，幾個年長的太太過來看熱鬧，小浣熊終於咬破罐子享用美食，「別制止他，讓他吃！讓他吃！他是個小貝貝耶！」大家七嘴八舌又紛紛拍照，「浣熊這麼厲害，那罐子我扭得很緊，他居然聞得出食物的味道。」我望著漸空的罐子詫異的說。

「一定是這可憐的小東西餓壞了。」好幾個聲音一起回應，其實動物的聽覺嗅覺本來就比人類敏銳，大家只是老來慈悲心氾濫

罷了。聚餐瞬間分成為兩團，客廳裡的年輕人談他們熱衷的政治，年長的聚在廚房談我們社區裡的野鹿野火雞野貓。我說起有一天清早在公園裡，三隻鹿在走道上歡快的跳舞，忽然看到我，嚇壞了，迅速在很近很近、不滿一隻手臂那麼長的距離一躍而起，飛越過近一人高的欄杆，降落到操場上，那個姿勢之美，簡直像天仙一樣！像天仙，是我慣用於野鹿的形容詞，大家滿口同意。一位金髮的太太說，有一天清早上班時，見一家野火雞堵在路當中，所有人都停車，等牠們優哉游哉的老也不過馬路，後來一位老先生下車，把牠們趕入路邊的院子裡，車子才通行。我說那一家子火雞很喜歡吃麵包，每天早晚到我後院等吃麵包。

瓊忽然問我，「妳真的把野貓帶去醫院閹割了嗎？」她新近從動物收容所領養了四隻貓在家裡。

「我帶了三隻去，剩下兩隻根本抓不住，還沒帶去。」我餵養的一家野貓是一隻貓媽媽帶四隻小貝貝，從牠們第一天進入我院子裡開始餵，那時候四隻小貓的腿還軟軟的站不穩，現在已經是頑皮的青少年了，我要在牠們滿半歲，開始交配之前帶去閹割，野貓實在太多太可憐了。餵野貓是難過的經驗，貓們並不似我原先以為的無情，牠們對人的依戀只是比狗理性，要受到一定照顧之後才會知恩圖報，那時也會像狗狗一樣，圍繞在我腳邊蹭來蹭去，尋找肌膚接觸的慰藉，而那總是讓我擔憂，因為到了天寒地凍的嚴冬，我還是只做得到供膳不供宿，拒絕貓們喵喵入屋取暖的哀求，非常傷感。

「聽說帶野貓去閹割，醫院只收很少的費用？」有人問。

我告訴她，先打電話去動物收容所，他們會送來鐵籠子，只要把野貓趕入籠子裡，到他們指定的醫院就可以，那裡分文不收，免費。「問題是，要把野貓趕入籠子裡，好困難啊，他們怕死了鐵籠子。」

　　結果每個都自告奮勇要來幫我抓野貓，我這才知道，這個社區裡面很多人餵野鳥野貓，路易那麼忙的人都餵三隻野貓，喬治也一樣。餐會次日，兩位太太清早來幫我抓野貓，還帶來一盤貓們喜歡吃的十分細嫩的幼草，野貓已經十分警覺，看到一下來兩個陌生人，嚇得飯也不吃一溜煙統統跑了。雖然忙沒幫上，但是有這麼多好心好意的人在左右，所謂歲月靜好，就是如此了。

　　我又走得太快，追到他們後面，路易清理完兩隻狗的糞便，抬頭見到我哇啦叫起來，我請他趕快把手裡那包東西去扔掉。「為甚麼每次就你一個人帶狗出來？」

　　「我太太一回家就不想動，她每天忙著鍛鍊大肌肉，太累了！」說得我們都笑了。路易的太太是健身教練，是個大美人。

　　我們走到公園出入口，那裡有一個平日不開放的服務站，艾琳太太在裡面打掃，準備明天開張。明天是星期六，是我們小城裡一年一度的大日子，有小學生的球賽，有樂隊和豐盛的早午餐，由市政府請客。路易問我，明天會不會來幫忙？我搖頭，「今年人手很夠，有好幾位年輕的韓國太太會來做義工。但是我和我先生會過來喝咖啡，你們什麼時間過來？」大家約好了見面的時間。

　　喬治又重拾話題說，他剛才告訴路易一個笑話，「我也要聽！」我發覺喬治有一陣沒有說話，立刻慫恿著。

　　喬治接下說，他去這裡的老人活動中心看幾個老朋友，朋友們聽說他至今還游泳打網球，異口同聲的表示，「等我將來老了，也要像你一樣。」我們一起大聲笑出來。多麼可愛的老夥伴啊！

　　平日裡，我一個人繞操場走五圈，半個鐘頭就急著回家，然而，有這些好鄰居相陪，走一個鐘頭也不覺得累，只盼望前面的路還很遠，天涯海角那麼遠，我們可以一直走下去。

原載於《世界日報》副刊2017年8月31日

李秀臻

作者簡介

　　台灣輔仁大學大眾傳播系畢業，紐約州立大學傳播系碩士。曾任報社記者、編輯、網站編輯、雜誌創辦人。現任紐約華文作家協會會長、海外華文女作家協會理事及永久會員。曾獲海外華文著述獎報導寫作類首獎。作品收入多本文集；著有《風雲華人》；參與多本散文集的編輯。

失而復明——視網膜手術記

今年六月中旬的某一天，我的左眼視力上方出現了一道黑幕，形狀像倒垂的上弦月。從我的左眼看出去的影像，大概有三分之一是黑暗的。眼睛並無疼痛不適，外觀也看不出有任何異狀，靜觀其變之餘，我維持正常的生活作息，包括做平常喜愛的運動：打網球、上Zumba課。兩三天後，黑幕不但沒有消失，而且有擴大的趨勢，心生不妙，決定找醫師檢查。

記憶裡，過去除了配眼鏡看過驗光師之外，沒上過眼科診所，其實好像從某個年紀開始應該定期檢查的，我沒照做。現在突然發生狀況，不敢大意。我先向朋友打聽她的眼科醫師電話，據說他很有名，病人很多，結果接聽電話的助理告知新病人的預約要排到一個月之後。我一面覺得有點不可思議，一面動手翻報紙，找到一位老牌醫師的廣告，電話打去，那頭的小姐聽了我的描述，即要我週末一過完，也就是兩天後的星期一上午到診所。

老牌醫師不在，因為年紀大了，每週只有星期四一天看診，診所裡另有好幾位合作的眼科醫師。負責看我的是一位講英語的華裔女醫師——艾醫師。她耐心地問了一些問題，例如眼睛有沒有出現閃光？是否受過撞擊？我回答都沒有。但是突然想起幾個月前眼睛曾出現類似飛蚊的症狀，時有時無，不以為意。經過眼底鏡及超音波檢查，艾醫師指著電腦上的影像告訴我，左眼的視網膜有剝落現象（retinal detachment）。

這是甚麼情形？怎麼會這樣？我的心底馬上起了一連串的問號。

症狀突發，轉診評估

艾醫師以沈穩的態度、專業的口吻解釋著：視網膜是服貼於眼球後壁的一層感光組織，就像相機中的底片一樣，它感受到光之後，再通過視神經把接收到的資訊傳遞給大腦，我們才會看見東西。視網膜下方有脈絡膜，負責供應視網膜氧氣和營養。當視網膜和脈絡膜分離時，不能感光的部分就在視野中出現了黑影。她又用淺顯的例子告訴我，視網膜脫落就好比家中的壁紙有時也會脫落，把它黏貼回去就好；視網膜剝離，則要透過手術讓它復位……

我問她發生的原因是甚麼，她說有多種可能，例如曾受到外傷、深度近視、老化、或有家族病史等等。我有中高度近視，前一段時間曾經重度使用電腦工作，眼睛感到乾澀疲累時，仍硬撐不知休息，夜晚睡不著覺又免不了滑手機，藍光傷眼……當飛蚊癥兆出現時，沒有即時檢查，眼睛終於抗議了。

艾醫師看起來經驗豐富，處事熟練，她問我住在哪裡，然後很快地打了一兩個電話，隨即要我離開這兒之後，前往長島一家「玻璃體視網膜治療中心」做進一步的評估。一切來得太突然，艾醫師也沒多說，此刻的我還摸不清到底有多嚴重，要怎麼治療？也來不及問谷哥（Google）關於視網膜剝離的種種……，只覺得艾醫師的效率真快、要「進一步評估」總是好的。

急症處理，刻不容緩

匆匆解決午餐之後，我的右眼繼續為左眼「代班」，因為左眼的上半部都看不到了，在醫師沒有禁止我開車的情形之下，我小心翼翼地驅車抵達指定的地方。與此同時，我也打了電話給在

上班的外子，他雖然擔心，但也暫時都聽我的，在公司等候進一步消息。

這家專科中心頗有規模，十幾位美國醫師聯合看診，病人很多，從報到登記、醫療助理初檢，到主治醫師看診，按部就班，井然有序，病人在偌大的候診廳耐心地等著被叫喚。當夏肯醫師為我仔細診斷後，鄭重地告訴我要進行「視網膜氣體固定術」來治療眼疾，面對一臉惘然的我，他用淺顯易懂的英語解釋，就是用雷射療法在眼中注射氣泡，讓它慢慢頂著脫落的視網膜促使復位。手術及復原順利的話，即可恢復患病前的視力。

至此我才知道大事非常不妙，這是眼科的急症。若未及時治療，眼睛會失明的。難怪艾醫師一刻不等，就要我來這裡。而且如果我選擇朋友介紹的那位熱門醫師，一個月後才去看病，我可能早就失去一隻眼睛了。

我接受夏肯醫師的安排，答應兩天後動手術。接下來他的助理聯絡醫院、安排操刀醫師，又說明術前準備事項、開藥單，還要我提供一年內的健檢報告等等。一天之內，我奔波兩處眼科診間，一波波的訊息迎面而來，有點無法招架，漸漸地我也從五里霧外認清現實狀況，告訴自己盡量以平常心來面對眼前的挑戰。

手術順利，復原期難熬

沒有健檢報告，不能進行手術。我的家庭醫師因為遷移，一時聯絡不上，迫在眉睫之時，突然想到好友艾倫的先生張醫師也許可以幫忙，他是心臟科醫師，也可以做健檢，次日他在滿檔的門診時間中特別擠出時間給我，做完了檢查將報告傳送到醫院，確認了我的身體狀況都OK，可以接受視網膜手術，他的拔刀相助，特別感謝。

　　在一天都不能等的情況下，隔天外子陪我到了醫院。羅麥洛醫師花了一個多小時完成手術。當我被推到恢復室時，左眼罩著白紗布，等候中的外子有點焦急，聽到手術順利才稍安心。

　　負責照顧我的護士語氣溫柔地講解術後注意事項。除了服用止痛藥及使用類固醇和抗生素兩種眼藥之外，最初兩個星期不能提重物、避免彎腰和劇烈運動；也不要閱讀看手機電腦等，避免眼球快速轉動影響復原。然而最重要也最難熬的事是，最初兩個禮拜我必須保持低頭姿勢，不管做任何事情，吃飯、走路、做家事等等都要低著頭，醫師嚴格規定每一小時只能休息十分鐘，頭才能抬起來；睡覺也採趴臥，視復原進度才能側睡。這些做法都為了利用眼內空氣浮升的力量抵住造成視網膜剝離的裂孔，促使網膜平貼黏合。羅麥洛醫師說，整個復原時間直到氣泡消失大約要兩個月。這段時間我也不可搭飛機，高空的氧氣稀薄會使病眼腫痛不適。

　　毫無疑問，接下來我的生活變了樣。行動被限制很多，活動力也下降，有些工作被迫停擺，或請人代勞，生活節奏也變慢許多。覆蓋左眼的紗布在術後次日回診就由醫師取掉了，此時眼瞼紅腫眼白也有血紅，視力則完全模糊，醫師說這些都是正常的，我必須一天天耐心等候氣體消失後才漸漸看得到。

　　我們聽從醫師建議，租了一座類似直背式面朝下的按摩椅器材，多半時間我坐在這張椅子上，臉朝下，強迫自己每一小時只能抬起頭十分鐘。為了減少眼球的轉動，盡量不看電腦、手機，更沒法寫作、閱讀。偶而心癢看看手機訊息，還手癢回覆，都被友人好意喝止，要我多加忍耐。因為眼睛畏光，無法開車，走路又有點失去平衡感，兩場在數月前即訂好的文學講座，我不但無法出席主持，也錯過了老師們精彩的演講內容。遺憾之餘，非常感謝幫忙照顧活動的熱心文友們。

慢活安待，感恩復明

這段被迫在家低頭休養的日子，也正好靜下心來沈澱自己。視覺受了傷害，開始想到聽覺的重要。我戴上耳機「聆聽」一些有益身心靈的節目。在視頻裡找到一些作家開講的節目，其中最喜愛的是蔣勳的有聲書，他腹有詩書口才流暢地漫談唐詩宋詞、介紹蘇東坡、李清照、張愛玲……還有細說紅樓夢、講述生活美學等等；也聽了很多TED Talks、佛經哲理，以及各種古典現代音樂、中西歌曲等等，不經意還發現一些插科打諢的脫口說節目，也能讓我忘懷一笑，破解沉悶。原有運動習慣的我，暫時不能打球跳舞，只好在家裡來回走步、做做伸展操。

兩個星期後回診時，醫師告訴我復原速度很好，不須再低頭了，而且可以側睡。一個多月後，視網膜順利貼合，但氣泡仍有百分之三十左右沒有消失。左眼的視力仍是模糊，右眼恪盡其職，繼續分擔重任。原先訂好暑假與孩子訪台的行程，因為眼內氣泡未完全消失，我只好向旅行社取消機票，任孩子獨自前往，與朋友的約見也只能抱歉延期……

慢慢地我恢復做一些不太費體力的事，也慢慢恢復原先的生活型態，做家事、社會服務、閱讀、寫作、與社交活動等等。眼裡的氣泡越來越小，小到最後好像一個英文句點在我眼裡。終於在術後滿兩個月的一天早上，醒後睜開眼睛發現它完全無影無蹤，我興奮地大叫，感到彷彿身上的一道無形枷鎖被解開，兩個月來我左手戴著有醫師緊急電話的手環，終於可以剪去，整個人像重獲自由般輕鬆快樂，我終於可以打網球與跳Zumba，也可以搭飛機旅行……視力進步了，戴了度數矯正的眼鏡，不影響做任何事。

回顧這一段經歷，左眼與「失明」的距離曾經很近，人生差

點走味,感謝老天讓我重獲健康的眼睛,從今更警惕自己要好好保護靈魂之窗、遵守定期檢查的原則。感謝家人的扶持與理解,以及許多親友的關心慰問,讓我感到滿滿的愛與溫暖。這段人生意外插曲,有著苦中帶甜的滋味,感恩自己的幸運,感恩平安復原。

寫於2019年12月

唐　簡

作者簡介

　　法律背景，工作之餘寫作。作品曾發表於《青年作家》、《文綜》、北美《漢新月刊》、紐約《僑報》、《世界日報》等。曾獲《漢新月刊》文學徵文比賽小說金獎、詩歌和散文佳作獎。

十二月，聖誕節的月份

　　我正在手機上碼字，剛剛進入全神貫注的狀態，有人出現在我左側的地鐵門邊。從我眼角的餘光來判斷，那是個穿黑皮夾克挎吉他的男人，夾克的一角和吉他晃了幾下，離我很近，感覺只有一尺不到的距離，就在我的耳邊。我意識到我犯了同樣的錯，坐在車廂中段靠門的位置。那些常常在一節節的車廂中穿梭，指望得到乘客幫助的人獻技時，總是喜歡來到車廂的中段。吉他馬上就要轟鳴了，不管我緊不緊張，它在男人密集、有力的敲打下，發出一陣接一陣緊繃的巨響，威力遠遠大於從我頭頂上方越過的男人的歌聲。同時轟炸我的耳膜的，還有來自男人對面手鼓和鈴鐺的聲響。

　　到了這時，我只好放棄重回先前狀態的努力。這情形可以被視為一種冒犯，我在我的角落裡靜靜地迷失，沒有妨礙別人，作為遵守遊戲規則的回報，最起碼我的耳朵不該遭受如此的待遇。不，男人，你不會在我這裡得到一分錢的。我想站起身走開，又不大情願失去難得的座位。我盡力忍著，不免抬頭去看誰是男人的同謀，於是立刻認出她來。是她，那個黑臉膛的中年墨西哥裔女人，男人肯定是她的先生。女人手中晃動著的，是一個綠色的手鼓——鮮亮的綠色，上面綴著的一圈金色鈴鐺正叮噹作響，和著她以手擊打的節拍，為男人伴奏。即便她的馬尾，也綁了綠色的綢緞，不是亮綠，而是更能激起視覺快感的一種暗綠，幾乎就是聖誕樹的顏色。我第一次看見女人如此裝扮。的確，這是十二月，聖誕節的月份。

　　節慶的跡象比比皆是：我常去的星巴克，大、中、小號紙杯全都印著聖誕節圖案，想來至少紐約其他的星巴克也是一樣；週末的三十四街賓夕法尼亞車站裡，出現了好些個聖誕男人和聖誕女

人；公寓門廳的一角，在猶太人光明節的最後一支燭光熄滅後，樓管擺放了妝點著彩球、星星和燈串的聖誕樹，燈飾熠熠閃爍；一樓鄰居在門上張掛了點綴著小紅果的綠色花環，他和他男友還在廚房重唱《白色的聖誕節》，歌聲飄揚。十二月，這裡和那裡，亞裔、拉丁裔、白人、黑人、直男、直女和同性戀，人們在種族大熔爐中以各自的方式享有著一份聖誕情懷。假如穿越久遠的時空，還有關於聖誕節的懷想，那是十個剛從高校畢業的學生，在貴陽市省府路貴山飯店相聚的那個聖誕之夜，和那夜延續至今的溫馨：空氣是溼冷的，窗外下著小雪，停電了，燭光盈盈，整棟樓只有我們，錄音機裝了蓄電池，播放著舞曲，長方桌上擺滿了食物和裝飾品，桌旁立著一棵一人高，由幾塊石頭固定、根鬚帶著新鮮泥土的松樹——一位大眼睛、真誠的大男孩不知從哪挖來的，為的是盡善盡美；冷夜，孤樓，歡笑點亮了青春的臉，一種心的融匯使彼此踏實和溫暖，快樂就在那，輕易就能得到。從過去到現在，晝夜更替，四季流轉，他們，你們，我們，從一個確定的境地過渡到另一個確定的境地，而眼前的女人和男人從一趟地鐵轉戰另一趟地鐵。

　　六年前為方便女兒讀書，我從布魯克林的公園坡搬到曼哈頓哈得遜河東岸的華盛頓高地，開始了每天乘A線地鐵通勤的生活。我在這條線上見過這對夫婦十來次，他們有可能也去別的地鐵線。一直以來，女人的行頭是一根一尺來長、指頭粗細、令人聯想到擀麵杖的光滑的木棍，和一個有著搓板似的表面、上端開口、土黃色泛光的橢圓形鉢盂——也可能是一種樂器。她一身的黑色，神色木然，大辮子拖在身後，男人剛一開始撥響吉他，她便勁頭十足、機械地用木棍上下刮擦鉢盂，但總是一上來眼睛即東張西望，幾乎是骨碌碌轉，彷彿誰也不可能捉住她的目光，而她的目光也根本不可能在別人的臉上逗留——不管是哪種情況，都比一隻蚊子在垂直、光滑的冰面上停住還難。她每次為男人伴奏，刮不到十秒便打住，

轉而直奔主題，連續不斷地將鉢盂伸向眾人，同時飛快地一步一停，重複向前，當男人的歌聲一收，便頭也不回地奔向下一節車廂。事實上，我只記得女人的臉，因為男人缺乏獨特的臉部特徵，也不具備令人過目不忘的神態，而且他的臉總是躲在米色的大沿帽的蔭下，讓人覺得那兒沒什麼可探索的。單是嗓門大和能夠把吉他奏得如雷鳴一般，還不足以得到比他太太更多的注意力。但這對於女人，真是一件不幸的事，有些人似乎生來就不具備討人喜歡的特質，也不懂得「敬業精神」可以彌補此項不足。每次見到她，我都感到她也許該考慮一下避免給人以不認真和隨隨便便的態度，因為它近乎於另一種冒犯。

如今，女人依然一身黑色，面無表情，左看右看，頭髮卻剪短了，不再梳成辮子，開始用色彩打扮自己，這體現出她卑微的努力。突然間，我不再介意他們的「冒犯」。在她跑開前，我往她的小背包裡放進了四個一塊錢的硬幣，「四季平安」。

以後再見到她，或許她已經有了一分從容，從容地獻技，又或許別人怎麼看毫不相干，她只需身強體健，明確知道下一站將是哪裡。

蕭康民

作者簡介

　　江蘇金壇人，1949年隨父母遷台。政治大學新聞系畢業，美奧克拉荷馬大學大眾傳播碩士。曾任中華電視公司新聞部編導，後負責大成報經理部。1973年婚後再返紐約，加入長兄夏威夷凱餐飲集團經營。於2007年參加紐約作協文薈教室。平日喜愛文藝、淘寶和旅遊。

雲淡風輕

「採菊東籬下，悠然見南山」——陶淵明〈飲酒詩〉

婚後黛西告訴我一段為我們人生加味小插曲，確然甚堪玩味。1972年暑期，她二妹心血來潮拉她去算命。報出姓名和生辰八字後，也未多言，命算師稍觀面相後，又仔細看了手掌和指紋，隨即告訴她說：「妳已紅鸞星動，年底之前一定出嫁，飄洋過海。」她當時尚無固定男朋友，尚屬「君子好逑」時期，所以只當是江湖術士信口開河，沒放在心上。又鐵口直斷她妹妹也是出國命，嫁的先生不是姓陳就是姓張，將來開金子店，會是個富婆。人生就這麼奇妙，過不了多久，我們經長輩牽線，門當戶對又有眼緣，交往順遂，很快就水到渠成。父母看了黃曆，特別選定12月31日成婚宴客，真是無巧不成書，確如算命師金口玉言，絲毫未差。她二妹喜歡有福相、方面大耳的男孩，三年後也欣然如願，嫁到麻州張家，後來果然開了餐館和珠寶店，做生意很成功，現擁房產數處。我不迷信，但有一歌詞，說命運是「三分天注定，七分靠打拚」，或有它的見地。命相之言，雖不敢斷定玄機是否存在，但相信心理上，無形中會受到一些影響，幫助增加自信，注意避險趨吉。

我一向遵從孔老夫子儒學教導和人生哲學。《論語》說三十而立，要我們少壯時要及時立身立業，否則錯失良機，會後悔莫及，又說七十而隨心所欲，不逾矩。真知灼見，分析人生哲理，淋漓盡致。在台婚後二度來美，心存敬業，絲毫不敢懈怠。感謝大哥恆久的友愛關懷，在傍徨時刻，為我安排好工作，而無後顧之憂。稍微上路之後，即以安家為第一要務，在皇后區木邊（Woodside）租下

一間小公寓，靠近七號地鐵，也離大哥住處不遠，可以有所照應。其實，當時並沒有什麼生涯規劃，只是決定一個發展方向而已。不久黛西也在國殤日來美，她為節省費用，帶著身孕，班機停了數處，折騰好多時間，才抵達紐約甘迺迪機場。我們十分瞭解，這只是另一階段人生開始，必須開源節流，才能在此立定腳跟。

上　2008 年母親節，作者家人同慶。（蕭康民提供）
下　Howard Beach 母女屋，作者居此近40年。（蕭康民提供）

在擔任城中Hawaii Kai餐廳的晚間經理不久，即承「錦江飯店」老闆王學長邀請，為他在週末午間代班，這裡曾是我當年念書

打工舊地，裡外都有許多朋友，週末工作時間雖然長些，並不以為苦。第二年秋季，心急賺錢，又在艾姆赫司特（Elmhurst）頂下一家午餐雜貨店（Luncheonette），真是初生之犢，不懂艱苦，進行全天候戰鬥。但僅憑匹夫之勇，人也不是鐵打的，再加上缺乏計劃和經驗，無異拖妻兒一塊受罪，實在於心不忍，所以只硬撐了六個月，就急流勇退。事雖與願違，但就在那兒得幸和阮兄初識，他常在店前地鐵站接送新婚夫人上下班，承他美意，介紹舊識張君和我台北的二妹通信，有情人終成美眷。可能老天爺當時要借我們兩人的手，成就這個良緣吧！縱然自己空轉半年，也十分值得。

那時，碰巧有個憲兵學校預官時的同學，在華爾街擔任股票經紀，我常往請教，藉此增加一些投資理財知識，因之開設了一個股票共同基金戶頭（Mutual Fund），由於股票和債券長期報酬率，依統計顯然比錢存銀行高出甚多。我夫婦倆就把每月結餘存入戶中，期能集腋成裘。後來Hawaii Kai店中友人正巧釋股，我近水樓台，動用了這筆資金，也成為小股東，每月多了些紅利收入，日子逐漸寬鬆起來。強兒出生以後，買了一輛通用公司小型車「火鳥」（Firebird）代步，因此假期也能到各處遊玩，許多鄰近名勝古蹟，像波士頓哈佛大學、費城自由鐘、華盛頓白宮、以及維吉尼亞海灘和長橋，都有我們足跡。有時也常沿長島495公路東行，享受南北海岸的許多國家公園和海灘陽光美景，實在惠而不費。還記得有一次大哥大嫂開車載我們去南岸洛克威國家公園（Rockway），途經霍華海灘小城（Howard Beach），沿著跨灣大道（Cross Bay Blvd.）直行，街道二旁有不少店面和整齊住宅，未能久留，只停在著名的義大利Lenny's生蠔店喝了啤酒，吃些海鮮，口感甚好。哪想到幾年後，我四十歲時，竟能在此地買了一幢高牧場式（High Ranch）的母女屋，一直住到現在，而這家餐廳老闆，正巧是街角近鄰。

很多華人朋友，並不太熟悉我們這個靠近甘迺迪機場的南區小

城。它介於長島和布魯克林（Brooklyn）之間。美建國之初，這裡是一片沼澤海灘地，由於曼哈頓人口日益增加，就逐步向東發展，當時有個叫Richard Howard的拓荒者，首先踏上這塊土地開墾，並擁有三十七畝地，因此就以他的姓Howard為這塊新區命名。1897年布魯克林的皮革製造商聞風而至，並向北推進，在奧松公園（Ozone Park）設立工廠，帶進更多新移民遷入此區。現在此城以跨灣大道和小運河分隔為新、舊二個部分，加上林登屋（Lindenwood）共約五萬多人，居民以義大利和猶太後裔為多，亞裔中菲律賓人因信奉天主教關係，也能看到一些。此地南向大西洋，夏天十分涼爽，環境幽雅，鬧中取靜，適合家居。交通尚屬方便，開車去法拉盛（Flushing）大約三十分鐘，由於鄰近牙買加灣（Jamaica Bay），夏日許多人來此玩船和垂釣，有些遊客徹夜不歸。幾年前也曾因Sandy颶風淹過大水，災情相當嚴重，造成許多住宅受損。

岳母近八十歲時，來美和我們同住。我的母親在台北原由二哥陪伴照料，可是他後來得了胃病，自顧不暇，大哥和我商量後，在2000年時接她來紐約。大哥遠居長島盡頭，還是我處較近華人市集，來往方便些。當時剛退休，時間充裕，樂於侍奉二位母親。岳母篤信基督，我們每逢週日陪她去華人教會。而母親喜歡熱鬧，平日有閒，兄弟們都會輪流來家打小麻將，家人常得團聚，其樂融融。後來岳母胃疾開刀，醫療復健完畢，就長期住在近北方大道一家安養院有十多年，其間三個女兒輪流探望，噓寒問暖，也不感到寂寞。母親九十二歲時，也住入該院，還和岳母同為室友一段時間，說來兩位親家還真算有緣份，總能時常相聚相依。近二十年時光，我們得幸共同照應兩家母親，真是一種福氣，心存無限感恩。

退休之初，生活步調變化，有些不能適應，終日覺得沈悶，百無聊賴。幸而2007年在超市巧遇多時未見的老友阮兄。他因幾年前發生車禍，一直在家休養，並利用閒暇，跟從張隆延老師學習書

法，源自天生慧根，自幼根基扎實，又勤於苦練，已成書法名家，常舉辦展覽，各處教學。我由是加入作協「文薈教室」，隨他練毛筆字，也得機緣聆聽許多文壇名師授課，受益良多。同時又遇見《大成報》舊友趙會長，再續前緣，感受文藝薰陶，心靈頓時清澈起來，陰霾竟一掃而空。近年紐約作協歷經幾位會長和熱心的老師們領軍，寫作園地擴大，先後出版有《紐約風情》和《情與美的絃音》二本文集，第三本也正在籌備，預計2020年夏天能和大家見面。「文薈」一些師友，長期以來已建立堅固友情，交往未斷，現每月仍有一次午餐聚會，輪流作東，大夥談笑風生，溫馨情誼，總如和煦春風，充滿心田。

我愛旅遊，而近年互聯網和電訊發達，遠方友人也似近在咫尺，連絡十分方便，一呼百應，常能走到世界各處歡樂團聚。強兒俄亥俄州大畢業後，即往喜愛的西雅圖工作，那兒環境好，氣候宜人，我們也常去探望，開車各處跑遍。前幾年他認為，當地已沒新鮮地方可供遊覽，所以就改變方式，可以一舉兩得：每次選擇不同的遊輪和路線，各自從東西岸乘飛機到出發點會合。近年一起玩過不少國外名勝景點，沒想到今年春天出了狀況，原本預計在丹麥哥本哈根機場會合，一同上船，作十日北歐遊。哪知在甘迺迪機場準備登機前，臨時被告知機械故障，航班取消，當時真如熱鍋上的螞蟻，跑到深夜，遍尋其他公司，也沒法買到當晚出發的機票，只能無奈電話寬慰兒子，我倆無法成行，真是遺憾。申請退款又是件麻煩事，因屬航空公司故障問題，機票退款尚屬順利，但輪船公司把責任推向航班，雖花費許多時間兩邊交涉，終是徒勞無功。人算不如天算，決定以後出門多買個旅行保險，比較心安。

健康總是生活的重心，快樂的泉源。年邁身軀，就如一部舊車，許多零件務須經常保養維修。我因早年長期上夜班，氣血失調，所以毛病很多，先是牙周病，然後急性肝炎，在家休養一陣之

後，也許營養過豐，高血糖毛病隨之附身，如影隨形近四十年。早上總依照偏方，喝秋葵（八角豆）泡水一大杯，用以調和體內酸鹼，現在只需依囑服藥，尚不須勞煩打針，恐得益此方不少。四年前和大學同班暢遊亞洲歸來，發覺攝護腺的PSA指數超標，有致癌危險。雖然這是男性五十歲後通病，也未敢怠慢，立即選擇放射治療九週，無需住院。我們這個年紀，腸鏡隔三、五年一定要做。聽力退化，也不可忽視，早點做檢查，配好助聽器才是上策，否則影響生活品質事小，弄不好會有失智或憂鬱的風險。總之，預防勝於治療是千古不變的原則，注重養生之外，要定時看醫生，抽血檢驗身體狀況，可以防微杜漸。

　　回顧半生歲月，時如摸石渡河，雖然沒遇上大風大浪，但也免不了五味雜陳，苦樂相參。所幸能夠一步一腳印，在這兒建立新家園。這是一條自己選擇的道路，離開了第二故鄉台灣，雖然有些不捨和遺憾，但並不後悔。人生總難免有得有失，順其自然就是。耄耋之年，現已漸能體會「不以物喜，不以己悲」的道理。雲淡風輕，悠然自在，快樂活在當下。苟能日行一善，更是福慧。

王劭文

作者簡介

　　生於台灣台北，本就讀法律，最初於民權組織工作，後來赴美深造，成為紐約州律師，在紐約大都會工作，但住在山林湖畔。看到對社會有意義的事，可能就一頭栽進。感激一路來照顧她的每一位親友和生命過客。

用智慧超越侷限

　　小時候，我不是個快樂的孩子，且寧願孤僻獨處。二十幾歲時，雖然工作上表現受到高度肯定，卻也遇到極不開心的事，很長一段時間心裡執著放不下，放不下有人不堪容忍地欺侮我、占我便宜，後來同事們知情後雖為我伸張了正義，我卻認為對方受到的懲罰還不夠，因而繼續不悅了好一陣子。逗趣的是，後來我的心也漸漸累了，累到讓我意識到一件事：我身邊多的是支持愛護我的同事親友，但我卻將心思集中在那些欺侮我的人，這沒道理啊！

　　心中承載的人事物，其實對你就會如影隨形，那麼我寧願心中常存著能夠帶領我向上提升的好朋友們。我有這層心靈突破，是蒙恩於長輩耐心引領，讓我了解到：追求事情的對錯、公平固然至關重要，但還要能夠用愛和智慧來透解人性，體諒彼此，和啟發人己，這樣才能給彼此成長的空間，也才會看到或創造更多希望和驚喜。

　　因此，活在這世界上，我雖不知前生來世，但我決定要欣然認識人類的奧妙和侷限，每日增進一些智慧，來發揮人性的光明面，超越人性的陰暗面，和志同道合的人一起努力讓這個世界更正向、更美好。這些年來，天天抱持這樣的想法，我越來越覺得自己身邊總是有伴，而且都是好伴侶，心裡常感到甜甜的快樂滋味。

　　在美國成為執業律師時，我選擇了專門提供信託法和資產傳承規劃的服務，也就是說我的客戶們多數都會是長我一輩的先進。如此抉擇除了是因為我本身對這領域的法律有興趣外，也是我對那些曾引導我走出陰暗面、讓我有機會選擇走入光明面的前輩，間接表達感激和回饋的一個方式。

第一部曲　從藝術品的傳承、出售看人生

　　我應承一位客戶委託處理她的郊外豪宅。高齡的她喪偶不久，這幾個月整理了自己和配偶的藝術收藏品。豪宅往日的風光還依稀可見，但是她常居他鄉，又有多處房產，這棟豪宅除了基本維修外，已經被冷落數年了。滿屋子都是藝術品，她痛下決心要賣掉多年來的珍藏。

　　這位客戶的先生剛過世時，為了估計是否有遺產稅，也為了要預估她自己將來離世可能又會有多少遺產稅，我們將她丈夫的個人收藏請專家估值。萬一客戶先生往生的當天，其名下個人收藏的藝術品正好很值錢，遺產稅就增加了。但換個角度來看，當客戶要出售收藏品時，她倒是希望他們過去的眼光能反映在今日的市場價格上，希望估值是高的。

　　古董和藝術品的收藏除了是怡情養性、身家地位的象徵外，也有投資的目的。投資藝術品或古董適合有較多閒置資金的富有人士，因為這種投資是高風險的，畢竟其市場變化比房市和股市更難預料，漲跌幅度也是驚人的。

　　後來，這位客戶得到的估值結果，是她的多數藝術品市值都不如她預期的高，不缺錢的她其實可以考慮暫緩出售。只是，她有一個難處：她的子女都不懂這些收藏品，她嘗試過教他們如何鑑賞，但是他們並不在心，因此她認為兒女們將來一定會賤賣這些藝術品，讓珍品流落到廉價的跳蚤市場，光想這景象就心疼不已，還不如自己現在先做處理。

　　聯絡好拍賣行來「取貨」時，這位客戶心痛到幾乎不忍親自到現場監督，於是邀了投緣的我陪同。她送了一大捲高檔宣紙給我，說當初除了收藏知名書法家作品外，她也有心精進自己的書法，因

此買了不少昂貴的宣紙，只是後來幾乎都沒用到。

　　或許有人會說萬物有時，最後都是塵土，擁有太多，終究只成為掛心負擔。但我這位浪漫的客戶說，這一切還是值得的，畢竟落實了自己的興趣和愛好，帶給她很多快樂。她感嘆的只是兒女不懂得珍惜、欣賞她的心思，令她在這條路上最終感到孤單。

第二部曲　寬恕是向前邁進的力量

　　資產的傳承和保護規劃不純粹是法律問題。精確一點說，法律規範其實經常在處理重要的人性議題，客戶聯繫我們來做諮詢和規劃時，整個過程常涉及到許多人生故事和人性互動的算計，參雜了多種情緒。

　　負面的情緒常會妨礙客戶做明智的抉擇。曾經有一位客戶很自譴錯失保護家產的第一時機，因此花了不少時間宣洩她的憤恨，推遲了可以補正錯誤的時間點，有意無意間，這個遲延成了她處罰自己的方法。我們固然尊重客戶最終的選擇，但在合乎情理法的範圍內，我會提醒這類客戶：不要太苛責自己當初少做、沒做或做錯了什麼，因為人非聖賢，孰能無過；重點是，要讓自己在這刻起成長，之後能做出正確的決定。

　　今天是聖誕夜，聖誕節的意義引人深思。當我放寬心胸去閱讀耶穌的生平事蹟，參照人生故事，做了諸多思考後，我想耶穌所謂的「救贖」是指神「寬恕」世人。如果萬能的神都願意寬恕人性的諸多有限（包括基督宗教所謂的原罪），讓我們可以重新出發，那麼人何必對人己過分嚴苛計較？

　　「寬恕人己」並「接受被寬恕」，我們便可以從這一刻重生（不是幻想回到當初），如中國諺語：昨日種種，譬如昨日死；今日種種，譬如今日生。

負責任的人或許會擔心：原諒犯錯的自己或他人，可能會導致縱容再度犯錯。不少人習慣的負責方式是懊惱、生氣和責罰。但我們要指出的是：寬恕並非不負責任；正相反，寬恕可幫助個人開始去思索更有效益的方式，為自己和所愛的人負責任，讓自己明快去處理當下的問題，向前邁進，將遺憾最小化，將福祉最大化。

因此，寬恕人己不僅能提升身心靈，也有助促使個人去冷靜、明智處理事情，一舉數得，何樂而不為呢？

第三部曲　你心裡有誰，誰就與你同在

顏女士（化名）的家人通知我她離世了，享年約九十歲。顏女士大概是我接觸過最認真作資產傳承規劃的客戶了。二、三十年前就成立了生前信託，忠實地將所有財產轉入信託中，並且每隔幾年，就會請律師檢查是否有需要更新之處。幾年前，她得知我是資產傳承方面的專業律師，便開始聯絡我，請我為她更新法律文件。她的要求高，服務她一點也不輕鬆，但她同時也很尊重我，我相信我們相互間有些欣賞和信任。

前幾個月顏女士請親戚跟我預約，會面時瘦小的她告訴我她身體日漸虛弱。原來這幾十年來，她的心肺功能都一直不理想，現在進入頗嚴重的狀態，但即使如此，她的生命力還是很驚人。一輩子單身的她，長年獨居，年邁後還是自己開車（甚至載著晚輩們到處跑），勇氣非常人可比；她對做事方法的執著，很多人望塵莫及，而且她有一份公益心腸，經常低調為善。

這回見面，她說自覺距離最後一天不遠，要加上一位親戚來擔任信託的共同管理人，方便家人之後處理、分配她的財產。相關的法律文件完成後，我覺得顏女士也像自己的朋友了（我稱呼她為阿姨），因此主動說要親自送件到她家。當天顏女士的看護正好出

門，她親自迎接我，戴著長長的吸氧管，率性地引領我在她的公寓內走動。公寓空間不小，走得遠些、吸氧管長度不夠了，她就將管子扯下、甩到一旁，即使管子最後被拉遠到與生氧機脫離了，她也不以為意。我本來頻頻提醒她，要注意管子，但看她帥氣對待的樣子，感到她對於生命的有限不僅平和以待，甚至帶有一點不以為意的瀟灑和豁達。

　　每次看到或想到顏女士，我都會自忖：我本來很有可能終其一生單身，我曾自詡率性，但真的單身的話，我會像她這樣獨立勇敢嗎？

　　不久後，顏女士的家人告訴我她進了安養院，跟著他們告訴我她過世了。他們問我現在要怎麼辦，我說先將後事辦好，接下來的程序應該不複雜，因為據我所知她早就將所有財產放入信託，讓家人不用走遺囑驗證（Probate）的法院繼承程序了。

　　我知道該面對處理的當然得面對處理。不過實在話，我覺得「離世」這一詞無法套用在顏女士身上。我認識的她超越了一般定義的生命。我覺得她並沒有離開，而只是用不同的方式繼續存在，特別是──我知道「你心中有誰，誰就與你同在」。

鄭衣音

作者簡介

　　浙江紹興人，1950年生於台灣，政治大學西洋語文學系畢業，定居紐約，2017年自美國聯邦社會安全局退休。

下一步

我真的是捧著一個鐵飯碗，愉快又稱職的一路做到第十一級的芝麻官。經常得意的自詡並自誇，我要八十五歲才退休。記得有一回，小我一輪從不多話的小老闆，聽到我又在豪壯地散播誓言，就衝著我擲下一句：那就等著你給我辦退休送別會囉！我當下就回了他一聲篤定又響亮的OK。

我是美國聯邦社會安全局的職員，我熱愛我的工作，我認真的辦理社會福利，我喜歡為民服務！

猶記當年社會安全局特別對外開放招聘一批雙語人員。就算第一輪的面試過關，還得先接受三個月的密集課程：包括三吋厚二十二大本的法規條例、無數次的模擬應對，再加上至少五頁密密麻麻辦案條文的十次筆試。那一屆兩百人最後只有六十位通過獲得聘用。

得知幸獲任用，先父很欣慰，問我：「工作職責為何？」我非常驕傲的向他稟報：就是在美國國家系統內，實踐國父孫中山先生引述《禮記》〈禮運大同篇〉的偉大理念——「老吾老以及人之老，幼吾幼以及人之幼，鰥、寡、孤、獨、廢疾者，皆有所養」。父親聞之龍心大悅，此後我更是每天歡歡喜喜的去上班。

人算不如天算，我食言了！

政黨輪替，在民主國家尤其在美國是不變的定律。四年八年一換的總統，每位當選上任的就是我們聯邦政府職員的頂頭上司。理所當然的在各聯邦政府的辦公廳，總統肖像也隨著更換。雖不用鞠躬敬禮，但一天八小時，偶爾加班兩小時，就算不正眼看大老闆的照片，但每每不經心看到的機率，也比看到擺在三十多年沒碰的史坦威鋼琴上孫子們可愛的生活照還高得多。

「美華環境保護協會」關心環保、減塑等議題，推動相關工作，獲社區熱烈支持。
（鄭衣音提供）

就在改朝換代的那年，「發榜」以後，誰也萬萬沒想到我當天會有如此強烈的反應。

小老闆前腳剛進大廳，我就緊緊隨著他身後，沒經通報就跟著閃進了他的辦公室。還沒等他坐定，我話已經衝出口了：「我辭職了！我不幹了！」他回身跌坐在辦公椅中，瞪著雙眼皺著眉頭，用難得大聲的音量問：「發生了什麼事？」我支支吾吾地跟他說，這次換上去的照片，讓我實在沒辦法再安心快樂地上班了！他咬牙切齒地瞪著我：「你在跟我開玩笑吧，換照片，跟你工作有什麼關係，這麼多年換過多少次了？真是荒唐！我還有二十年才退休，你不是要等到那天嗎？」（這是話最多的一次！）

哎！我非常非常想用很精簡的翻譯讓他明白：「道不同不相為謀！」隔洋在外，做短期課座教學的老公，也吼了一句明知白吼的：「別這麼衝動，仔細想想清楚嘛！」

好好的職場，雖然自己一夜之間就痛心地決定離開，但想想於公於私也付出了四十多年。期間，沒有什麼遺憾地陪雙方父母走過，兒子們畢業求職成家也順利安穩，可以輕鬆地放下了。算算離自己初選內訂的退休年齡還差得遠，而且身心依然健康，如今時間

又可以自由安排，那就千萬不要辜負自己給自己提早放空的日子。

　　那麼下一步：就做──自己想做的事；不做──自己不想做的事！

　　其實這突如其來離職的決定，倒是意外啟動了新的生活步調。第一次的睡到自然醒，真是樂到把臉埋在枕頭裡大笑。但隔了好一陣子，生理時鐘還是沒停擺於上班起床的定點。真正切身感受到的改變，則是每一天過日子的節奏，不由得的豐富精彩起來。最得意的是不用再等到週末或假期，只要跟兒子老公知會一聲，就可以駕著為去波士頓看孫子買的小旅行車，瀟灑無慮地開往北上的高速公路囉！至於獨行的好處是，隨時隨興自由自在任憑心情，挑個鄉間小路走走，頂多多繞一點路，大不了多耗一點時間，輕輕鬆鬆好好的欣賞美東風情萬種的景色。沿途穿梭於紐約上州、康州小鎮、羅德島湖畔，悠悠閒閒地駛著駛著駛向麻州……車裡調高音量的唱碟都是高中死黨們的最愛。隨著搖滾節拍就盡情的放開嗓門吼兩聲唱幾句，聽到老掉牙的情歌依然心顫，就任由動了情地熱淚放肆的流吧！更感動的莫過於手機傳來：奶奶你快到了嗎？

　　啊！這是多麼極致的人生享受！

　　在波士頓賢慧持家的韓裔二媳婦，讓我看到環保行為自然地起於家庭教育。大孫子尚未放手起步走，就已經知道爬也得爬著把他的嬰兒果汁盒，丟進廚房牆角的回收箱裡。媳婦堅持不用塑膠袋、拒買瓶裝水……盡量採購再生用品；兒子兒媳這一代的環保意識是已經扎根了。以前他們經常對我們這兩代愛心媽媽，是嘴巴一面感謝喜愛的中韓食品，一面埋怨拎過去大大小小裝貨的塑膠盒、塑膠瓶、塑膠袋；總是皺眉搖頭頗有微詞。老提醒我們要減塑，要環保。

　　為此，在一次天時地利人和的因緣際會，我就做了一件我要做的事。

　　那是2017年6月，退休整整一年半的一個清晨。拿著五點半星巴克準時營業的第一杯，走到對街零售店，等著巴基斯坦裔的老闆拉開鐵門，邊跟他話家常。他爸媽有資格享受的老人健康保險及其他應得的福利是我提醒他去辦的。有了保障，他們一家無後顧之憂，每次見到我總要聊上兩句。買了一份中文報，回頭又續了一杯，找個靠窗的坐坐。翻到美東版，沒想到當天版面頭條居然是久仰大名、我一直佩服的「守護河流者」組織（Riverkeeper）與咱們華裔市議員在開記者會。整整上半頁，是報導有關紐約市皇后區河流及牙買加灣整治方案的消息，我興致勃勃仔細的看完。而下半頁卻是一張怵目驚心的彩色照片，標題「污水廠外洩 法拉盛灣現大批死魚」，內容詳細的報導了死魚現象的來龍去脈及對周遭環境的影響。頓時心頭一震，無名沮喪不由而升。不過也就在一瞬間，腦子忽然閃入一個念頭：難道這天的兩篇報導，對我個人來說是巧合？是在指引我嗎？

　　話說這個非營利組織，當年純粹是為了監督政府在曼哈頓區哈得遜河進行清理工程而成立的，他們追隨這個計劃長達將近五十年之久，才終於見證了哈得遜河達到符合聯邦環保署在河域內允許放船釣魚游泳的條件。在慶祝五十週年的年刊裡，他們下一步的宗旨是繼續做河川的守護者。這回跨界來到皇后區，拔刀相助提供經驗，呼籲社區的社團加入他們永續守護河流的行列。文中特別邀請大家前往三天後的公聽會；會中將提供法拉盛周邊水域及拉瓜地亞機場灣區整治的前瞻及計劃。同時希望在往後持續的公聽會裡，可以和社區各界人士及團體共同討論。

　　在法拉盛的華人，這三、四十年來汲汲營運，把一個沈靜的老區域打造成一片欣欣向榮的中國城。兩岸三地的華裔都在此付出了相當的努力；又因位於紐約市兩大機場就近之便，也成了外來人潮落腳及觀光之地。不過高聳的商業大樓、時尚的公寓大廈，改變了

市區，也增加了環境的負擔。

在這次舉辦的公聽會裡，幾乎所有的議題都與法拉盛的未來息息相關。主題就是要民眾在政府對市區規劃進行中及實際施工前後，明白一些對自己社區的環境和發展有什麼影響，有什麼權利可以要求，有什麼代價和義務得付出。

換句話說，這就是民主：政府要聽民意！民眾要善用發語權，要爭取發言，要為社區謀求福利。當天，近百人到場，有不同的族裔出席，並且勇於發言，咄咄詢問，熱烈討論。放眼望去，唯少了黃面孔在座，只有三三兩兩點綴其中。

內心忖度：這下子，下一步怎麼走？好像有了目標，有了方向，有了動力。

就在2017年7月，我義不容辭地立刻向紐約州申請非營利組織，訂名為「美華環境保護協會」。可能是因為永續環保的主旨明確，不到三個星期就通過批准立案了。

「美華環境保護協會」成立，仍在美國聯邦環保署任職三十餘年的老公鼎力支持，兒子們亦欣然擔任義工，還不約而同的在各自臉書上頗有炫耀意味地傳播退休老媽的壯舉，居然得到了很多很多的點讚和美言！周圍的親朋好友也都鼓勵有加，解囊贊助！

兩年來，參加過與「聯合國永續發展目標」相關的會議，為其追求十七項目標努力；並和社區各社團合辦講座，支援其他環保非營利組織的活動；每年4月22日地球日參與全球環保，積極配合宣導減塑……在許許多多的場合，華人不再缺席，有聲音了，有位子了，有份量了，有好多好多事可做、要做！

不算是宣誓！下一步，還是要一步一腳印的繼續走！

悠　然

作者簡介

　　本名陳金蘭。廣東人氏。曾在廣東、北京生活。九十年代移居康州、紐約。業餘讀書，偶作散文。

警員說我逃票

　　咯噔一聲，是重物碰撞後的墜落。我從手機上抬頭，見幾步遠的地鐵檢票口，跨欄動作的彎曲後腿，瞬間消失。我突然意識到這是剛從我身邊路過的那位黑瘦黑瘦的高個兒，在跨越檢票口時撞到了旋轉門。逃票！等我反應過來，趕到柵欄邊，人早沒了蹤影。

　　前幾天，紐約市警察局通勤局向市捷運局董事會提交的有關「竊取服務」的報告顯示，通勤局一年要攔下九萬多名地鐵逃票者，月均七千五百之眾。今年一月份，通勤局就逮捕了兩千人，開出五千五百零二張傳票。至於漏網之魚到底有多少，天知道。

　　紐約市地鐵逃票大軍前仆後繼，經久不衰，不惜被抓捕暴露非法移民身分、未決遞解令在身、或犯罪前科等不良紀錄，除了市長白思豪公開與川普政府叫板，拒絕遣返非法移民和無證者，拒絕透露紐約市民卡申請人資訊，對他們給予庇護外，經濟方面也是重要誘因。根據捷運局人士的分析可以算一筆帳：逃票慣犯基本每六到十三週有可能被抓一次，罰款一百美元。按六週被罰一次算，七天捷運卡為三十一美元，六週共一百八十六美元，被罰者省八十六美元；如果十三週被罰一次，回報就更加可觀了。總之，這是樁只賺不賠的買賣。

　　逃票方式五花八門，常見的無非是鑽底、蹬跳或跨越檢票門口的旋轉門，也有守候在安全門外，等著到站旅客往外走時趁機往裡鑽的。一位青年女乘客的經驗可謂奇葩：個頭瘦小的她剛刷完卡，突然上來一個黑小子說著「Excuse me, Miss!」，把她擠到一邊，搶在她前頭進去了。這事兒來得突然，整個沒反應。她覺得憋屈，找到當班經理申訴，可人家也只是客氣地表示感謝，卻無能為力。不

過話說回來，這事兒看似簡單，還真說不清道不明，誰讓你沒逮個現行呢。而本人的經歷卻是另類，只因安全門被「臨時改變用途」而經歷了被攔截、被開罰單和申訴的過程，讓人啼笑皆非。

地鐵入口處緊鎖的安全門。（陳金蘭攝）

那日，我去曼哈頓見工，不敢怠慢，早早出門，以防不測。

本來是我熟悉的車站，但下車後，怎麼也找不到四十街的出口，不免著急。我邊走邊張望，不覺來到一處柵欄前，前方的鐵門大開，一個大高個女人突然插在我前面往那門走去，我隨後跟上。剛跨過那門沒幾步，一個物件在眼前一晃而過，疑是兜售，不予理睬。再次抬腳，那物件又在眼前晃動並停住，近距離遮住我的視線，耳邊傳來一個低沉、磁性的嗓音：Police！我心頭一震，不由自主地止住腳步，尋聲望去，只見一位個頭不高，體格健碩、著白色短袖衫的白人男子，幾乎是並排地站在我的左側，他的左手舉著一枚紐約市警員徽章，亮錚錚的。

「有ID嗎？」

「有。」我一邊回答一邊忙著掏駕照，想必是例行抽查吧。在

紐約這個魚龍混雜、非法移民集中的大都市裡，查個證件不算個事兒，儘管我是第一次遇到。

他那專業的眼神幾秒鐘內從駕照移到我的臉上。

「你逃票了。」

「什麼？」我大驚。

「你剛才進入地鐵系統時沒有付錢。」

「我沒有進站，我是出站。」我語氣堅定。

「你瞧。」他指著我身後右側的方向，「進入系統必須從那裡付錢。」

我扭頭，果然有一排檢票口，有人在刷卡往這邊走。

「我剛下車，在找四十街出口，見門開著，前面有人往裡走，我就跟著進來了，我沒有意識到這是入口。」我解釋道。

「你乘的什麼車？」

「F車。」

「這裡既沒有F車，也沒有四十街出口。」

一片茫然。我環顧四周，恍然大悟，原來換車時顧著和英君說話，一起上了E車而渾然不知，儘管F車和E車都停四十二街，兩站東西相隔好幾條大道。壞了，他一定認為我是在撒謊。

「哦，看來我是坐錯車了，此前並沒有意識到，我確實是要出站，而不是進站，我也沒有故意逃票。」我力爭。他卻開始在一本厚厚的罰單上抄寫我的駕照資料。

「我說的都是實情，你怎麼就不相信呢？」我急了。

他眼不抬，手不停，聲不高，「我不是不相信你，我只是在履行職責。」

「那我前面那個女人你為什麼放走了？」我抬高了嗓門。

「她是外地人，不熟悉情況，你是本地居民，理應遵紀守法。」

真是秀才遇到兵，有理說不清。他那不溫不冷的語調和對我陳

述的漠視讓我尤為光火。只聽嘶一聲，他已經利索地撕下罰單，和駕照一起遞給我。我瞪了他一眼，抓著那燙手的罰單，急匆匆再次鑽進月臺，回程，換車，直奔目的地。

在回家的路上，我拿出罰單細看，罰款一百美元！還說如果不服，可以申訴，上面附有申訴的位址和電話。我仔細回憶著入口處那扇敞開的安全門，裡面恭候的警員便衣，以及那位不知從哪兒恰到好處地冒出來把我「領」進門、沒有受到任何盤查就逃之夭夭的「外地女人」，覺得自己被暗算了，非常懊惱，決定申訴。

從皇后區到布魯克林的市交通局違章處一個多小時車程，街道店鋪林立，人們行色匆匆，一片深膚色。好不容易找到那個實在不起眼、一人多高的小門，沿著一條陳舊狹窄的樓梯到二樓，豁然開朗。樓梯直接連著大廳入口，和體育館觀眾席入口相似，把等候區一分為二。我回頭掃了一眼，左右兩側六十來個階梯式的靠背椅，已經坐得滿滿的，大多是虎背熊腰鬍子拉碴的大漢，他們雙手抱胸，表情嚴肅。他們膚色各異，黑的白的半黑不白的什麼膚色都有，唯獨我是黃色，也是屈指可數的幾位女性之一。

簽到交單後，我在左前方幾位女性身旁找了個空位坐下，加入了靜默等候行列。整個等候區鴉雀無聲，靜得滲人。

我被請進去的房間窄小狹長，一桌兩椅四面灰牆，門的左側沿牆擺著一張袖珍長方桌，靠牆坐著一位形體消瘦，面無表情，說不好是哪個族裔的中年男人，在他面前的桌上放著一支圓珠筆，一份罰單。他示意我在他對面的椅子坐下，驗明正身後，聽見呀嚓一聲，我才發現桌子右端有個約十吋長六吋寬、已經褪色的黑匣子，原來是個卡塞錄放機，他讓我陳述事情的經過。

我把為何進城，何地上車，如何誤入安全門，如何被開罰單的經過做了描述。我說：「先生，在正常情況下，地鐵入口處的安全門應該是鎖閉的，但那天此門大開，任人出入，我是沒有意識到搭

錯了車，在尋找出口時無意隨著前面的那個女人進去的，警員並沒有盤問就放走了那個他聲稱不熟悉情況的『外州人』，卻罰了我，我認為這是個陷阱。本人遷居紐約多年，一向守法，從不逃票。」我拿出地鐵卡，「那天我就是用這張卡付錢上的車，現在已經充值了。」我把卡放在桌上，結束了陳述。

他一直聽我講完，問了三個問題：何時何地上車，何時何地面試，應聘何種職務，我一一作答。隨後，他密密麻麻地寫滿了罰單上的空白長方格，一式兩份都退給我，囑我交給接待處。

櫃台後面站著位中年白人漢子，高大魁梧，我隔台仰視，整一個大人國小人國。他接過罰單掃了一眼，將其中一聯撕下來遞給我，樂呵呵地大聲說：「好了，你可以回家了，不用付錢。（Ok, You are walking home free.）」一塊石頭落地。我謝過他，匆匆下樓，堅定地朝地鐵口走去。

列車啟動，我再次拿出罰單，見上面有這樣一段批語：「陳述清晰連貫，誠實可信，陳小姐是出站，不是進站，屬誤入系統，免責。」

原載於《世界日報》週刊，2017；略修改於2019

趙洛薇

作者簡介

　　旅居美國三十餘年。是美國licensed acupuncturist，特考美國針灸醫師，懸壺紐約。曾任美國醫慈會理事醫師，為《美佛慧訊》撰寫些保健知識。自小熱愛文學與音樂。1994年起寫些童言童語、兒歌、散文，作品刊登在《世界日報》家園版、兒童版、周刊、《華美族藝文文學》、紐約華文作家協會《文薈報》、北美華文作家協會網路期刊、及海風詩社電子報等。美國紐約華文作家協會會員。曾用筆名樂為。

剪影

　　那天和外子午餐，侍者領進一位姑娘，就坐鄰桌。亞麻色的頭髮在腦後挽個結，十五、六歲模樣，已長得亭亭玉立。她把夾克搭在椅背上，隨即點了菜，一手托著腮安靜地坐著。那逆光裡的剪影，令我不由地把她取名為「陷入沈思的繆斯」；心忖，一會兒有一位美少年會來。

　　然而，當一盤香氣洋溢的餃子上桌時，並沒有什麼少年出現，我猜錯了。餃子在她的筷子下游哉如魚，我真擔心她把餃子個個都戳破，只見她夾住一個不急不緩的放進嘴裡。驀然回頭一笑，還朝我眨眨那清澈見底的雙眼，我又猜錯了。第二道，是沙鍋魚塊粉皮煲，她夾起滑溜溜的粉皮送入嘴中。這時我忍不住的直誇：「妳的筷子用得真好！」她又給我個燦爛的笑靨說：「我一向愛吃中國飯菜，我還跟著中國老師學習漢語和學寫漢字。」接著她雙手合十陶醉地說：「漢字有的像棵大樹用枝椏護著小樹，有的像雙人舞蹈，二人身軀相依，瀟灑飄逸，是那麼美麗，我喜歡。」她意猶未盡地說著，我們聽得很欣喜。

　　此時我不禁想起一個陽光亮麗的華裔女孩——我的姪女。她有著一頭烏亮長髮，隨風飄呀飄，皮膚曬成蜜色的，眉毛似月牙兒，襯著會笑的眼睛，非常可愛。在她兩歲半時，丈夫經常牽著她的小手去圖書館。周圍的人都在埋頭看書，她也拿了很多書，學著別人的姿勢有模有樣地看起書來，其實她還沒上幼稚園呢。那時起她漸漸養成了日後手不離卷的讀書習慣。

　　記得她小時候，有一次我逗著說：「妳有兩位奶奶，一位是親的，一位是……」她馬上問：「那麼那個『重』的呢？」又有一

次，我說她皮膚這樣乾燥缺少油水，她馬上問：「是不是醬油麻油呀！」冬天出門她催促：「姑夫，『穿』上您的帽子。」鄰家做飯空氣飄過煎魚的味道，她問道：「這是什麼的『聞』？」堂哥騎車她指揮：「哥哥，『開』上你的自行車。」話說得字正腔圓，卻全是美式的中國話，逗人開懷大笑。在我們那段為生活打拚的日子裡，她像是我們緊蹦神經的一帖輕鬆劑，大家都說她是我們的開心果。

這些率真的童言童語常常令我回憶起來，還忍俊不禁笑出聲來。

記得2001年9月11日，當紐約市的地標世貿中心雙子塔遭到恐怖份子襲擊，瞬間樓毀火竄，塵埃滿佈，死亡近三千人，傷者無數。在報紙上電視裡的慘痛景象，深深影響了姪女幼小的心靈。她用英文寫下題為《甜蜜的家園》的詩篇，詩裡描述在靜謐夜晚滿天繁星下，有些小朋友在一夜之間失去親人和愛的家園，卻不明白何以致此！童孩的純情，稚嫩的兒語感人肺腑，讀後讓人潸然淚下，更有心痛的感覺。詩篇刊登在學校的詩集上，為此她曾被召去華盛頓領取獎狀與獎金。當我手拿詩刊，感慨萬千，為她的赤子之心，為她讀書的收穫，再次欣慰與感動……

多年後的今天，姪女除了母語英語，還能講一口流利的漢語，認字則比較困難。看著在我眼前這個甜美而愛好中國文化的美國女孩，想著遠在邁阿密的姪女，心中不由冉冉的升起一種感情寄託與祝福，彷彿找到一片蔚藍的長天，沒有一點愁雲，沒有世俗雜務的污染。純潔無邪的孩子們，時時給我們平凡的生活增加快樂、增加色彩，給世界增加文化、文明，增加希望。

陳肇中

作者簡介

陳肇中，江蘇無錫人，台灣中原大學物理系畢業、美國杜魯門大學生物系學士、奧克拉荷馬社區學院放射診斷照像科副學士、及紐約長島大學社區健康行政管理碩士。曾任台北大同國中老師、紐約市愛姆赫斯特總醫院放射診斷科督導及臨床導師近二十七年、國際工會兄弟團結聯盟紐約237分會代表十五年等等，2011年退休。文章散見大學校刊、紐約《星島日報》、《世界日報》、北美及紐約華文作協等刊物，2013年為紐約華文作協代表之一前往吉隆坡參加世界華文作協大會。為兩大洲數個網站博客的博主。

科學說不清楚的事

自癒頭傷

1976年一個初夏早晨，正好是星期天，天氣晴朗，溫度舒適宜人。街道兩旁樹木花草，一片生意盎然，給夏日增添幾許色彩氣氛。車輛行人往來行進如常，各自穿梭在馬路、行人道上，紅綠交通信號燈幟，此起彼伏交織變換著，襯托出大都會交通的繁忙。

一個當年大學時的同學，和我約好在早上十時左右打電話來，請求幫忙搬家（因為房東要加租，無奈，被迫搬遷。）我二話不說，準時來到其在皇后區一處私人住宅區的大門口。

心想：一個單身漢能有多少東西？

事與願違，事實上，東西還真不少。兩個人來來回回，上下樓梯整整走了幾十趟，至少有半個多小時光景不曾停歇，滿滿的一整車（一部不算小的轎車），書籍、雜物、衣服，連車頂、後車廂，到處擠得嚴嚴實實的。我的天啊，總算搬完了！

因為是他的車，他比較熟，也知道要去的目的地。

我僅是他的小雜工，大海航行靠舵手，一切聽命於老司機。

可能我的老同學認為我不夠資格與他平起平坐；因為他駕駛座的右邊副駕駛座也都塞滿了東西。最後，我只好與後排的雜物擠在一起，勉強在右邊靠近車門處，硬騰出一個人大小的空間塞進去；壞就壞在我自己太將就當時環境，犯糊塗，沒有好好注意周遭堆集的各種雜物和它們的狀況，對平衡狀態和危險性作好評估。

一路上風馳電掣，有說有笑，結果就樂極生悲。在高速公路

上，因跟車跟得太近的緣故，沒注意紅燈信號突變，一時措手不及，煞車不住，車頭追撞上人家的車尾；就在同時間，我頭的右側後部被一塊重達十幾磅實心圓錐形鑄鐵塊結結實實的敲了一記（就是我那寶貝同學的傑作，他老兄，將燈架頭下腳上倒著放的結果），頓時兩眼一黑，大約暈了兩三秒鐘的光景。事後，同學也立即送我到紐約市布魯克林市立醫院照了三張站立的片子（一張正照、第二張側照，再加「下顎上仰」的背照，其實基本上眼睛就能看見右後腦的裂痕），確定腦殼沒有破裂，但患處腫了一大塊，摸起來仍然隱隱作痛。

雖然兩車都無損傷（我們立即向對方賠不是，對方也不予追究，也沒有驚動警察叔叔），但是我卻成為此次小車禍的唯一受傷害者（又不好意思上法庭控告自己的老同學要賠償，而且他也窮得榨不出任何一滴油水。仍然有中國人的老觀念，打落牙齒和血吞，為朋友兩肋插刀，認了！）。

這個內傷說大不大，說小不小。

這個頭傷一跟就是卅六年。

那個時候核磁共振造影尚未問世、斷層掃描也屬新而貴的檢查項目，再說知道的人也不多。

可是我的狀況每當睡眠不足、在外頭吃了太多鹽分、血壓高、身體免疫力低下、或陰雨時節，搖晃腦袋，便覺得顱內有血塊淤結而有輕微脹痛的不舒服感。

2012年搬了新家，在插座附近的壁上掛了一具對講話筒，有次彎下身子，開關插頭時，往上猛地一起身，卻忘了右邊的話筒，好傢伙，碰的一大聲！右側後腦部（與當年車禍時同一個撞擊點）又遭到了一次重創，又是一次淤血腫塊。然後，三不五時，老地方會發出陣陣刺痛。發生的次數愈來愈頻繁，病發相距時間愈來愈短，後來每隔十五分鐘就會來一陣針刺的感覺。終於忍不住了，趕緊往

我任職醫院的急診室跑。

很快便輪到了自己，走過來一位年輕的亞裔住院醫生。將前因後果重新對他述說了一遍，他仔細看了看，摸了摸、按了按後腦勺，問說：「痛不痛？」回答：「現在不痛！」反正不痛不癢不腫，看不出啥異常，於是他就說：「就先在這擔架床上半躺半坐著吧，過一會兒再來看您。」這種程序在醫療上叫「觀察（Observation）；諧音叫：「餓不著微信。」

閒著也是閒著，突然想起在母親處看到的一本中醫書，上面寫著慢性的疾病內傷，像撞傷之類的自療法，可以用自己的雙掌在患處相對照自療自癒，很有功效（但患者必須心境澄明，萬緣放下，達到無我無他的入定境界；將全身的能量聚集起來治癒創傷）。說起來真的很神奇！大約廿多分鐘後，頭部右後側，一陣輕鬆，好像那塊堵阻幾十年的瘀血塊突然自動消除，心中十分喜歡，歡愉之情溢於言表。剛好醫生走過來，立即將自己的情況報告一番。醫生說：「那很好，您可以回家了！」

從此，一直到今天，一直到今天都再無腫脹刺痛的感覺。

2017年2月初，我院每年一次的「社區關係與立法會議」餐會中，曾就本人奇異的經歷，向在座的主任級腦科專家們、紐約市皇后區政界首長議員、本院高管等等在座數十人請益，結果不但沒有答案，卻引發了哄堂大笑！（當時心想，為什麼只大笑呢，如果能做一番科學分析研究該多好。）

同時，讓人想起了一部令人不禁莞爾的老片子：一個美國鄉下老農夫，開著一輛曾經撞過車、年久失修其貌不揚的老破車進城，在半路上，車子又拋錨了，老農夫氣急敗壞地下車來，來到車頭引擎蓋水箱前，狠狠地朝車子踹上了兩腳，沒想到，車子竟然立即發動了起來！

一隻無形執法的手

又是幾十年前的老故事了。

那時紐約市公共場所尚未禁煙。身價百億富豪彭博也還沒有競選市長。當時的紐約市長就是現任總統川普的私人法律顧問朱利安尼。在他任期的最後一年，2001年的9月11日那天早上8點46分，發生了震驚世界的恐襲雙子星大樓事件。

那時候，到處可以抽菸，任何時候，任何地點（除了加油站）；香煙也很好買賣，街邊小雜貨舖都有出售；一直到彭博出任紐約市長時，他才開始對全市公共場所行使禁煙令。

那時，不吸煙的人很可憐，毫無人權可言，到處都被吸煙者強迫吸二手煙，你不想吸都不行；當時的邏輯很奇怪，吸煙者聲稱他們有吸煙的自由，但是很少聽到不吸煙者抗議他們有不吸煙的自由，他們有不吸污濁空氣的自由。

有一天在地鐵上，車廂中乘客很少，僅十來人左右，有個十七、八歲青年正旁若無人吸著他的香煙。他是用左手的中食二指夾著一根煙，熟練有派頭的像個成年的吸煙人，一口接著一口的吸著、吐著，看起來像個有恃無恐的老煙槍。坐在五公尺外的我都覺得受不了，可是其他的乘客好像視若無睹，安之若素，默然無語，沈醉在各自的思緒中，該做什麼做什麼。

整個車廂中，唯有我坐立難安，不知如何是好？整顆心七上八下，心裡盤算著，又擔心他手上有刀有槍。

心一橫，一咬牙，準備豁出去了！

於是，身體微微前傾，雙腿微曲，剛站起一半時，我不斷注視著他的雙眼，發現奇怪的事情正在發生了，此時車廂中所有其他人都沒注意到有超乎科學常理的怪現象正在發生當中：此位青年人

的左手正在一伸一縮的抽著他的煙枝，好像在半空中有隻無形的手在他的手腕處輕輕拍了一下，正好拍落他左手中食指所夾著那根香煙，而那位小青年似乎被定身法點中了穴道，身體微前傾，左手中食比了一個剪刀手，整隻左手半彎曲的靜止在半空中，他目光呆滯發愣，一動不動！

　　我也不自覺地說了一句：「謝謝你代我出手！」同時將半站立的身體歸位坐正，等待到站下車。

馬慕玲

作者簡介

　　馬慕玲，廣東省台山市人，曾就讀於培英中學和台山市立第一中學高中，後在廣州南方大學就讀經濟系。曾任廣東省級單位公務員三十六年。從小愛好文學，喜歡參加紐約華文作協所有活動，例如文學講座、新書發表會等。獲得多位老師、歷任會長、會友們給予在寫作上極大鼓勵。夫婿游智洋先生是紐約華文作家協會資深會員。

暮年的自省自勵

　　最近接獲一通長途電話，是廣州老同事打來的問候，讓我感到親切快慰！很長一段時間沒有互通音信，通話時除了互相問答說明近況，最重要是關心彼此身體狀況，因為大家不是七老八十，而是八老九十的年紀了，身體健康良好的不多，托賴兩人近來都還算穩定的，算是互相欣慰的好消息了。

　　同事問我可否記得老同事中有一位林先生；猶記得卅多年前，我出國離開公司時，他還是一位體格健壯的中年男士。同事告知，他90年退休後，生活規律正常，還常與太太及同事外出旅遊，現在已經八十多歲。一年多前，一天半夜起床上衛生間，不小心跌了一跤，撞傷頭部，正好撞著腦部記憶區，急救後失憶，出院回家後不僅以前的事完全忘記，所有人竟都不記得，連太太在眼前都不認識，眼睜睜看著她，問：「你是誰？」；拿著報紙倒過來看也不知道，其實連字都認不得；白天黑夜也不知曉，整天在家走來走去；剛吃完飯又叫嚷要吃飯，說肚餓未進食；白天黑夜分別由兩個褓母照顧，要把大門鎖好，一不小心讓他出了門就慘了，不知去向，親朋好友幫忙到處去找……所以，不分日夜有專人盯著照顧他。

　　林先生有兩個女兒都成家了，也有孫兒女，安享天倫之樂。二女兒是醫生，女婿更是著名腦神經科專家，還經常出國考察，到各地講學交流，然而就無法醫治好岳父的病。

　　我常讀到醫學資料報導，說近年來國內外患老年痴呆症的耆老越來越多。在紐約我認識的一位同學又是同鄉叫老梅，他喜歡唱粵曲，退休後常約朋友在家裡或在成人中心高歌一曲，有時也到哥倫布公園你彈我唱以自娛。不幸近年他失智得厲害，出門就找不到回

家的路，沒有辦法只好申請家庭護理照顧，一段時間稍微好些。但有一次外出看病，回程時護理員急著要去衛生間，帶他進糕點店，對他說：「你坐在椅子上不要走動，等我出來陪你回家」。片刻後護理員出來找不到病人，急得滿頭大汗，走丟了病人可是工作失職！隨即打電話給梅太太，家裡人立即上街到處尋找，在附近找了三個多小時才找到，病人根本不懂得如何回家，而在馬路上亂轉，走累了便坐在公車站的候車座位。

老同事、老朋友們每有敘舊聚會總離不開談健康問題，除了關注心臟病、癌症以外，就是探討老年痴呆症和柏金森病的病癥了。不論在海內外，凡是老年人都要格外注意此類疾病，及早發現，就醫診治。

此外，最近讀了〈不留給孩輩的遺產〉這篇文章，讓我產生另一個很大的感觸。

今天的老年人普遍存在一個現象，就是常常感到老舊的東西還有使用價值，不捨得清理丟棄，結果雜物越堆越多，尤其是歷史資料，喜歡的、看過或未看過的書籍，一本也不捨得丟掉、轉送或捐贈；已整理過的資料，或過期而不想處理的，也堅持留下參考；親朋好友的來信和家書、有紀念價值和意義的物品，都不肯輕易處理掉；剪報資料特別多，投稿寫作所用的資料也不少，這也留，那也留，尤其相片一張不扔掉，又不會把相片存入電腦，有時似乎看相片比看電腦更好些；衣服新舊都喜愛，也不捨得捐贈送教堂處理，現在提倡買回一件新的處理一件舊的，可是我們老一輩的共通點，就是做不到「斷、捨、離」。

我們在海外，如果離世後留給兒孫的「遺產」是金銀存款倒好處理，但如果是一屋子的舊雜物、用不著的過時電器，則會造成莫大的困擾。哪怕是有價值的書畫也用不著，要知道我們下一代有些連中文字都不認識，留下這些遺產，將帶給他們多大的壓力和負

擔。所以我們老一輩要在有生之年，及早安排清理自己累積的物件才是明智之舉；更要常以「斷、捨、離」自我提醒。

語言文學類　PG2425　北美華文作家系列34

人生的加味
——紐約華文作家協會文集

編　　者/石文珊、李秀臻
校　　對/黎庭月
責任編輯/杜國維
圖文排版/楊家齊
封面設計/劉肇昇

發 行 人/宋政坤
法律顧問/毛國樑　律師
出版發行/秀威資訊科技股份有限公司
　　　　　114台北市內湖區瑞光路76巷65號1樓
　　　　　電話：+886-2-2796-3638　傳真：+886-2-2796-1377
　　　　　http://www.showwe.com.tw
劃撥帳號/19563868　戶名：秀威資訊科技股份有限公司
　　　　　讀者服務信箱：service@showwe.com.tw
展售門市/國家書店（松江門市）
　　　　　104台北市中山區松江路209號1樓
　　　　　電話：+886-2-2518-0207　傳真：+886-2-2518-0778
網路訂購/秀威網路書店：https://store.showwe.tw
　　　　　國家網路書店：https://www.govbooks.com.tw

2020年8月　BOD一版
定價：400元
版權所有　翻印必究
本書如有缺頁、破損或裝訂錯誤，請寄回更換

國家圖書館出版品預行編目

人生的加味：紐約華文作家協會文集 / 石文珊,
李秀臻合編. -- 一版. -- 臺北市：秀威資訊科
技, 2020.08
　　　面；　公分. -- (語言文學類；PG2425)(北美
華文作家系列；34)
　　BOD版
　　ISBN 978-986-326-823-9(平裝)

839.9   109007855

讀者回函卡

感謝您購買本書，為提升服務品質，請填妥以下資料，將讀者回函卡直接寄
回或傳真本公司，收到您的寶貴意見後，我們會收藏記錄及檢討，謝謝！
如您需要了解本公司最新出版書目、購書優惠或企劃活動，歡迎您上網查詢
或下載相關資料：http:// www.showwe.com.tw

您購買的書名：＿＿＿＿＿＿＿＿＿＿＿＿＿＿＿＿＿＿＿＿＿＿＿

出生日期：＿＿＿＿＿年＿＿＿＿＿月＿＿＿＿＿日

學歷：□高中 (含) 以下　　□大專　　□研究所 (含) 以上

職業：□製造業　□金融業　□資訊業　□軍警　□傳播業　□自由業
　　　□服務業　□公務員　□教職　　□學生　□家管　　□其它＿＿＿

購書地點：□網路書店　□實體書店　□書展　□郵購　□贈閱　□其他

您從何得知本書的消息？

　□網路書店　□實體書店　□網路搜尋　□電子報　□書訊　□雜誌

　□傳播媒體　□親友推薦　□網站推薦　□部落格　□其他＿＿＿＿＿

您對本書的評價：（請填代號 1.非常滿意 2.滿意 3.尚可 4.再改進）

　封面設計＿＿＿ 版面編排＿＿＿ 內容＿＿＿ 文／譯筆＿＿＿ 價格＿＿＿

讀完書後您覺得：

　□很有收穫　□有收穫　□收穫不多　□沒收穫

對我們的建議：＿＿＿＿＿＿＿＿＿＿＿＿＿＿＿＿＿＿＿＿＿

＿＿＿＿＿＿＿＿＿＿＿＿＿＿＿＿＿＿＿＿＿＿＿＿＿＿＿＿＿

＿＿＿＿＿＿＿＿＿＿＿＿＿＿＿＿＿＿＿＿＿＿＿＿＿＿＿＿＿

＿＿＿＿＿＿＿＿＿＿＿＿＿＿＿＿＿＿＿＿＿＿＿＿＿＿＿＿＿

11466
台北市內湖區瑞光路 76 巷 65 號 1 樓
秀威資訊科技股份有限公司　　　收
BOD 數位出版事業部

....

（請沿線對折寄回，謝謝！）

姓　　名：＿＿＿＿＿＿＿＿　　年齡：＿＿＿＿　　性別：□女　□男

郵遞區號：□□□□□

地　　址：＿＿＿＿＿＿＿＿＿＿＿＿＿＿＿＿＿＿

聯絡電話：(日)＿＿＿＿＿＿＿＿　(夜)＿＿＿＿＿＿＿＿＿

E-mail：＿＿＿＿＿＿＿＿＿＿＿＿＿＿＿＿＿＿＿